墓場の少年

ノーボディ・オーエンズの奇妙な生活

ニール・ゲイマン
金原瑞人＝訳

角川文庫
21492

目次

〈主な登場人物〉

ボッド（ノーボディ・オーエンズ）　幽霊に育てられた子ども
男（ジャック）　ボッドの家族を殺した謎の男
ミセス・オーエンズ　墓地の幽霊。ボッドを育てる
ミスター・オーエンズ　その夫
カイウス・ポンペイウス　墓地でもっとも古い幽霊
ジョサイア・ワージントン准男爵　幽霊。墓地の有力者
マザー・スローター　幽霊
サイラス　ボッドの後見人
スカーレット・アンバー・パーキンズ　ボッドと仲良くなる少女
ミス・ルペスク　サイラスの仲間
ミスター・ペニーワース　幽霊。ボッドの教育係
ミス・ボローズ　幽霊。文法と作文の先生
ライザ・ヘムストック　無縁墓地に埋葬されている魔女
アバナザー・ボルジャー　オールドタウンの骨董屋・質屋
トム・ハスティングズ　アバナザーの仲間
ミセス・キャラウェイ　町長
フォーティンブラス・バートルビー　幽霊。ボッドの友人
サッカレー・ポリンジャー　幽霊。ボッドの友人
ニック・ファージング　学校のクラスメイト。乱暴者
モー（モーリーン・クウィリング）　学校のクラスメイト。ニックの相棒
ミスター・タール　太い首の男。水夫のジャック
ミスター・ケッチ　口ひげの男。死刑執行人のジャック
ミスター・ダンディ　銀髪の男。伊達男のジャック
ミスター・ニンブル　金髪の男。敏捷なジャック

でこぼこ道の馬車のなか
骨をカタカタ鳴らすのは
身寄りもない（ノーボディ・オウンズ）
貧者の骸（むくろ）

古いわらべ歌

第1章　ノーボディが墓地にやってきたわけ

闇のなかの手はナイフを握っていた。きれいに磨かれた黒い骨の柄。どんな剃刀(かみそり)よりも鋭い刃。これで切られたら、しばらくは気づきもしないだろう。

ナイフはすでにこの家での仕事をあらかたすませ、刃も柄も血にまみれていた。

通りに面したドアは少しだけ開いたままになっている。ナイフとその持ち主はそこから家に忍びこんだのだ。からみつくような夜の霧が開いたドアからすべりこむ。

〝男(ジャック)〟は踊り場で足を止めた。黒いコートのポケットに左手を入れて白い大きなハンカチをとりだすと、ナイフを拭(ぬぐ)い、手袋をはめた右手を拭い、またポケットにもどす。狩りはほぼ終わった。女はベッドで、男は寝室の床でこと切れている。娘の死体は明るい配色の寝室でおもちゃや作りかけのペーパークラフトに囲まれている。あとはよちよち歩きの赤ん坊だけ。もうひと仕事で任務完了だ。

まず指をほぐす。なにしろプロだ。少なくとも本人はそう自負している。仕事を終えるまで気をゆるめたりはしない。

男の髪は黒かった。目も黒い。手には薄いラムスキンの黒手袋をはめている。

赤ん坊の部屋は建物の最上階にある。男は階段を上がっていった。足音はカーペットが吸収してくれる。男は屋根裏部屋のドアを押しあけ、なかに入った。ぴかぴかに磨かれた黒い革靴は黒い鏡のようだ。その表面には半月が小さくくっきり映っている。

開いた窓から差しこむ本物の月の光は霧でぼやけ、明るいとはいえないが、明かりはそれほど必要ない。これくらいで十分。なんとかなる。

ベビーベッドのなかの子どもの形がわかる。頭と手足と胴体。

ベッドには子どもが出られないように高い柵がついている。男はベッドにかがみこみ、右手のナイフを振りあげると、心臓に狙いを定め……

……振りおろした。ベビーベッドに寝ていたのはテディベアだった。子どもはいない。

男の目はかすかな月明かりに慣れていたので、電灯をつけようとは思わなかった。明かりなど必要ない。べつの力に頼ればいい。

男はあたりのにおいをかいだ。自分が部屋に持ちこんだにおいはどうでもいい。関係ないにおいも無視だ。それより獲物のにおいはどれだ？　におう。子どものにおいだ。ミルクのにおい。チョコチップクッキーのにおい。夜用紙おむつから漂う、鼻につんとくるにおい。髪に残るベビーシャンプーや、子どもが持ち歩く小さなゴム製品のにおいもする。おもちゃか？　いや、おしゃぶりを口にくわえていたようだ。

子どもはたしかにここにいたのだ。だが、もういない。男は鼻を頼りに、ひょろっと高い建物のまんなかを走る階段を下りていった。バスルーム、台所、セントラルヒーティングの余熱を利用した乾燥戸棚のなかをたしかめ、最後に一階の玄関ホールをたしかめたが、みつかったのは自転車数台、空っぽの買い物袋の山、落ちたおむつ、開いたままのドアから忍びこんだ霧の切れ端くらいだ。

男は小さくうなった。いらだちとも納得ともとれる声だ。ロングコートの内ポケットに隠してあった鞘にナイフをおさめ、通りに出る。月も出ているし、街灯もともっているが、霧が光も音もすべてを包みこみ、夜を闇深く、あやうくしている。その家は丘の中腹にあり、ふもとのほうに目をやれば、閉まった店の明かりが見える。目を上に移せば、くねくねと続く道沿いに縦長のテラスハウスが並んでいる。その先は闇に沈む古い墓地だ。

男は空気のにおいをかいだあと、急ぐふうでもなく丘を上りはじめた。

その子はあんよを覚えてからというもの、両親を喜ばせたり困らせたりしてきた。なにしろこの子ほどあちこち歩きまわり、なんにでもよじのぼり、どこにでも出入りする子はいない。その夜、階下でなにかが落ちたような大きな音がして、目を覚ました。そしてすぐ退屈になり、ベッドから出る方法を探しはじめた。ベッドは下の階のベビーサークルと同じように高い柵に囲まれているが、乗りこえられないこともない。踏み台になるものさえあれば……。

子どもは大きな金色のテディベアをベッドの隅に押しこんで、小さな手で柵をつかむと、テディベアの膝に足をかけ、頭にもう片方の足を乗せて立った。それから、柵によじのぼり、落っこちるようにしてベッドから出た。

下には柔いおもちゃの山があったので、音はほとんどしなかった。半年ほど前に迎えた一歳の誕生日に親戚から贈られたおもちゃもあれば、姉のお下がりもある。その子は床に落ちてぎょっとしたが、泣かなかった。泣けば、両親に気づかれて、ベッドにもどされてしまう。

その子は部屋からはいだした。

階段を上るのはむずかしくて、まだうまくできないが、下りるほうはわりと簡単だ。座ったまま一段ずつ、おむつをクッションがわりにしてお尻で下りていけばいい。子どもはゴムのおしゃぶりをくわえた。そろそろやめないとね、と母親はいいだしている。

お尻で階段を下りるうちにおむつがゆるんできた。最後の段に着いて、玄関前の狭いスペースで立ちあがったとたん、おむつが床に落ちた。子どもはおむつから足を抜いた。着ているのは子ども用の寝巻き一枚だ。寝室や家族のところへもどる階段は見るからにけわしく、とても上れそうにない。けれど、通りに出るドアは開いていて、気をそそられる……。

子どもはおどおどと家から出た。霧が久しぶりに会う友だちのように腕を巻きつけてくる。はじめは不安だったが、だんだん気が大きくなってきて、おぼつかない足どりで、元気に丘を上っていった。

丘の頂に近づくにつれて、霧は薄くなってきた。空には半月が輝いている。昼間の明るさにはとうていおよばないが、墓地を見るにはこれで十分だ。


たとえば、ほら。

使われなくなった葬儀用の礼拝堂に目をやれば、南京錠のかかった鉄の扉や尖塔の壁をはうツタ、屋根の樋から生えている小さな木が見える。

墓石や霊廟、納骨堂や銘板。ときには、ウサギやハタネズミやイタチが下生えから飛び出て、小道をさっと横切るのが見えることもある。

あの夜、そこにいたら、そうしたものが月明かりのなかに見えたはずだ。

だが、正門のそばの小道を歩いていた小太りの蒼白い女は見えなかったかもしれない。見えたとしても、目をこらしたら、月明かりのなかで霧に浮かんだ影にすぎないと思いなおしただろう。だが、ふくよかな蒼白い女はたしかにそこにいた。倒れかけた墓石のあいだを縫って、正門にむかっていた。


門には鍵がかかっていた。冬は午後四時、夏は午後八時に鍵がかけられる。墓地の一部は先がとがった鉄の柵、残りは高いレンガの塀で囲まれていた。門の鉄棒の間隔は狭く、大人はもちろん、十歳の子どもでも通りぬけることはできない。

「あなた！」

蒼白い女は、高く茂った草のあいだを吹きぬける風のざわめきに似た声で呼びかけた。

「あなた！　こちらにいらして、見てくださいな！」

女はしゃがみこみ、そこにいるものに目をこらした。月明かりのなかに影があらわれたかと思うと、白髪まじりの四十代半ばの男の姿になった。妻を見おろし、妻の視線の先を見て、頭をかいた。

「ミストレス・オーエンズ」男は妻に対して古風な呼びかたをした。いまより堅苦しい時代の生まれなのだ。「これはもしや、あれかね？」

その瞬間、男がじっと見ていたものはミセス・オーエンズに気づいたようだった。というのも、ぽかんと口を開け、それまでしゃぶっていたゴムのおしゃぶりを落としたからだ。そして、ぷっくりとした小さな拳を突きだした。ミセス・オーエンズの蒼白い指を必死につかもうとしているように見える。

「どう見ても、赤ん坊ではないか」ミスター・オーエンズはいった。

「もちろん赤ん坊ですとも」妻はいった。「問題はこの子をどうするかですよ」

「たしかに問題だが、われわれの問題ではあるまい。この子はどう見ても生きている。われわれにはどうしてやることもできない。この子はこちらの世界の者ではないのだから」

「ほら、見て、笑ったわ！　なんてかわいいんでしょう」ミセス・オーエンズが触れることも触れられることもできない手で、まだうっすらとしか生えていない薄茶色の髪をなでてやると、小さな男の子はうれしそうに笑った。

ひんやりした風が墓地を吹きわたり、斜面の下のほうに漂っていた霧を散らした（墓地は丘の頂全体に広がっており、墓地のなかの小道は丘をくねくね上ったかと思うと、また下ってもとの場所にもどる）。鉄の鳴る音がした。だれかが墓地の古い正門と大きな南京錠と鎖を引っぱり、揺らしている。

「ほら。家族が愛しい坊やを連れもどしにきたぞ」ミスター・オーエンズはいった。

「さあ、その子を放しなさい」とつけくわえたのは、妻が触れることも触れられることもできない腕で赤ん坊を抱きしめ、なでていたからだ。

ミセス・オーエンズはいった。「あの人はだれの家族にも見えないわ」黒いコートの男は正門を揺らすのをやめ、今度は横にある小さな通用門を調べていた。そちらもきちんと鍵がかかっている。昨年、墓地が荒らされたので、議会が対策をとったのだ。

「ほら、ミストレス・オーエンズ。その子から離れなさい。お願いだ」ミスター・オーエンズはいった。そのとき、幽霊が目に入って、あ然とし、言葉を失った。

幽霊を見たくらいでなにをそんなに驚くのか、と思う人もいるかもしれない。当然だ。オーエンズ夫妻もまた死んでいるのだから。それも死んでからすでに数百年がたっている。つきあいがあるのも、だいたいのところ死人ばかりだ。だが、いまあらわれた幽霊は、墓地の住人とはちがう。まだ幽霊になりたてらしく、ぎょっとするような姿で揺れている。テレビ画面の砂嵐のような灰色の姿。激しい動揺とむきだしの感情がオーエンズ夫妻のなかに流れこんでくる。自分の感情なのかと思ってしまうほど生々しい。幽霊は三人いた。大人ふたりと子どもひとり。しかし、ぼやけた輪郭だけでなく、姿がくっきり見えるのはひとりだけだ。その幽霊が訴えている。わたしの坊や！　あの男が坊やを手にかけようとしているんです！

　耳障りな音がした。外にいた男が、墓地の一部を囲っている高いレンガの塀のほうへ重いブリキのゴミ箱を引きずってくる。

「息子を守ってください！」幽霊がいう。女性だ、とミセス・オーエンズは思った。この赤ん坊の母親にちがいない。

「あの男になにをされたんですか？」ミセス・オーエンズはたずねたが、相手に聞こえているのかどうかよくわからなかった。気の毒に、この人は死んだばかりなのだ。穏やかに息を引きとり、埋葬された場所でしかるべきときに目覚めて、おのれの死を受けいれ、ほかの住人たちと知りあうことができれば楽なものを。この人はひたすら子どもの身を案じ、恐れている。その恐怖はオーエンズ夫妻には低くおさえた悲鳴にも感じられるほどで、それに引かれたのか、墓地のあちこちから蒼白い幽霊が集まってきた。

「そなたらは何者か？」カイウス・ポンペイウスが幽霊にたずねた。カイウスの墓石はもうざらざらの石くれでしかない。二千年前、彼は遺体をローマに送り返さず、大理石の霊廟の横の塚に埋葬してほしいと頼み、この墓地の古顔のひとりとなった。そんなわけで、自分の責任をきわめて重くとらえていた。「ここに埋葬されておるのか？」

「もちろんんちがいます！　この姿を見れば、いま亡くなったばかりだとおわかりでしょう」ミセス・オーエンズは女の幽霊を抱きしめ、小声で安心させるように話しかけた。

路地沿いの高い塀のほうから大きな音がした。ゴミ箱が倒れている。男が塀の上によじのぼり、霧にかすんだ街灯の明かりのなかに黒い輪郭が浮かびあがっていた。男はしばらく動きを止めたあと、塀の上に手をかけてぶら下がると、手を離して一メートルほど下の墓地に下りたった。

「でも、あなた」ミセス・オーエンズは女の幽霊にいった。ほかのふたりはもう消えていた。「この子は生きているのよ。けれど、わたしたちはちがうわ。考えてもみてちょうだい……」

子どもはとまどったようにふたりを見あげていた。ふたりの手をかわるがわるつかもうとするが、つかめない。女の幽霊はみるみる消えはじめた。

「そうね」ミセス・オーエンズがうなずいた。ほかの人には聞こえなかったが、女の言葉にこたえているらしい。「わたしたちにできるというなら、やってみるわ」それから横にいた夫の顔を見た。「ねえ、あなた？　この子のお父さんになってくださらない？」

「なにになれと？」ミスター・オーエンズは眉間(みけん)にしわを寄せた。

「わたしたちはとうとう子どもを持てなかったわね。でも、この子のお母さんが坊やを守ってほしいといっているの。引きうけてくださるでしょう?」

黒いコートの男は、風化してツタがからみついた墓石につまずいて転んだ。そして立ちあがると、慎重に足を運んだ。フクロウが驚いて、音もなく飛びたつ。赤ん坊が見つかり、男の目に勝利の色が浮かんだ。

ミスター・オーエンズには妻の考えていることが声音でわかった。結婚して二百五十年以上も連れそってきたのだ。「本気なのか? 本気でいっているのかね?」

「本気ですとも。本気でないことなんて口にしたことはないわ」

「よかろう。おまえがこの子の母親になるというのなら、わたしが父親になろう」

「ほら、聞いたでしょう?」ミセス・オーエンズは墓地に揺らめく影に声をかけた。もう小さな輪郭しか残っていない。まるで女の形をした、はるか彼方(かなた)の稲妻のようだ。女はミセス・オーエンズだけに聞こえる声でなにかいうと、いなくなった。

「もうここに来ることはないだろう」ミスター・オーエンズがいった。「次に目覚めたときには、自分の墓地にいるはずだ。あるいは行きつく先か」

ミセス・オーエンズは赤ん坊のそばにかがみこみ、両手をさしだしながら、やさしく呼びかけた。「さあ、いらっしゃい。ママですよ」

〝男(ジャック)〟はすでにナイフを抜いて子どものほうにむかっていた。ところが、月明かりのなかで霧が渦巻いたかと思うと、次の瞬間、そのなかにいた子どもはいなくなっていた。あとには湿った霧と月明かりと揺れる草しかない。

〝ジャック〟は目をしばたたき、あたりのにおいをかいだ。なにかが起こったようだが、なんだかわからない。怒りといらだちのあまり、喉の奥で肉食獣のようなうなりをあげる。

「おい」〝ジャック〟は呼んだ。子どもはきっと物陰にいるのだろう。〝ジャック〟の声は陰気で荒っぽく、妙に鋭かった。まるで自分の声を聞いて驚き、とまどっているかのようだ。

墓地は秘密を明かそうとしない。

「おい」〝ジャック〟はもう一度呼んだ。赤ん坊の泣き声か片言か身じろぎの音が聞こえてくるかもしれない。ところが、聞こえてきたのは意外にも品のあるやわらかな声だった。

「どうかなさいましたか？」

この男は長身の〝ジャック〟よりもさらに背が高かった。それに、黒ずくめの〝ジャック〟よりもさらに黒い服を着ている。普通の人は仕事中の〝ジャック〟に気づくと――〝ジャック〟も、気づかれたくはないのだが――不安になり、落ちつきをなくし、わけのわからない恐怖にとらわれる。ところが、〝ジャック〟が男の顔を見たとき、不安になったのは自分のほうだった。

「人を捜していたんです」〝ジャック〟は右手をコートのポケットにそっと入れてナイフを隠し、いざというときにはすぐにとりだせるようにした。

「こんな夜中に鍵のかかった墓地で？」

「ただの赤ん坊ですよ」〝ジャック〟はこたえた。「たまたま通りかかったら、赤ん坊の泣き声が聞こえましてね。門からなかをのぞいたら、赤ん坊がいた。放ってもおけないでしょう」

「なるほど、ご親切なかただ。感心しました。しかし、その子を見つけたあと、どうやって外に出るつもりだったのですか？　赤ん坊を抱えて塀を越えるのは大変だ」

「大声をあげて、だれかが来てくれるのを待つつもりでした」

重い鍵束の鳴る音がした。「その場合、あなたの声に応じるのはわたしでしょうね。わたしがあなたを出してさしあげることになったでしょう」男は大きな鍵を選びだした。「どうぞこちらへ」

〝ジャック〟は男のあとについていった。ポケットからナイフをとりだす。「すると、あなたがこの墓地の管理人ですか？」

「管理人？　まあ、そのようなものです」男は門にむかっている。ついていけば、赤ん坊から離れることになる。だが、この男は鍵を持っている。闇のなかでナイフをひと突き。それだけでいい。子どもを捜すのはそのあとだ。すぐに見つからなければ、朝までかかってもいい。

〝ジャック〟はナイフを構えた。

「どこかに赤ん坊がいたとしても」男は振りかえりもせずにいった。「墓地のなかではないと思いますよ。きっと勘ちがいでしょう。だいたい子どもがこんなところに来るはずがない。夜鳥の声でも聞いたのではありませんか？　あなたが見たというのもネコかキツネでしょう。ここは自然保護地域に指定されています。ここで最後の葬儀がおこなわれたのはかれこれ三十年前です。よく考えてみてください。あなたが見たのは本当に子どもだったのですか？」

〝ジャック〟は考えた。

男が通用門の鍵を開けた。「きっとキツネですよ。キツネはずいぶん変わった声を出す。人の泣き声に似ていなくもない。ええ、この墓地にいらっしゃったのはまちがいです。お捜しの子どもはどこかにいるのでしょう。だが、ここにはいない」男はその考えが相手の頭のなかにしみこむのを待ってから、派手な身ぶりで門を開けた。「お近づきになれてよかった。お捜しのものはきっと外で見つかりますよ」

〝ジャック〟は墓地の門の外に出ていた。男は門の内側からふたたび施錠し、鍵をしまいこんだ。

「どこへ行くんですか？」〝ジャック〟はたずねた。

「ほかにも門があるのです。車は丘の反対側に停めてあります。わたしのことは気にならさずに。わたしと話したことも忘れてけっこうです」

「ありがとう」〝ジャック〟はうなずいた。覚えているのは、丘を上ってきたこと、子どもだと思ったものがじつはキツネだったこと、親切な管理人が道まで案内してくれたことだけだ。〝ジャック〟はナイフをそっと鞘におさめた。「では」

「さようなら」〝ジャック〟が管理人だと思っている男がいった。

〝ジャック〟は子どもを捜しに丘を下りていった。

男は闇にまぎれて〝ジャック〟を見送った。その姿が見えなくなると、夜の闇のなかを歩いて、丘の頂に近い平らな場所までやってきた。そこにはジョサイア・ワージントンを記念するオベリスクと平たい墓石が置かれている。地元の醸造業者で政治家、のちに准男爵にも叙せられた人物で、三百年近く前、古い墓地とまわりの土地を買いとってその永代所有権を町に譲った。ただし、この丘の斜面のいちばんよい場所——つまり、町全体とそのむこうまで見晴らせる自然の集会場——は自分用に確保して、この墓地が墓地として保たれるようにしてあった。墓地の住人たちはそのことに感謝していたが、ジョサイア・ワージントン准男爵はまだまだ感謝が足りないと感じていた。

墓地の人口は一万ほどとされているが、ほとんどは深い眠りについているか、夜ごとのできごとに興味がない者ばかりで、月明かりのなか、そこに来ていたのは三百人足らずだった。

男も霧のように静かに集会場までやってくると、物陰から無言でなりゆきを見守った。

ジョサイア・ワージントンが話している。「いやはや、なんとまあ、強情な……こんなばかげた話はない。自分でもわかっているはずだ」

「いいえ、わかりませんわ」ミセス・オーエンズはこたえた。

ミセス・オーエンズは地面に脚を組んで座り、生きた子どもを膝の上に寝かせていた。蒼白い両手を子どもの頭に添えている。

「おそれながら」ミスター・オーエンズが妻の横に立って発言した。「妻はばかげたことは思っていないのです。むしろ義務と考えておりまして」

ミスター・オーエンズはまだ生きていたころ、生身のジョサイア・ワージントンに会ったことがあった。じつはイングルシャムの近くにあった領主館に立派な家具をいくつかおさめたことがあり、いまもおそれ多く感じているのだ。

「義務だと？」ジョサイア・ワージントン准男爵はクモの巣を払うように首を振った。「そなたが義務を負うべきはこの墓地と、肉体のない魂や亡霊など、ここの住人たちの共通の利益に対してだ。したがって、そなたの義務とは、できるかぎりすみやかにこの子どもをしかるべき家に帰すことだ。そして、しかるべき家は断じてここではない」

「わたしはこの子をお母さんから託されたんです」ミセス・オーエンズはそれだけいえば十分といわんばかりの口調でいった。

「だが……」

「だがも、しかしも、ありません」ミセス・オーエンズは立ちあがった。「はっきり申しあげますが、こんなところで脳みそにカビが生えたような人たち相手に話をしている場合ではないのです。いつこの子がお腹を空かして目を覚ますかわかりませんもの。食べ物といえば、この墓地のどこにいけばあるのかしら」

「まさにそれが問題なのだ」カイウス・ポンペイウスが堅苦しい口調でいった。「その子になにを食べさせる？　いかに世話をするつもりなのだ？」

ミセス・オーエンズの瞳(ひとみ)が燃えあがった。「世話ならできますとも。本当のお母さんと同じように。わたしはすでにこの子をお母さんからまかされているのです。ほら、このとおり、この子を抱いているではありませんか。この子に触れています」

「いいかげん目をお覚ましよ、ベッツィ」マザー・スローターがいった。大きなボンネットをかぶり、ケープをまとった小柄な老女だ。ボンネットもケープも生前身につけていたもので、埋葬されたときもその姿だった。「この子をどこに住ませる気だい？」

「ここよ」ミセス・オーエンズはいった。「墓地の特別住民権を与えればいいでしょう？」

マザー・スローターは「おお」という口をしてから、「でもねえ」といった。「あたしは賛成できないね」

「どうして？　よそ者に特別住民権を与えた例があるではありませんか」

「たしかにな」カイウス・ポンペイウスがいった。「だが、彼は命ある者ではなかった」

その言葉に、物陰にいた男は好むと好まざるとにかかわらず会話に加わるしかないと悟り、しかたなく影のなかから歩みでた。まるで影から闇がひとかけらちぎれたかのようだ。「たしかにわたしは生者ではない。だが、ミセス・オーエンズのいいたいことはわかる」

ジョサイア・ワージントンがいった。「そうなのかね、サイラス？」

「ああ。よかれあしかれ――わたしはよいことだと信じているが――オーエンズ夫妻はこの子どもを保護した。だが、善良な夫婦ふたりの力だけでこの子を育てることはできない。墓地全体の協力が必要だ」サイラスはいった。

「食べ物やなにかはどうする？」

「わたしなら墓地を出ることも、もどってくることもできる。わたしが食べ物を持ってこよう」サイラスがいった。

「そうはいうけど」マザー・スローターが口をはさんだ。「あんたはここに来たかと思うと、また出ていくじゃないか。行き先はだれにもわからない。あんたが一週間もどらなかったら、この子は死んじまうかもしれないんだよ」

「賢明なご意見だ」サイラスはいった。「みながあなたの意見を尊重するのもうなずける」生きている人間の気持ちとちがって、死者の気持ちは強引に変えられないが、うまく持ち上げて思い通りにすることはできる。死者もお世辞やおだてには弱い。そのうえでサイラスは結論を述べた。「よくわかった。オーエンズ夫妻がこの子の両親になるなら、わたしが後見人になろう。わたしはここにとどまる。ここを離れなければならないときには代理人に食べ物を運んでもらい、面倒を見てもらうことにする。礼拝堂の地下を使えばよかろう」

「しかし」ジョサイア・ワージントンがいさめた。「しかし……人間の子どもだぞ。この子は生きている。冗談でもなんでもない。はっきりいわせてもらうが、ここは墓地であって、保育所ではない。まったく」

「まさしく」サイラスはうなずいた。「鋭いご意見です。まさにそのとおり。ほかでもない、それゆえにこそ、この子は墓地の、妙ないいかたになるが、墓地の生活に支障をきたさぬように育てられなければならない」そういって、ミセス・オーエンズのほうに歩みよると、その腕のなかで眠っている子どもを見つめ、眉を上げた。「この子の名前は聞いているかね？」

「母親はなにもいいませんでした」

「そうか」サイラスはいった。「どちらにしても、もとの名前はもう使わないほうがよかろう。外にはこの子に危害を加えようとしている連中がいる。新しい名前をつけてやろうではないか」

カイウス・ポンペイウスが進みでて、子どもを見つめた。「この子はわしの部下だったマルクスに少々似ておる。マルクスと名づけてはどうだろう？」

ジョサイア・ワージントンはいった。「いや、わたしの庭師頭だったステビンズにそっくりだ。もっとも、ステビンズという名を勧めようとは思わぬ。あの男、とんでもない大酒飲みだったからな」

「この子は甥っ子のハリーによく似てるよ」マザー・スローターがいうと、墓場中がこの議論に加わろうと決めたらしく、てんでにこの子が遠い昔に忘れられただれかに似ているといいだした。そのうち、ミセス・オーエンズが声を張りあげた。

「本人以外のだれにも似ていません。似てなどいるものですか」

「では、ノーボディ――だれでもない――と名づけよう」サイラスがいった。「この子はノーボディ・オーエンズだ」

そのとたん、その名が聞こえたのか、子どもがぱっちり目を開けた。眠気などまったく残っていないかのようだ。あたりを見まわし、死者たちの顔と霧と月をながめる。それからサイラスに目をとめた。その目はまったくたじろがない。真剣なまなざしだった。

「ノーボディだって？　いったいなんだね、それは」マザー・スローターがあきれたようにいった。

「この子の名だ。よい名ではないか」サイラスがいった。「きっとこの子を守ってくれる」

「厄介ごとは持ちこみたくない」ジョサイア・ワージントンがいった。子どもはジョサイアを見あげたあと、腹が空いたのか、疲れたのか、ただ家や家族や自分の世界が恋しくなったのか、小さな顔をくしゃくしゃにして泣きだした。

「その子を連れていくがよい」カイウス・ポンペイウスがミセス・オーエンズにいった。「そなた抜きでもう少し話しあいたい」

ミセス・オーエンズは礼拝堂の外で待っていた。尖塔つきの小さな教会にも見えるこの建物が歴史的文化財に指定されたのは四十年以上前のことだ。だが、町議会は高い費用を払ってまでこの建物を修復することはないと判断した。こんな時代遅れの草深い墓地に立つ小さな礼拝堂を修復してもしかたがない。そこで扉に南京錠をかけ、朽ちてるにまかせることにした。そんなわけですっかりツタにおおわれてはいるものの、建物はまだしっかりしていて、今世紀中には倒壊などしそうにない。

子どもはミセス・オーエンズの腕のなかで眠っていた。ミセス・オーエンズはやさしく揺すってやりながら、古い子守り歌を口ずさんだ。ミセス・オーエンズが赤ん坊のころに母がうたってくれた歌、男たちがかつらをかぶって白い髪粉をつけだした時代の歌だ。こんな歌詞だった。

ぐっすりおやすみ　かわいい坊や
ぱっちりおめめが覚めるまで
大きくなったら　広い世界へ出ておいき
おまえはきっと
愛する人にキスをして
ダンスを踊って
自分の名前と
埋もれた宝を見つけだす……

ミセス・オーエンズはここまで歌ってから、最後の部分を覚えていないことに気づいた。たしか「毛が残ってるベーコン」がどうとかだったと思う。いや、それはべつの歌だっただろうか。ミセス・オーエンズはかわりに「早くも地上に降りてきた、月に住む男」の歌をうたい、次にやさしいカントリーボイスでもっと最近の歌をうたった。「パイに親指を突っこんでプラムをつまみだした男の子」の歌だ。それから、うらまれる理由もないのに恋人に毒入りのまだらウナギの料理を食べさせられた若い田舎紳士の長いバラッドをうたいはじめたとき、サイラスが礼拝堂の角を曲がってやってきた。手には段ボールの箱を持っている。

「さあ、どうぞ。子どもの成長によさそうなものを見つくろってきた。礼拝堂の地下に置いておこう」

サイラスは南京錠をはずし、地下納骨所への鉄の扉を引きあけた。ミセス・オーエンズはなかに入ると、納骨棚や、壁に作りつけてある古い木の信者席を心もとなさそうに見つめた。隅には教区の古い記録のつまったカビの生えた箱が積んである。反対側の隅のドアは開いていて、ヴィクトリア時代の水洗トイレと水しか出ない洗面台が見える。

子どもが目を開いて、じっと見た。

「食べ物はここに置こう。これだけ涼しければ、食べ物も長持ちするだろう」サイラスは箱に手を突っこみ、バナナをとりだした。

「それはいったいなんですの？」ミセス・オーエンズは茶色いしみの浮いた黄色いものをけげんな顔で見つめた。

「バナナというものだ。果物だよ、熱帯の。たしか皮をむくはずだ。こんなふうに」

子ども――ノーボディ――が腕のなかでもがきだしたので、ミセス・オーエンズは板石の敷かれた床に下ろしてやった。ノーボディはとことこサイラスに近づくと、ズボンをつかんだ。

サイラスはバナナを渡してやった。

ミセス・オーエンズは子どもがバナナを食べるのを見つめた。「バナナ？」自信なさそうにいってみる。「聞いたことがないわ。初めて。どんな味がするのかしら？」

「見当もつかない」サイラスの食べ物はひとつきりで、それはバナナではなかった。

「この子の寝床もここに作るといい」

「それにはおよびませんわ。わたしどもにもすてきなお墓がありますから。近くにはスイセンも咲いていいます。小さな子どもを寝かせる場所くらいいくらでもあります。とにかく」ミセス・オーエンズはサイラスのせっかくの申し出を突っぱねたととられないようにつけくわえた。「この子があなたのお邪魔になってはいけませんから」

「邪魔になるとは思わぬが」

ノーボディはバナナを食べおえていて、口に入らなかったぶんは服や髪にくっついている。ひどい汚れようだが、本人はリンゴのように真っ赤な頬をしてご機嫌だ。

「ナーナ」ノーボディはうれしそうにいった。

「まあ、なんて賢いんでしょう。あらあら、こんなに汚して！　だめよ、じっとして……」ミセス・オーエンズはノーボディの服や髪についたバナナをとってやってから、サイラスにたずねた。「話しあいの結果はどうなるのかしら？」

「さあな」

「この子を手放すなんてできないわ。お母さんと約束したんですもの」

「わたしも昔はじつにいろいろなものになったが、さすがに母親になったことはない」サイラスがいった。「いまさら母親になるつもりもないが、ここの人々とちがって墓地を離れることはできる……」

ミセス・オーエンズはさらりとこたえた。「わたしにはできません。骨がここにありますから。主人の骨も。ここから離れるわけにはいきませんわ」

「自分のいるべき場所があり、わが家と呼べる場所があるというのはいいものなのだろうな」サイラスはいったが、その声にせつなさはない。サイラスの声は砂漠よりも乾いていて、ただどうしようもない事実をそのまま述べたにすぎないという感じなので、ミセス・オーエンズもなにもいわなかった。

「まだ長くかかるのかしら？」

「そうでもないだろう」サイラスはいったが、その予想ははずれた。

丘の斜面の集会場ではまだ議論が続いていた。このばかげた主張を始めたのが軽薄な新参者ではなく、オーエンズ夫妻だったことは十分に考慮された。このふたりは尊敬に値する存在であり、事実、敬意を払われているからだ。また、サイラスが赤ん坊の後見人に名乗りをあげたことも無視できない。サイラスは墓地の住人たちからおそれ敬われ、いくらか警戒されてもいる。なぜなら、死者の世界と死者があとにした世界のはざまにいるからだ。とはいうものの、やはり……。

墓地という場所はいつも民主的とはかぎらないが、死そのものはいたって平等だ。生きている子どもをここにとどめるかどうかについては、死者それぞれに考えがあったし、発言権も持っていたから、その夜は、だれもが自分の意見を表明しようと意気ごんでいた。

秋も深まったこの時季は、夜もなかなか明けない。空はまだ暗いが、丘のふもとのほうでは車の音がしはじめた。闇夜のように暗い朝の霧のなか、生きている人々が車で職場にむかうのをよそに、墓地の住人はここに迷いこんだ子どもをどうしたものだろうと話しつづけた。三百の声があれば、三百の意見がある。墓地の北西の荒れはてた斜面に住む詩人のネヘミア・トロットが熱弁をふるおうとした。ところが、いいたかったことがなんであれ、ネヘミアが口を開く寸前に、事件が起こった。自分の話を聞いてもらおうと躍起になっていた人々が思わず口をつぐんでしまうようなできごと、この墓地ができて以来、前例を見ないようなできごとだ。

白い大きな馬がゆっくり丘を上ってきたのだ。馬をよく知る人なら「葦毛（グレイ）」と呼ぶ馬だ。馬の姿が目に入る前からひづめの音は聞こえていた。丘に茂るイバラやツタやハリエニシダをかきわける音もする。シャイア種の農耕馬並みに大きく、体高は二メートル近い。鎧かぶとに身を固めた騎士を乗せることもできそうだ。ところがその背に鞍もつけずに乗っていたのは全身灰色ずくめの女だった。長いスカートとショールは古いクモの巣で織られているかのようだ。

女の顔は穏やかで、やさしかった。

墓場の住人はこの女を知っていた。だれでも生涯を終えるときには〈葦毛馬の貴婦人〉と出会うからだ。そして一度会ったら、この女性を忘れることはできない。

馬はオベリスクのそばに止まった。東の空がしだいに明るくなってきた。夜明け前の真珠のような輝きに、墓地の住人たちは落ちつきをなくし、快適なねぐらにもどりたくなった。それでも、だれひとり立ち去ろうとはしなかった。だれもが〈葦毛馬の貴婦人〉を見つめていた。胸を躍らせながらも、恐れおののいている。死者たちは概して迷信深くはないが、〈葦毛馬の貴婦人〉を見つめる目は、さながらローマの神官が聖なるカラスの飛びかたに知恵や手がかりを見いだそうとするかのようだった。

貴婦人が語りかけた。

小さな銀の鈴を百も鳴らすような声でただひとこと。「死者は慈愛の心を」そして、笑みを浮かべた。

足もとに生い茂る草をうれしそうにかみしめていた馬が食べるのをやめた。〈葦毛馬の貴婦人〉がその首に触れて、むきを変える。馬はひづめの音をとどろかせ、大きな歩幅で地面を蹴ったかと思うと、丘から舞いあがり、空を駆けていった。低くひびくひづめの音は遠雷のように遠ざかっていき、馬はまたたく間に見えなくなった。

少なくとも、その場にいた墓地の住人たちの話では、そういうことだった。

話しあいは終わり、挙手で賛否をたしかめることさえせずに決定が下された。ノーボディ・オーエンズと名づけられた子どもに墓地の特別住民権を与えることとする。

マザー・スローターとジョサイア・ワージントン准男爵はミスター・オーエンズにつきそって古い礼拝堂の地下までやってくると、ミセス・オーエンズにいま起こったことを話した。

ミセス・オーエンズは奇跡に驚くようすもなくいった。「そうでしょうとも。ものの道理がさっぱりわからない人もいるようだけど、あのかたにはちゃんとわかってらっしゃるのよ。当然だわ」

雷鳴のひびく灰色の空に朝日が昇る前、子どもはオーエンズ夫妻の小さいけれど立派な墓でぐっすり眠っていた（ミスター・オーエンズは地元の家具職人ギルドの会長として成功をおさめていたので、会員たちが敬意を払ったのだ）。

サイラスは日が昇らないうちにもう一度出かけた。丘を下って背の高い家を見つけると、三つの死体をたしかめ、ナイフで刺された傷の特徴を調べた。気がすむだけ調べて、まだ暗い朝の通りへ足を踏みだした。不吉な予感に顔をくもらせて墓地へもどっていく。礼拝堂の尖塔がサイラスの寝床だ。そこで眠りながら、日が暮れるのを待つ。

丘のふもとの小さな町では、〝男（ジャック）〟が怒りをつのらせていた。待ちに待った夜だった。何か月、いや何年にもわたる仕事にいよいよ片がつく。すべりだしは好調だった。三人の人間が悲鳴ひとつあげる間もなく息絶えた。それなのに……。

あのあと、すべてがおかしくなった。まったくしゃくにさわる。なんだって丘を上ってしまったんだ？　子どもは丘を下ったに決まっている。丘のふもとに着いたころには、においはもうたどれなくなっていた。子どもを見つけて、家にかくまったやつがいるにちがいない。ほかに考えようがない。

雷鳴がとどろいた。砲声のように大きな音がいきなり耳をつんざいたかと思うと、雨が激しく降りだした。〝ジャック〟は几帳面（きちょうめん）な仕事をする男だ。早くも次の手を考えはじめた。だれか町の住人をさがそう。この町で自分の目となり、耳となってくれる人間を。

任務に失敗したことは組織に報告しなくていい。

大粒の涙のような朝の雨に降られ、店の軒先をそろそろと移動しながら、自分にいいきかせる。失敗と決まったわけではない。まだ、あと数年はだいじょうぶだ。時間は十分にある。やりかけの仕事をすませ、この件にピリオドを打てばいい。

パトカーのサイレンの音が聞こえてきた。パトカーを先頭に、救急車、覆面パトカーがサイレンを鳴らしながらそばを飛ぶように走りすぎ、丘を上っていく。〃ジャック〃はしかたなくコートの襟を立て、朝にむかって、うつむきかげんに歩いていった。ナイフはポケットのなかで鞘にきちんとおさめられ、雨や風から守られていた。

第2章　新しい友だち

　ボッドは物静かな子どもだった。きまじめそうな灰色の目に薄茶色のくしゃくしゃの髪。おおむね聞きわけもよかった。やがて言葉を覚えると、墓地の住人たちを質問攻めにした。「なにゆえぼくは墓地から出てはいけないの?」「どうすればあの人みたいなことができるの?」「ここにはだれが住んでるの?」。大人たちは精一杯こたえたが、そのこたえはたいていあいまいだったり、支離滅裂だったり、つじつまが合わなかったりした。そんなとき、ボッドは古い礼拝堂まで歩いていって、サイラスと話した。

　日没のころに礼拝堂の前で待っていると、じきにサイラスが目を覚ます。

　後見人のサイラスはどんな質問にもわかりやすく簡潔明瞭にこたえてくれた。

「なぜ墓地から出てはいけないのか――『なにゆえ』はこのごろの言葉ではないから、『なぜ』といいなさい――それは、おまえを守ってやれる場所が墓地しかないからだ。ここはおまえの住まいだし、おまえを愛する者もいる。外の世界はおまえにとって安全な場所ではないのだ。いまはまだな」

「サイラスは外に出かけるじゃないか。それも、毎晩」

「わたしはおまえよりずっと年上だし、どこにいても安全だ」

「ぼくだって安全だよ」

「残念ながらそうではない。だが、ここにいればだいじょうぶだ」

あるいはこんな会話がかわされる。

「どうすればそんなことができるのかって？　勉強して身につくわざもあれば、訓練が必要なもの、その時を待たねばならないものもあるが、そうしたわざはきちんと学べば習得できる。姿を消したり、音を立てずに移動したり、他人の夢のなかを歩いたりといったことはじきにできるようになる。だが、命ある者には習得できないわざもある。そうしたわざに関しては、もうしばらく待たねばならない。もちろん、いずれは習得することになるだろう。ゆくゆくはな。

なんといっても、おまえには墓地の特別住民権が与えられている。そして、墓地に守られている。ここにいるかぎり、闇のなかでもものが見えるし、生きている者には通れないところも歩くことができる。生者の目にもつきにくい。わたしにも墓地の特別住民権が与えられているが、わたしの場合、ここに滞在できるというだけだ」

「ぼくもサイラスみたいになりたい」ボッドは下唇を突きだした。

「いや、それはやめたほうがいい」サイラスはきっぱりいった。

またあるときは、こんな会話もかわされた。

「墓にだれが眠っているかって？　たいていは墓石に書いてある。字はまだ読めないのか？　自分の名前のつづりは？」

「ぼくのなに？」

サイラスは首を振ったが、なにもいわなかった。オーエンズ夫妻は生前、読書に熱心ではなかったし、墓地にはアルファベットの本などなかった。

次の夜、サイラスはオーエンズ夫妻のこぢんまりした墓までやってきた。手には大きな絵本を三冊抱えている。二冊はカラフルなアルファベットの本（『Aはアップル、Bはボール』）、もう一冊はドクター・スースの『キャット・イン・ザ・ハット』という本だ。サイラスは紙とクレヨンのセットも持ってきた。それからボッドといっしょに墓地を歩きまわり、まだ新しく、文字がはっきり読める墓石やプレートをボッドの小さな指でなぞらせながら、鋭くとがった屋根のような形をした大文字のAから順に、アルファベットを教えた。

サイラスはボッドに課題を出した。墓地でアルファベットの二十六文字を探しだすというものだ。ボッドは、古い礼拝堂内の壁に作りつけられたイジキエル・アルムズリーの墓碑にZの文字を見つけ、誇らしい気持ちで課題を終えた。サイラスもよくやったとほめてくれた。

毎日、ボッドは紙とクレヨンを持って墓地をまわり、名前や碑文や数字を書きうつしては、夜、サイラスが外の世界へ出ていく前に意味を説明してもらったり、ラテン語の碑文を訳してもらったりした。ラテン語はオーエンズ夫妻にはちんぷんかんぷんだったのだ。

　ある晴れた日のこと。マルハナバチが墓地の片隅に咲く野生の花から花へ飛びまわり、ハリエニシダやイトシャジンの花に留まったり、物憂げな羽音を立てたりしていた。ボッドは春の陽だまりのなかに寝そべって、ジョージ・リーダーと妻のドーカス、息子のセバスチャンの墓石（墓碑銘は「死のときまで誠実なり（フィデリス・アド・モルテム）」）をはうブロンズ色の甲虫（こうちゅう）を見つめていた。碑文はすでに写しおえたので、虫のことを考えていたら、声が聞こえた。

「ねえ、なにしてるの？」

　ボッドは顔を上げた。ハリエニシダの茂みのむこうにだれかがいて、こちらを見つめている。

「べつに」ボッドは舌を出した。

　ハリエニシダのむこうの顔がガーゴイルのようにくしゃっとなって、舌を突きだし、目をむいたかと思うと、女の子の顔にもどった。

「すごい」ボッドは感心した。

「もっといろんな顔ができるのよ。ほら」女の子は指で鼻の先を押しあげて、うれしそうに口もとをゆるめ、目を細めて、頬をふくらませた。「なんの顔だかわかる？」

「さあ」

「ブタ（ピッグ）よ。ばーか」

「へえ」ボッドは少し考えた。「Pで始まるピッグのこと？」

「そう、それ。ちょっと待ってて」

　女の子はハリエニシダの茂みをまわりこんで、ボッドの横に立った。ボッドは立ちあがった。女の子は少し年上らしく、ボッドより少しだけ背が高かった。黄色とピンクとオレンジの明るい色合いの服を着ている。ボッドには灰色の埋葬布をまとっている自分がいかにもみすぼらしく感じられた。

「年はいくつ？」女の子がたずねた。「ここでなにをしてるの？　ここに住んでるの？なんて名前？」

「わからない」

「自分の名前がわからないの？　そんなわけないでしょ。だれだって自分の名前くらい知ってるわ。嘘つかないで」

「名前は知ってるよ。ここでなにをしてるかもわかってる。わからないのはもうひとつの質問だよ」

「年？」

　ボッドはうなずいた。

「じゃあ、最後に誕生日を祝ったときはいくつだったの？」

「知らない。誕生日なんて祝ったことない」

「誕生日が来ない人なんていないわよ。ケーキを食べたり、ロウソクの火を吹き消したりしたことないの？」

　ボッドがうなずくと、女の子は悲しそうな顔をした。「かわいそう。あたし、五歳。

あんたもきっと五歳だと思う」

　ボッドはうれしそうにうなずいた。新しい友だちに逆らう気はなかった。この子といると楽しい。

　スカーレット・アンバー・パーキンズよ、と女の子は名乗った。庭のないアパートに住んでるの。ママは下の礼拝堂のそばのベンチで雑誌を読んでるわ。少し体を動かして、三十分でもどりなさい、悪いことをしたり、知らない人と話したりしちゃだめよって。

「ぼく、知らない人だよ」ボッドはいった。

「ううん」女の子はきっぱりいった。「子どもだもん。それにもう友だちでしょ。だから、知らない人じゃない」

　めったに笑わないボッドも、このときばかりは満面の笑みをうかべた。うれしくてたまらない。「うん、友だちだね」

「名前はなんていうの？」

「ボッド。ノーボディを縮めて、ボッドっていうんだ」

　スカーレットは笑った。「変てこな名前。なにをしてるの？」

「ＡＢＣの勉強。墓石を見て、書きうつしてるんだ」

「あたしもいっしょにやる」

　ボッドは一瞬、ためらった。だって、墓石はぼくのものだ。だが、すぐに思いなおした。そんなの変だ。陽射しのなかで友だちとやったほうがおもしろいことだってあるはずだ。「うん、いいよ」

ふたりは墓石の名前を書きうつした。ボッドの知らない名前や単語はスカーレットが発音を教えてくれたし、ボッドのほうは知っているラテン語の意味を教えた。楽しい時間はあっというまに過ぎ、丘の低いほうから「スカーレット！」という声が聞こえてきた。

スカーレットはクレヨンと紙をボッドに返した。「行かなきゃ」

「また会えるよね？」

「どこに住んでるの？」

「ここだよ」ボッドはいうと、スカーレットが丘を駆けおりるのを見送った。

スカーレットは家に帰る途中、母親にノーボディの話をした。墓地に住んでる男の子で、いっしょに遊んだの。その夜、母親は夫にそのことを話すと、夫はこういった。想像の友だちを持つくらい、この年ごろの子どもにはよくあることさ。心配することはない。こんなに近くに自然保護区があって、本当によかった。

はじめてのときをのぞけば、スカーレットのほうが先にボッドを見つけたことはなかった。雨さえ降っていなければ、両親のどちらかがスカーレットを墓地へ連れてくる。親がベンチで本や雑誌を読みだすと、スカーレットは小道からそれて探検を始める。まるで鮮やかなグリーンとオレンジとピンクの斑点が動いているみたいだ。やがて、まじめくさった小さな顔が目に入り、薄茶色の髪の男の子が灰色の目でこっちを見あげているのに気づく。こうして、スカーレットはボッドと遊びだす。かくれんぼをしたり、あちこちよじのぼったり、古い礼拝堂の裏から息をひそめてウサギをながめたり。

ボッドは友だちを何人か紹介した。スカーレットには見えなかったが、そんなことは気にならなかった。両親から、ボッドは想像の友だちだが、そういう友だちがいるのはちっともおかしなことではないといわれていたからだ。母は夕食のときに、ボッドの席も用意しましょうね、というようになったくらいだ。だから、ボッドにも想像の友だちがいたとしても驚きはしない。友だちの言葉はボッドが伝えてくれる。

「バートルビーが、そなたの顔はひしゃげたプラムであるな、だってさ」

「そっちこそ。だいたいどうしてそんな変な話しかたをするの？　それをいうなら、〝つぶれたトマト顔〟でしょ？」

「バートルビーの時代にトマトはなかったと思うな。あのころはこういう話しかただったんだ」

ボッドと過ごすのは楽しかった。スカーレットは利発だったが、さみしい毎日を送っていた。母は遠くの大学の講師で、直接には会ったこともない人たちからパソコンで送られてくる課題に点をつけ、助言や励ましのメッセージを送っている。父は素粒子物理学の講師。問題は、素粒子物理学を教えたい人はいくらでもいるのに、学びたい人はあまりいないってことなの、とスカーレットはボッドに話した。だから、あたしたちは大学のある町を転々としているの。パパは新しい町にいくたびにそこの大学の専任教員になりたいと思ってるんだけど、なかなかなれないみたい。

「ソリューシブツリガクって？」ボッドはたずねた。

スカーレットは肩をすくめた。「えっと、原子っていうものがあってね、目に見えないくらい小さいの。あたしたちはみんな原子でできてるんだって。でも、原子より小さいものがあるの。それを研究するのが素粒子物理学よ」

ボッドはうなずいた。スカーレットのお父さんは想像の世界のことに興味があるんだろう。

平日の午後はいつも、ふたりで墓地を歩きまわり、墓石の名前を指でなぞっては、紙に書きうつした。ボッドは墓や霊廟の住人について知っていることをスカーレットに話したし、スカーレットも本で読んだ物語や読み聞かせてもらった物語を話した。外の世界の話をすることもあった。車やバス、テレビや飛行機の話だ（ボッドは飛行機が上空を飛んでいるのを見たことはあったが、銀色のうるさい鳥だとしか思わず、それまで興味を持ったことはなかった）。一方ボッドは、墓地の住人が生きていた時代の話をした。たとえば、セバスチャン・リーダーがロンドンの街に王妃の姿を見にいったときの話。王妃は太っていて、毛皮の帽子をかぶり、市民をにらみつけていたそうだ。英語を話さなかったという。セバスチャンの話では、どの王妃だったかは覚えていないが、王妃でいられた期間は短かったらしい。

「それっていつごろ？」スカーレットがたずねた。

「セバスチャンが死んだのは一五八三年だよ。墓石に書いてある。だから、その前だね」

「ここでいちばん古いのはだれ？　この墓地全体でいちばん古い人」

ボッドは顔をしかめた。「カイウス・ポンペイウスじゃないかな。カイウスがここに来たのは、ローマ人がここに来てから百年後なんだ。本人がそういってた。ローマ人はここに立派な道を造ったんだぞって自慢してた」

「じゃあ、その人がいちばん古くからいるの？」

「たぶん」

「あそこの石の家のなかに小さな家を作って遊ばない？」

「スカーレットは入れないよ。鍵がかかってるもん。あそこの建物はみんなそうだよ」

「ボッドは入れるの？」

「もちろん」

「あたしはどうしてだめなの？」

「墓地だからだよ。ぼくには墓地の特別住民権があるから、どこでも自由に出入りできるんだ」

「あの石の家に入って小さな家を作りたい」

「できないってば」

「意地悪でいってるんでしょ」

「ちがうよ」

「けち」

「ちがうってば」

スカーレットはアノラックのポケットに手を突っこみ、さよならもいわずに丘を下っていった。ボッドったら、あたしになにか隠してるんだわ。だけど、あたしの態度もひどかったかも。そう思ったら、ますます腹が立ってきた。

その日、夕食のときにスカーレットは両親にきいてみた。ローマ人が来る前にも、この国にはだれかいたの？

「ローマ人のことなんてどこで聞いたんだ？」父がたずねた。

「そんなのだれでも知ってるもの」スカーレットは思いきりばかにした口調でいった。

「ねえ、だれかいたの？」

「ケルト人がいたわ」母がいった。「最初にこの国にいたのはケルト人。ローマ人より古くからいたけど、ローマ人に征服されたの」

古い礼拝堂の横のベンチでは、ボッドがサイラスを相手に似たようなことを聞いていた。

「いちばん古い住人？」サイラスはいった。「正直なところ、わたしにはわからない。わたしが出会ったなかでは、カイウス・ポンペイウスだ。だが、ローマ人が来る前からここには人が住んでいた。大勢の人々が大昔から住んでいたのだ。文字はちゃんと覚えたか？」

「うん、たぶん。筆記体はいつ教えてくれるの？」

サイラスは少し考えてからこたえた。「ここには才能ある人物が何人も埋葬されている。なかには先生役をつとめられる者もいるから、少し調べてみよう」

ボッドはわくわくしてきた。そのうち、どんなものでも読めるようになる。そうなったら、どんな物語でも読み放題だ。

サイラスがいつものように墓地を出ていくと、ボッドは古い礼拝堂の横に立つヤナギのそばまで歩いていって、カイウス・ポンペイウスに呼びかけた。

老いたローマ人はあくびをしながら墓から出てきた。「おお、生ける少年ではないか。元気にやっておるか？」

「うん、元気だよ」

「そうか。それはよかった」カイウスの髪は月明かりで白く輝いていた。埋葬されたときと同じトーガ姿で、その下に厚手の毛織のヴェストとレギンズをつけている。ここは世界のはずれにある寒い国で、ここより寒い場所といえば、北のカレドニア（古代ローマ語でブリテン島北部のこと。ほぼ現在のスコットランドにあたる）くらいしかないからだ。カレドニアの人間は人というより獣に近く、赤茶色の毛皮にくるまっていた。とても野蛮で、ローマ人も征服できず、しかたなく長城をめぐらして、永遠の冬のなかに閉じこめたということだ。

「カイウスがいちばん古いの？」ボッドがたずねた。

「この墓地でいちばん古い人間かということかね？　そうとも」

「じゃあ、ここに真っ先に埋葬されたのもカイウス？」

しばらく間があった。「それに近い。ケルト人の前にも、この島には人が住んでいた。そのうちのひとりがここに埋葬されておる」

「ふうん」ボッドはしばらく考えた。「その人のお墓はどこにあるの？」

カイウスは丘の上を指さした。

「てっぺんに埋葬されてるんだね」ボッドはいった。

カイウスは首を振った。

「じゃあ、どこ？」

カイウスはかがみこんで、ボッドの髪をくしゃくしゃっとなでた。「丘のなかだ。地中深くに埋葬されている。わしは友人たちの手でここに運ばれた。あとには地元の役人や道化芝居の役者が続いた。役者はロウで作った仮面をつけていた。カムロドゥヌム（イングランド南東部の町コルチェスターの古代ローマ名）で熱病にかかって死んだわしの妻や、ガリアの境界争いで命を落とした父の仮面だ。わしが死んで三百年がたったころ、羊の新しい放牧地を探していった農夫が、古い墓の入口をふさいでいた巨石に気づき、それをどかして、なかへ下りていった。財宝が見つかると思ったのだろう。ところが、農夫はすぐに出てきた。黒かった髪はわしの髪に劣らず真っ白になっていた……」

「その人、なにを見たの？」

カイウスはすぐにはこたえなかったが、やがて口を開いた。「その男はなにもいわなかったし、二度とここに来ることもなかった。石はもとにもどされ、じきに忘れられた。次にその場所が見つかったのは、二百年前、フロービシャー家の霊廟が造られたときのことだ。入口を見つけた若者は、富を夢見ていた。そこで、そのことをだれにもいわず、イーフリアム・ペティファーの棺で入口を隠した。そしてある夜、ひとりでこっそり下りていった。少なくとも、本人はだれにも見られていないと思っていた」

「その人ももどってきたときは髪が白くなってたの?」

「その男はもどってこなかった」

「えっと、じゃあ、そこにはだれが埋葬されてるの?」

カイウスは首を振った。「さあな。だが、この墓地が空っぽだった時代からその者の存在は感じられた。あのころでさえ、丘の地中深くでなにものかが待っている気配はあった」

「なにを待ってたの?」

「わしに感じられたのは、とにかく待っているということだけだ」

スカーレットは大きな絵本を持っていって、門の近くの緑のベンチに母と並んで座ると読みだした。母は教育関係の新聞に目を通している。春の陽射しが気持ちよかった。ツタにおおわれた墓碑の陰から小さな男の子が手を振っていたが、スカーレットは知らん顔を決めこんだ。お墓のほうなんて見てやらない。すると、男の子は墓石の陰から（墓碑銘「ジョージ・G・ショージ　一九二一年没　あなたがたはわたしが旅をしていたときに宿を貸してくれた」）（『新約聖書』マタイによる福音書第二十五章第三十五節より）——びっくり箱の人形みたいに——いきなり飛びだした。必死になってこちらに合図を送っている。スカーレットは知らんぷりをした。

　しかし、そのうち本をベンチに置いた。

「ママ、ちょっと散歩してくる」

「道からそれないようにね」

　スカーレットは小道をたどって、角を曲がった。すると、丘の上のほうからボッドが手を振っているのが見えた。スカーレットはしかめ面をしてみせた。

「いろいろ調べてきたわ」

「ぼくも」

「ここにはローマ人が来る前から人がいたみたい。すごく昔から。あ、生きて暮らしてたって意味よ。死んだあとは、このへんの丘の地下に宝物やなんかといっしょに埋められたの。墳墓（バロー）っていうんだって」

「へえ、そうなんだ。それでわかったよ。いっしょに見にいく？」

「これから？」スカーレットは気が進まないようだった。「どこにあるのか知らないくせに。それに、あたしはボッドが行くところにどこでもついていけるわけじゃないし」

スカーレットはボッドが影のように壁を通りぬけるのを見たことがあった。

ボッドはそれにこたえるように錆だらけの大きな鉄の鍵をみせた。「礼拝堂のなかにあったんだ。たいていの門はこれで開くはずだよ。どこの鍵も同じだから。そのほうが簡単だからね」

スカーレットはボッドのそばまで駆けあがった。

「本当？」

ボッドはうなずいた。うれしそうな笑みが口もとに躍っている。「行こう」

最高に気持ちのいい春の日だった。あたりは小鳥のさえずりやハチの羽音で生き生きしている。スイセンがそよ風にさわさわと音を立て、丘のあちこちで早咲きのチューリップが揺れている。青いワスレナグサが一面に咲き乱れ、ところどころ黄色いサクラソウで彩られた緑の丘を、ふたりで上っていく。目指すはフロービシャー家の小さな霊廟だ。

それは古くて飾り気のない、忘れられた小さな石の家だった。扉の代わりに金属の門がついている。ボッドが門の鍵を開け、ふたりでなかに入った。

「穴かドアがあるはずなんだ」ボッドはいった。「どこかの棺の裏に」

入口はいちばん下の棚の棺の裏にあった。なんの変哲もない、小さい穴がのぞいている。「この下だ。下りてみよう」

スカーレットは急にこの冒険が楽しいと思えなくなった。「どうせなにも見えないわよ。真っ暗だもん」

「ぼくは明かりなんていらないよ。墓地にいるあいだはね」

「あたしはいるの。暗すぎる」

　ボッドはスカーレットを安心させるために、「この下には怖いものなんてなにもないよ」といおうかと思ったが、髪が白くなった人や下りていったきりもどってこなかった人がいることを思うと、良心がとがめた。そこでこういった。「ぼくが下りてみる。スカーレットはここで待ってて」

　スカーレットは顔をしかめた。「ひとりにしないでよ」

「行って、下にだれがいるのかたしかめたら、もどってきて、教えてあげる」

　ボッドは入口とむきあうと、身をかがめ、手と膝（ひざ）をついてくぐりぬけた。入口のむこうは立ちあがることができる広さで、岩を刻んだ階段が見えた。「階段を下りるよ」

「階段はずっと下まで続いてるの？」

「たぶん」

「ボッドがあたしの手を引いて、どっちに行けばいいのか教えてくれるんなら、いっしょに行こうかな。危なくないように気をつけてくれる？」

「もちろん」ボッドがいいおわらないうちに、スカーレットも手と膝をついて穴から入ってきた。

「立ってもだいじょうぶだよ」ボッドはスカーレットの手をとった。「階段はすぐそこ。

片足を前に出したらわかるよ。ほら。ぼくが先に下りるからね」

「本当に見えてるの？」

「暗いけど、ちゃんと見えてる」

ボッドはスカーレットの手を引いて、目に見えるものを説明しながら、丘の奥へ続く階段を下りていった。「下りの階段だよ。岩でできてる。天井も岩だ。壁には絵が描いてある」

「どんな絵？」

「毛むくじゃらの大きな動物。雌牛じゃないかな。Cで始まるカウ。角がある。それから、模様みたいなのもある。大きな結び目みたい。ただの絵じゃなくて、石に彫ってあるんだな。ほら」ボッドはスカーレットの指をつかんで、結び目が刻まれているところに触らせた。

「あ、うん、わかる！」

「一段一段が大きくなってきた。これから丸い部屋みたいなところに入るけど、階段はまだ続いてる。ちょっと動かないで。よし。ぼくがスカーレットと部屋のあいだに立ってるから。左手を壁につけたまま下りて」

ふたりは階段を下りつづけた。「もう一段下りたら、石の床だからね。ちょっとでこぼこしてるよ」

部屋は狭かった。地面に平たい石が置かれている。その端が低い棚のようになっていて、細々したものが置いてある。地面には骨が散らばっていた。かなり古い。階段のすぐ下には、茶色いロングコートの名残らしいものを着た骸骨もころがっている。きっと富を夢見た若い男だろう。闇のなかで足をすべらせて、転倒したにちがいない。

まわりで音がしはじめた。枯葉のなかをヘビがはっているような、かさかさとこすれるような音だ。スカーレットがボッドの手をぎゅっと握りしめた。

「なんなの？　なにか見える？」

「ううん」

そのとき、スカーレットがあえぐような、すすり泣くような声をあげた。いまボッドの目に見えているものがスカーレットの目にも見えていることはきくまでもなかった。部屋の端に明かりがともっていた。その明かりのなかに男があらわれ、岩を通りぬけてやってくる。スカーレットが悲鳴をのみこむのが聞こえた。

見たところ、男の保存状態は悪くなかったが、それでも死んでからずいぶんたつようだ。肌には彩色（とボッドは思った）かタトゥー（とスカーレットは思った）が施され、藍色の模様におおわれていた。首には長く鋭い牙のネックレスがかかっている。

「余はこの墓所の主なるぞ！」男はいった。その言葉はじつに古めかしく、しわがれていたので、ほとんど言葉には聞こえなかった。「ここを荒らす者はただではおかぬ！」

男の目はやけに大きい。そうか、目のまわりを藍色に縁どっているからだ、とボッドは思った。そのせいで顔全体がフクロウっぽく見える。

「だれだ?」ボッドはスカーレットの手を握りしめながらたずねた。

ボッドの質問が聞こえなかったのか、藍色の男はふたりをにらみつけている。

「立ち去れ!」男の言葉はボッドの頭のなかにじかに響いてきたが、同時に男の喉から発せられたうなりのようでもあった。

「この人、襲いかかってくるの?」スカーレットがきいた。

「だいじょうぶだと思う」ボッドはこたえた。それから藍色の男にむかって、いつも教えられているとおり、こういった。「ぼくには墓地の特別住民権が与えられてる。だから、どこでも好きなところに出入りできるんだ」

藍色の男が反応を示さないので、ボッドはますますとまどった。墓地の住人たちは、どんなに短気な人でも、これを聞いたらわかってくれたのに。「スカーレット、この人が見えてる?」

「もちろん見えてるわよ。おっかないタトゥーをした大男でしょ? あたしたちを殺す気だわ。ボッド、追っぱらってよ!」

ボッドは茶色いコートの紳士のなれの果てを見た。そのかたわらには、岩の床に落ちて壊れたランプがころがっている。「この人は逃げたんだ。怖くなって逃げだした。それで足をすべらせるか、階段につまずくかして転んだんだ」

「だれが?」

「床に倒れてる人だよ」

スカーレットはとまどいと恐怖にいらだちをにじませていった。「床に倒れてる人ってなに？　暗くて見えない。あたしに見えるのはタトゥーの人だけよ」

すると、藍色の男は、子どもたちが本当に自分の存在に気づいているのかたしかめるかのように、頭をのけぞらせてヨーデルのような叫びをあげた。スカーレットは思わずボッドの手を握りしめ、爪を食いこませた。

だが、ボッドはもう怖くはなかった。

「ボッドには想像の友だちしかいないなんていってごめんなさい」スカーレットがあやまった。「これからはボッドのいうことを信じる。みんな、本当にいるのね」

藍色の男がなにかを大きく振り上げた。鋭い石の刃のようだ。「ここに押しいる者には死あるのみ！」男はしわがれ声で叫んだ。ボッドは、この部屋を見つけたあと髪が白くなったという男の話を思いだした。男は二度と墓地には来なかったし、ここで見たものについて話すこともなかったという話だった。

「いいや、スカーレットのいうとおりだ。この人はたぶんそうなんだ」

「どういうこと？」

「想像なんだよ」

「ばかなことをいわないで。ちゃんと目に見えてるのに」

「それだよ。スカーレットに死んだ人が見えたらおかしいんだ」ボッドは部屋を見まわして呼びかけた。「もうやめたら？　本物じゃないのはもうわかってるんだからさ」

「きさまらの肝を食ろうてやる!」藍色の男がいった。

「無理よ。できっこないわ」スカーレットは大きく息を吐いた。「ボッドのいうとおりね。これはきっとかかしなのよ」

「かかしってなに?」ボッドがたずねた。

「農家の人がカラスを追っぱらうために畑に立てる人形よ」

「どうしてそんなことをするの?」ボッドはカラスが大好きだ。カラスはおもしろいし、墓地をきれいにしてくれるところも好きだ。

「よくわかんない。ママにきいてみるわ。前に電車の窓から見かけて、あれはなに、ってきいたことがあるの。だから、どんなものかはわかってる。カラスは本当の人間だと思ってるけど、そうじゃないの。人間に見せかけたただの人形。カラスを怖がらせて、追っぱらうのよ」

ボッドは部屋を見まわしていった。「だれだか知らないけど、もうだめだよ。怖くもなんともない。本物じゃないってばれてるんだから。やめればいいのに」

藍色の男は動きを止めた。それから、平たい石のところまでもどってその上に横たわると、消えてしまった。

スカーレットには、部屋がまた闇にのみこまれたように思われた。だが、闇のなかでなにかがのたくっているような音がふたたび聞こえてきた。その音はどんどん大きくなる。なにかが丸い部屋をぐるぐるまわっているかのようだ。

すると、声が聞こえてきた。われらはスリーア。

ボッドは背筋がぞくっとした。頭のなかに響いた声はどこまでも古く、どこまでもかさついていた。枯れ枝が礼拝堂の窓をこするような声だ。声はひとつではなく、いくつもの声が同時に話しているようだった。

「いまの、聞こえた？」ボッドはスカーレットにたずねた。

「なにも聞こえなかった。なにかがすべってるような音がしただけ。なんか変な気分。お腹のなかがぞわぞわするの。すごく恐ろしいことが起こりそうな気がする」

「恐ろしいことなんて起こらないよ」ボッドはいった。それから部屋にむかって呼びかけた。「おまえたちはなんだって？」

われらはスリーア。しかとお守りするのがわれらの使命。

「なにを守ってるんだ？」

ご主人さまがお眠りになる場所だ。いずこにもまして聖なる場所ゆえ、スリーアがお守りするのだ。

「ぼくらに手出しができるもんか。おまえたちには怖がらせることしかできないんだ」

うねるような声に怒りがみなぎった。恐怖はスリーアの武器だ。

ボッドは平たい石の端の棚を見た。「それがおまえたちの主人の宝物なのか？　古いブローチと杯と小さな石のナイフが？　たいした宝じゃないな」

スリーアは宝を守る。ブローチ、ゴブレット、ナイフを。ご主人さまがおもどりになるまで守るのだ。宝はもどる。必ずもどる。

「おまえたちは何人いるんだ？」

しかし、スリーアはなにもいわない。ボッドは頭のなかにクモの巣をつめられたような気分になり、首を振って頭をすっきりさせようとした。それからスカーレットの手を握った。「出よう」

ボッドはスカーレットの手を引いて茶色いコートを着た骸骨の横を通りすぎた。はっきりいって、この人、おびえて転倒することなく宝物を見つけていたら、がっかりしたんじゃないか。一万年前の宝物は、現代の感覚からすると宝物にはほど遠い。ボッドは慎重に丘のなかの階段を上がり、丘からにょきっと生えているようなフロービシャー家の黒い石造の霊廟までもどってきた。

春の終わりの陽光が建物のすきまや鉄柵の門のあいだから射しこんでいた。ぎょっとするほどまぶしい。スカーレットはいきなり明るいところに出てまばたきし、目をおおった。茂みでは小鳥がさえずり、マルハナバチが羽音を立てている。すべてが普段どおりで驚いてしまう。

ボッドは霊廟の門を押しあけ、スカーレットといっしょに外に出ると、鍵をかけた。スカーレットの明るい色の服は煤とクモの巣にまみれ、褐色の顔と手は埃で白くなっていた。

丘の下のほうから声が聞こえてくる。大勢の人たちが大声で叫んでいる。

「スカーレット？　スカーレット・パーキンズね？」という声に、スカーレットが「はい、そうですけど」とこたえる。いま見てきたものや藍色の男についてボッドと話す間もなく、背中にPOLICEと書かれた蛍光イエローのジャケット姿の女の人があらわれて、矢継ぎ早に質問をしてきた。けがはない？　どこにいたの？　だれかにさらわれそうになったの？　そのあと、女性警官は無線で子どもが見つかったと連絡した。

スカーレットと女性警官が丘を下りはじめたので、ボッドもすべるような足どりでついていった。礼拝堂の扉は開いていて、なかでスカーレットの両親が待っていた。母親は泣きじゃくっている。父親は心配そうに携帯でなにか話している。そばにはべつの女性警官がついていた。ボッドはだれにも気づかれることなく、隅で待っていた。

大人たちはスカーレットになにがあったのかしつこくたずねた。スカーレットはなるべく正直にこたえた。ノーボディという男の子に連れられて、暗い丘のなかへ下りていったら、藍色のタトゥーをした男の人が出てきたけど、ただのかかしだったの。警官たちはチョコレートを与え、スカーレットの顔を拭きながら、タトゥーの男はバイクに乗っていたかとたずねた。スカーレットの両親は娘の無事がわかってほっとしたら、今度は腹が立ってきた。自分にも娘にも腹を立て、しまいにはおたがいを非難しはじめた。いくら自然保護地域だといっても、幼い娘を墓地で遊ばせておくなんて。このごろは物騒なんだから。一瞬でも子どもから目を離せば、どんなに恐ろしいことになるかわかったもんじゃない。スカーレットのような子どもはとくに。

母親がすすり泣くと、スカーレットも泣きだした。父親は女性警官と口論をはじめた。こちらは納税者としてあなたの給料を払っているんだ、と父親が主張すれば、女性警官も負けずにいいかえす。わたしだって税金くらい払っていますし、おそらくあなたの給料もそこから出ているんじゃありませんか？　ボッドは礼拝堂の片隅の暗がりに座って、だれからも見られないように、スカーレットからも見られないように、そのようすを見つめ、耳をかたむけていたが、そのうち聞いていられなくなった。

墓地はもうたそがれに包まれていた。サイラスがボッドを捜しにきた。ボッドは集会場のそばで町を見おろしていた。サイラスはいつものように無言でとなりに立った。

「スカーレットは悪くないんだ」ボッドはいった。「ぼくのせいなのに、スカーレットが困ってる」

「あの子をどこに連れていったんだね？」サイラスがたずねた。

「丘のなか。いちばん古いお墓を見にいったんだ。だけど、だれもいなかった。スリーアっていうヘビみたいなやつがいて、入ってきた人を怖がらせようとしてるだけだった」

「そいつは興味深い」

ふたりはいっしょに丘を下りていき、古い礼拝堂にまた鍵がかけられ、警察とスカーレットと両親が夜の闇のなかへ去っていくのを見送った。

「ミス・ボローズが筆記体を教えてくれることになった」サイラスはいった。「『キャット・イン・ザ・ハット』はもう読んだか？」

「うん。とっくに読んだ。もっといろんな本を持ってきてほしい」

「わかった」

「またあの子に会えると思う？」

「あの女の子か？　まず無理だろう」

だが、サイラスの予想ははずれた。三週間後のどんよりした午後、スカーレットは墓地にやってきた。両親もいっしょだ。

ふたりはスカーレットから目を離さないといいながらも、少し遅れてついてくる。母親はしきりにこぼしていた。なんて陰気なところかしら。もうすぐここから離れることができて、本当によかったわ。

スカーレットの両親がふたりで話しはじめると、ボッドは声をかけた。「やあ」

「うん」スカーレットは小声でいった。

「もう会えないかと思ってた」

「最後にもう一度ここに連れてきてくれなきゃ、いっしょに行かないっていってやったの」

「行くって、どこへ？」

「スコットランド。大学があるの。パパはそこで素粒子物理学を教えることになったの」

ふたりはいっしょに小道を歩いた。小さな女の子は鮮やかなオレンジのアノラック、小さな男の子は灰色の埋葬布姿だ。

「スコットランドって、遠い？」

「うん」

「そっか」

「ボッドがいてくれてよかった。さよならをいいたかったの」

「ぼくはいつもここにいるよ」

「でも、死んでるんじゃないんでしょ、ノーボディ・オーエンズ？」

「もちろん」

「じゃあ、ずっとここにいるわけにはいかないんじゃないの？　いつか大人になったら、外の世界へ出ていくことになるわ」

ボッドは首を振った。「外の世界はぼくには危険なんだ」

「だれがそんなことといったの？」

「サイラス。それに家族も。みんないってる」

スカーレットはなにもいわなかった。

父親が呼んだ。「スカーレット！　そろそろ行くぞ。最後にもう一度墓地を見たいといったからきたんだ。もう満足しただろう。帰るぞ」

スカーレットはボッドにいった。「ボッドには勇気がある。あたしが知ってるだれよりも。ボッドはあたしの友だちよ。想像の友だちでもかまわない」それだけいうと、あっという間に来た道をもどっていった。両親のいる、外の世界へ。

第3章　神の猟犬

どんな墓地にも食屍鬼（グール）の住みついている墓がある。どんな墓地でも、歩きまわっているうちに必ずそういう墓が見つかる。水がしみて、盛りあがったところに、欠けたり割れたりした墓石があって、あたりは草が生いしげり、いかにもほったらかされている感じだ。その墓石は、ほかの墓石より冷たく感じられ、名前も読めなくなっていることが多い。そこに彫像でもあれば、頭がないか、キノコやコケでおおわれていて、像自体がキノコに見える。心ない人間に荒らされたように見える墓があったら、それが食屍鬼の門（グールゲート）だ。ここから離れたいと感じさせる墓があったら、それがグールゲートだ。

ボッドの墓地にもそういう墓があった。

どんな墓地にも必ずある。

サイラスが墓地を離れることになった。

ボッドはうろたえた。だが、すぐにうろたえるどころではなく腹が立ってきた。

「なんで行かなきゃいけないの？」ボッドはいった。

「いっただろう。情報が必要なんだ。情報を得るには旅に出なくてはならない。旅に出るにはここを離れなくてはならない。もう何度も話したはずだ」

「ここを離れなきゃいけないほど大事なことってなに？」六歳のボッドには、サイラスが自分のそばを離れるほど大事なことなんて、いくら考えても思いつかなかった。「そんなのひどいよ」

サイラスは動じなかった。「ひどいとか、ひどくないとかではない。そうしなければならないから、そうするまでだ」

ボッドは納得しない。「サイラスはぼくの面倒を見ることになってる」

「たしかにわたしにはおまえの後見人としての責任がある。だが、さいわいにして、この責任を進んで負う者はわたしひとりではない」

「どこに行くの？」

「外の世界だ。はるか遠くまで行ってくる。突きとめなくてはならないことがある。だが、ここにいては突きとめられないのだ」

ボッドは不満そうな声をあげて、ありもしない石を蹴るふりをしながら立ち去った。墓地の北西部は草木が生いしげってからみあい、墓地の清掃のために雇われた人や〈墓地を守る会〉の会員の手にも負えなくなっていた。ボッドはそちらへぶらぶら歩いていくと、十歳にもならないうちに死んだヴィクトリア時代の子どもたちを起こし、月の光を浴びながら、ツタの生いしげるジャングルでかくれんぼをした。そうやって、サイラスはどこにも行かない、いままでと変わることはなにもないんだと思いこもうとした。

だが、遊びを終えて、古い礼拝堂へ走ってもどると、ふたつのものが目に入り、現実とむきあうしかなくなった。

はじめに目に入ったのは鞄だった。ひと目でわかる。サイラスの鞄だ。作られてから百五十年はたっていそうだ。黒い革でできた美しい鞄で、真鍮の金具と黒い取っ手がついている。ヴィクトリア時代の医師や葬儀屋が仕事道具を入れて持ち歩いていそうな鞄だ。ボッドはサイラスの鞄など見たことがなかったし、サイラスが鞄を持っていることも知らなかったが、サイラスのものとしか思えない鞄だ。なかをのぞこうとしたが、大きな真鍮の南京錠がかかっていた。重くて、持ちあげることもできない。

それがひとつめ。

ふたつめは、礼拝堂のそばのベンチに座っていた。

「ボッド」サイラスはいった。「こちらはミス・ルペスクだ」

お世辞にもきれいとはいえない。いやにすぼんだ顔に不満げな表情。まだそんな年でもなさそうなのに、白いものがまじった髪。少しゆがんだ前歯。だぶだぶのレインコートに男物のネクタイ。

「はじめまして、ミス・ルペスク」ボッドはいった。

ミス・ルペスクはなにもいわず、ただ鼻をひくひくさせた。それから、サイラスにいった。「なるほど、この子がそうなのですね」ベンチから立ちあがり、ボッドのまわりを歩きながら、鼻孔をふくらませてにおいをかぐ。ひとまわりしたところでいった。

「朝、目覚めたらわたくしのところへいらっしゃい。それから就寝前にも。わたくしはあそこの家に部屋を借りました」ここからかろうじて見える屋根を指さす。「ですが、たいていはこの墓地にいます。この町へは学者として古い墓の歴史を調べにきたことになっているのです。わかりましたか、坊や。いいですね？」

「ボッドだよ」ボッドはいった。「ボッド。ボウヤじゃない」

「ノーボディを縮めて、ボッド。ばかげた名前だこと。だいいちボッドというのは愛称、ニックネームでしょう？　感心しませんね。わたくしは坊やと呼びます。わたくしのことはミス・ルペスクとお呼びなさい」

　ボッドはすがるような目でサイラスを見あげたが、サイラスの顔には同情のかけらもない。サイラスは鞄を手にとった。「ミス・ルペスクになら安心しておまえをまかせられる。きっと仲よくやっていけるだろう」

「無理だよ！　こんな鬼婆(おにばば)なんかいやだ！」

「失礼な！」サイラスはしかった。「あやまりなさい」

　ボッドはあやまるもんかと思ったが、サイラスの視線が痛かった。サイラスは黒い鞄を手にいまにも旅立とうとしている。いつ帰るとも知れない旅に出ようとしている。ボッドはしかたなく折れた。「ごめんなさい、ミス・ルペスク」

　はじめのうち、ミス・ルペスクは鼻を鳴らしただけで、返事をしなかったが、しばらくしてからいった。「わたくしはあなたの面倒を見るためにはるばるやってきたのですよ、坊や。そのかいがあるといいと思います」

ボッドはサイラスに抱きつくことなど考えられなかったので、手をさしだした。サイラスは身をかがめ、その手をやさしく握った。ボッドの汚れた小さな手を蒼い大きな手で包みこむ。それから、黒い革の鞄を軽々と持ちあげて小道をたどり、墓地から出ていった。

ボッドは両親にそのことを話した。

「サイラスが行っちゃった」

「あの男は必ずもどってくる」ミスター・オーエンズは陽気にいった。「くよくよすることはない。こちらがいやだといっても、必ずもどってくるのだ」

ミセス・オーエンズもいった。「あなたがここに来たとき、サイラスは約束してくれたのよ。ここを離れなければならないときは、あなたに食べ物を持ってきてくれる人、あなたをちゃんと見ていてくれる人を探すって。そのとおりにしてくれたでしょう。本当に頼りがいのある人だわ」

サイラスが食べ物を運んでくれていたのは事実だ。毎晩、礼拝堂に食べるものを置いておいてくれる。だが、ボッドにいわせれば、本当に大切なのはそんなことではない。サイラスはもっといろんなものを与えてくれていた。サイラスの助言は冷静で思慮深く、いつも正しい。サイラスは墓地の住人より知識も豊富だ。夜ごと外の世界を歩いているので、何百年も前の世界ではなく、現代の世界のことを教えてくれる。なにがあっても動じることがなく、頼りになって、いままでは毎晩ここにいてくれた。だから、小さな礼拝堂からそのたったひとりの住人がいなくなるなんて、想像もできなかった。なによりもサイラスがいてくれるだけで安心できたのに。

ミス・ルペスクもボッドの食べ物を持ってくることだけが自分の仕事だとは思っていなかったが、もちろん食べ物も持ってきた。

「これ、なに？」ボッドはぞっとしてたずねた。

「体によい食べ物です」ミス・ルペスクはいった。ふたりは礼拝堂のなかにいた。テーブルの上にはプラスチックの容器がふたつ置いてある。ミス・ルペスクはその蓋を開けると片方を指さした。「ビーツと大麦のシチューです」それから、もう片方を指さす。「こちらはサラダ。さあ、お食べなさい。わたくしがあなたのために作ったのですよ」

ボッドはミス・ルペスクを見つめた。冗談？　サイラスが持ってきた食べ物はたいてい袋入りで、夜遅くでもなにもきかずに食べ物を売ってくれる店で買ってきたものだった。蓋つきのプラスチックの容器に入った食べ物なんて、見たことがない。「まずそうなにおいがする」

「さっさと食べないと、シチューが冷めて、もっとまずくなります。すぐに食べなさい」

空腹だったボッドはプラスチックのスプーンを手にとり、赤紫のシチューをすくって口に運んだ。とろっとして、なじみのない味だったが、なんとか飲みこんだ。

「さあ、今度はサラダです！」ミス・ルペスクはふたつめの容器をつついた。中身はざっくり切った生タマネギ、ビーツ、トマトで、酸っぱそうなどろっとしたドレッシングがかかっている。ボッドはビーツを口に入れて、かんでみた。あっという間につばがたまる。飲みこんだら、吐いてしまいそうだ。「こんなの食べられないよ」

「体によいのです。食べなさい」

「オエッてなっちゃう」

ふたりはにらみあった。ひとりはくしゃくしゃの薄茶色の髪の幼い男の子。対するはひと筋の乱れもない銀髪と蒼白くすぼんだ顔をした女。ミス・ルペスクはいった。「もうひと口食べなさい」

「いやだ」

「さっさとひと口食べなさい。だだをこねていると、全部食べおわるまでここから出しませんよ」

ボッドは酸っぱいトマトをつまみあげ、かんでなんとか飲みくだした。ミス・ルペスクは容器の蓋を閉め、ビニール袋にもどした。「さあ、授業を始めます」

いまは夏の盛りで、深夜近くまで完全には暗くならない。これまで真夏に授業はなかった。目を覚ましているあいだ、いつまでも続く暖かいたそがれのなか、遊んだり、探検したり、木登りをしたりしていた。

「授業？」

「あなたの後見人は、わたくしがいろいろなことを教えたほうがいいと考えているようです」

「先生ならもういるよ。文字や言葉はレティシア・ボローズが教えてくれるし、ミスター・ペニーワースも自分でまとめた『児童教育大全——死者のための補完つき』を使って教えてくれるし。地理とか、いろんなことを勉強してるんだから、これ以上は必要ないよ」

「では、なんでも知っているの、坊や？　たった六歳ですでになにもかも知っているつもりなのですね？」

「そんなこといってないけど」

ミス・ルペスクは腕を組んだ。「グールについて説明してごらんなさい」

ボッドはグールについてサイラスからこれまでに聞いたことを必死に思いだそうとした。「えっと、グールには近づくな」

「知っているのはそれだけ？　そうなの？　なぜ近づいてはいけないのですか？　グールはどこから来て、どこへ行くのです？　グールゲートに近づいてはいけない理由は？さあ、こたえなさい、坊や」

ボッドは肩をすくめて、首を振った。

「では、どんな種族がいるかあげてごらんなさい、さあ」

ボッドは少し考えた。「生きてる人。えっと、死んでる人」そのあとが続かない。「あとは……ネコ？」自信なさそうにいってみる。

「あなたはまるでものを知らない。困ったことです。けれど、ものを知らないままで満足しているのは、もっといただけません。わたくしのあとについて、いってごらんなさい。生ける者と死せる者。昼の種族と夜の種族。グールとミストウォーカー。高貴なる狩人と神の猟犬。それに群れない種族も存在します」

「ミス・ルペスクはなに？」

「わたくしはミス・ルペスクです」ミス・ルペスクはけわしい声でいった。

「じゃあ、サイラスは？」

ミス・ルペスクは少しためらってからこたえた。「彼は群れない種族です」

ボッドはいやいや授業を受けた。サイラスからなにかを教わるのは楽しかった。たいていは教わっていると意識することもなかった。ミス・ルペスクはいろんなリストを作ってボッドに覚えこませたが、そんなことになんの意味があるのだろう？礼拝堂の地下に座らされているあいだ、ボッドは早く夏のたそがれのなかに出て、亡霊のような月の光を浴びたいと願うばかりだった。

授業が終わると、ボッドは外に飛びだした。気分は最悪。遊び仲間を探したが、だれもいない。灰色の大きな犬が墓石のまわりをうろついているだけだ。犬はボッドからつねに距離をとり、墓石のあいだや影のなかをすべるように歩く。

その週はしんどくなる一方だった。

ミス・ルペスクが持ってくるのはいつも手料理だった。脂っこい蒸しだんご。サワークリームがかたまりで入った赤紫色の濃厚なスープ。冷たくなった小さなゆでジャガイモ。ニンニク風味の生のソーセージ。灰色のまずそうなソースがかかったゆで卵。ボッドはできるだけ食べずにすまそうとした。授業は続いた。二日間は世界中の助けを求める言葉をたたきこまれた。いいまちがえたり、忘れたりすると、ペンで指をたたかれた。三日目には覚えたことを次々にいわされた。

「では、フランス語」

「オ・スクール」

「モールス符号」

「SOS。短い点三つ、長い点三つ、また短い点三つ」

「夜鬼（ナイトゴーント）の言葉では？」

「そんなのばかげてるよ。ナイトゴーントがなにかも知らないのに」

「ナイトゴーントは毛のない翼があり、低空をすばやく飛ぶことができます。こちらの世界にやってくることはありません。グールハイムへむかう道の上に広がる赤い空を飛んでいるのです」

「そんなこと知ってても、なんの役にも立たないよ」

ミス・ルペスクはすぼんだ口もとをますますすぼめて、ただこういった。「ナイトゴーントの言葉では？」

ボッドはミス・ルペスクから教わったように喉の奥を鳴らした。ワシの鳴き声にも似た、しわがれた叫びだ。ミス・ルペスクは鼻を鳴らした。「まあ、いいとしましょう」

ボッドはサイラスのもどる日が待ちどおしくてならなかった。

「ときどき墓地で灰色の大きな犬を見かけるんだ。あの犬を見るようになったのは、ミス・ルペスクが来てからなんだけど、ミス・ルペスクの犬？」

ミス・ルペスクはネクタイを直した。「いいえ」

「授業は終わり？」

「今日はここまでにしましょう。このリストを読んで、明日までに覚えていらっしゃい」

リストは白い紙に淡い紫のインクで印刷されていて、妙なにおいがした。ボッドは新しいリストを持って丘を上り、目を通そうとしたが、どうも頭に入らない。やがてボッドはリストをたたんで石の下に置いた。

その夜はだれも遊んでくれなかった。だれひとり大きな夏の月の下で遊んだり、話をしたり、走りまわったり、木に登ったりしようとはしなかった。

ボッドはオーエンズ夫妻の墓に行って不満を訴えたが、ミセス・オーエンズはミス・ルペスクの悪口にいっさい耳を貸そうとしなかった。サイラスが選んだ人なのだからというのがその理由。ボッドは納得できなかった。ミスター・オーエンズはただ肩をすくめて、自分が家具職人の見習いになったころの話を始め、わたしもできることなら、おまえが学んでいるような有益なことを学びたかったよ、という。ボッドのいらだちはつのるばかりだ。

「それはそうと、勉強の時間じゃないの？」ミセス・オーエンズがいう。ボッドは両の拳（こぶし）を握りしめたが、言葉は出てこなかった。

かわりに足を踏みならして、外に出た。ぼくは愛されていないんだ。みんなにどうでもいいと思われているんだ。

なにもかも不公平に思えてしかたがない。ボッドは石ころを蹴りながら墓地を歩いていった。灰色の犬を見かけたので、いっしょに遊ぼうと思って、呼びかけてみたが、犬はそばに寄ってこない。ボッドはむっとして、土くれを投げつけた。土くれは近くの墓石に当たって砕け、あたりに散らばった。大きな犬はボッドにとがめるような目をむけたあと、物陰に消えた。

ボッドは古い礼拝堂を避け、丘の南西部へ下りていった。サイラスがいない礼拝堂なんて見たくない。やがて、ボッドはいまの気分にぴったりの墓の横で足を止めた。うしろにあるオークの木はかつて雷に打たれて黒い幹だけになっている。まるで鋭いかぎ爪が丘から突き出ているようだ。墓そのものは水がしみて、ひびが入っている。墓の上の天使像は首から上がなく、ローブは巨大で醜いキノコにしか見えない。

ボッドは草むらに腰を下ろした。ぼくはなんてかわいそうなんだろう。みんなきらいだ。サイラスもきらいだ。ぼくを置いて、いなくなるなんて。ボッドは目を閉じて、草の上でボールのように丸くなると、夢も見ないでぐっすり眠った。

ふもとのほうから坂道をやってくるのは三つの影。ウェストミンスター公爵、アーチボルド・フィッツヒュー閣下、バースとウェルズの主教だった。影から影へひそやかに、それでいて弾むような足どりでやってくる。骨と筋だけのやせ細った体にぼろぼろの服をまとい、跳びはねたかと思うと、足音を忍ばせ、ゴミ箱を跳びこえたかと思うと、生垣の陰に身をひそめる。

体は小さく、普通の大きさの人間が太陽の光でしなびてしまったみたいだ。たがいに低い声で、「ここがいずこか、われらより確たる考えがあるなら、そうぬかすがいい。そうでないなら、その腐った口を閉じておけ」「だから、近くに墓地があるといっておるではないか。墓地のにおいがする」「ぬしが気づくほどのにおいなら、このわしが気づかぬはずはない。鼻はわしのほうが鋭いのだからな」などと話している。

そのあいだにも、郊外の家々の庭を通りぬけていく。避けた庭もある（アーチボルド・フィッツヒュー閣下が声をひそめて、「いかん！　犬だ！」と警告したのだ）。その庭を囲む塀の上を人間の子どもサイズのネズミのように走り、大通りに下りて、丘の頂にむかう。やがて墓地の塀までやってくると、木を登るリスのように塀を登って、あたりのにおいをかいだ。

「犬に気をつけろ」ウェストミンスター公爵がいった。

「どこだ？　よくわからん。このあたりにいるはずだが。なんにしても、まともな犬のにおいではない」バースとウェルズの主教がいった。

「この墓地のにおいにも気づかなかったくせに、なにをぬかすか」アーチボルド・フィッツヒュー閣下がいった。「もう忘れたのか？　ただの犬だ」

三人、いや三匹は塀から地面に飛びおりると、走りだした。脚だけでなく腕まで使って墓地を駆けぬけ、雷に打たれた木の脇のグールゲートにむかう。

そして、月明かりに照らされたゲートのそばで立ちどまった。

「いったいこれはなんなのだ？」バースとウェルズの主教がいった。

「はてさて」ウェストミンスター公爵がいった。

そのとき、ボッドが目を覚ました。

ボッドの顔をのぞきこんでいた三つの顔は、干からびて骨だけになったミイラみたいだったが、その表情には動きがあり、好奇心があらわれている。鋭く汚らしい歯をむきだしにして笑う口。ぎらぎら輝く小さな目。コツコツとたたくようなしぐさをするかぎ爪のような指。

「だれ？」ボッドはたずねた。

「われわれは」一匹がいった。よく見れば、どれもボッドより少し大きいだけだ。「きわめて重要な地位についておる。このかたはウェストミンスター公爵だ」

いちばん大きな体をしたやつがお辞儀をした。「おまえに会えて、うれしく思うぞ」

「……こっちはバースとウェルズの主教――」

主教と呼ばれたけだものは鋭い歯をむきだし、信じられないほど長くとがった舌をちろちろさせている。ボッドの想像する主教とは大ちがいだ。肌はまだらだし、片目のまわりは大きなあざがある。まるで海賊だ。

「……そして、このわしはおそれ多くもアーチボルド・フィッツヒュー閣下だ。なんなりと話を聞いてやろう」

三匹はそろってお辞儀をした。バースとウェルズの主教がいう。「さあ、子どもよ、話すがいい。なにがあった？　嘘をつくでないぞ。主教に話しているのだということを忘れるな」

「さよう、さよう」ほかの二匹もいった。

そこでボッドは話した。みんな自分がきらいで、遊んでくれないこと。だれも自分を認めてくれず、気にかけてもくれないこと。後見人にも見捨てられたこと。

「いやはや」ウェストミンスター公爵は鼻をかいた（鼻といっても、小さくしなびて、ほとんど鼻孔だけになっている）。「そういうことなら、みなに認めてもらえるところへ行ったらどうだ？」

「そんな場所、どこにもないよ。どうせぼくは墓地から出られないし」

「友だちや遊び仲間のいる世界が必要だな」バースとウェルズの主教が長い舌を揺らしながらいった。「喜びの町、楽しみと魔法の町、おまえが認められ、無視されない町が必要だ」

　ボッドはいった。「ぼくの世話をしてる女の人の料理はすごくまずいし。ゆで卵のスープとかそんなのばかり」

「料理！」アーチボルド・フィッツヒュー閣下がいった。「われらの行き先は世界一食い物のうまいところだ。考えただけでも腹が鳴り、口につばがたまるわい」

「ぼくもいっしょに行っていい？」

「いっしょに来たいだと？」ウェストミンスター公爵が驚いたようにいった。

「まあまあ」バースとウェルズの主教がなだめた。「少しは情けを見せてやれ。このチビを見るがいい。いつからまともに食っとらんのやら」

「わしもこの子どもを連れていくことに賛成だ」アーチボルド・フィッツヒュー閣下もいった。「わしらの世界にはうまいもんがある」食べ物が上等だと示すように腹をたたいてみせる。

「よかろう。冒険をする勇気はあるか？」ウェストミンスター公爵は新たな思いつきにすっかりとりつかれていた。「それとも、ここで残りの人生をむだにしたいか？」骨張った指で墓地と夜の闇を指す。

　ボッドはミス・ルペスクを思いうかべた。ミス・ルペスクのまずい料理や、リストや、すぼんだ口もとを。

「勇気ならある」ボッドはいった。

三匹の新しい友だちは体の大きさこそボッドと変わらなかったが、どんな子どもよりずっと力が強かった。気がついたら、ボッドはバースとウェルズの主教につまみあげられ、頭上に高々と掲げられていた。そのあいだにウェストミンスター公爵はみすぼらしい芝をつかみ、「スカー！　テー！　カヴァガー！」とか叫びながら引っぱった。墓穴をふさいでいた平たい岩がはねあげ戸のように開いて、その下に闇があらわれた。

「さあ、急げ」公爵がいうと、バースとウェルズの主教がボッドを暗い入口へ投げこみ、自分もあとから飛びこんだ。そのあとにアーチボルド・フィッツヒュー閣下が続き、最後にウェストミンスター公爵が軽やかに地面を蹴って飛びこんできた。穴のなかに入ると、グールゲートを閉じるため、「ウェー・カラドス！」と叫ぶ。すると、墓石がばたんと倒れて、穴がふさがった。

ボッドは闇のなかを大理石のかけらのようにころがりおちていった。あまりの驚きにおびえる暇もない。この穴はどこまで続いているんだろう？　と思ったら、二本の力強い手に脇の下をつかまれて、漆黒の闇のなかで揺れていた。

ボッドは長いこと完全な闇というものを経験していなかった。墓地では死者と同じようにものが見えるので、ボッドにとっては、霊廟も墓穴も礼拝堂の地下も真っ暗というわけではない。それなのに、いまは真っ暗闇のなかにいて、吹きすさぶ風にあおられ、ぐいぐい前に引っぱられていくような気がした。恐ろしかったが、同時にわくわくしてきた。

いきなり、あたりが明るくなり、すべてが変わった。

　空は赤かったが、夕焼けのような温かみのある赤ではない。怒りにたぎる赤、膿んだ傷口の色だ。太陽は小さく、古く、遠くに感じられる。冷たい風に吹かれながら、ミイラのような連中は壁を下りていく。壁から墓石と彫像が突きでていて、まるで巨大な墓地が立ち上がったかのようだ。ウェストミンスター公爵、バースとウェルズの主教、アーチボルド・フィッツヒュー閣下は、うしろボタンがぼろぼろの黒スーツを着た三匹のしわくちゃのチンパンジーのように彫像や墓石にぶらさがり、次々につたいおりていく。同時に、かわるがわる両側からボッドの腕をとっては、手のあいている仲間に投げわたしていく。たがいに目もかわさないのに、狙いをあやまることもなければ、受けそこねることもない。

　ボッドは顔を上げて、この奇妙な世界への入口になっている墓穴を見ようとしたが、目に入るのは墓石ばかりだ。

　墓穴の前をいくつも通りすぎてきたが、どれもこれも、いま自分を運んでいる三匹のような連中がこの世界への入口として使っているのだろうか？

「どこに向かってるの？」ボッドはたずねたが、その声は風に吹き散らされた。

　三匹はますますスピードを速めた。上のほうで彫像がいきなり跳ねあがったかと思うと、そこからまた二匹、ボッドを運んでいる三匹と同じように勢いよく、この深紅の空の世界へ飛びこんできた。一匹はもとは白かったと思われるぼろぼろのシルクのガウンを着ている。もう一匹はしみだらけの灰色のスーツ姿。スーツはぶかぶかで、袖（そで）は影の切れ端のようにずたずただ。二匹はボッドと三匹の仲間を見つけると、五、六メートルも上からするすると下りてきた。

ウェストミンスター公爵が喉の奥から声をあげ、おびえているふりをした。ボッドと三匹が墓穴だらけの壁をつたいおりれば、あとからやってきた二匹もついてくる。五匹とも疲れたようすも見せず、息ひとつ乱さない。赤い空からは死人の目にも似た、燃えつきた太陽がこちらを見おろしている。やがて巨大な像の横に着いた。顔全体が大きく成長したキノコのようだ。ボッドはあとから来たのがアメリカの第三十三代大統領と中国の皇帝だと紹介された。

「こちらはボッド殿だ」バースとウェルズの主教がいった。「これからわれらの仲間になる」

「うまい食事を求めているそうだ」アーチボルド・フィッツヒュー閣下がいった。

「なるほど、われらの仲間になれば、まちがいなく上等な食事にありつけるぞ、若者」中国の皇帝がいった。

「いかにも」アメリカの第三十三代大統領がいった。

ボッドはいった。「仲間になるって、あんたたちみたいになるってこと？」

「これはこれはなかなか知恵がまわる。この子どもを出しぬこうと思ったら、夜を徹することになりそうだ」バースとウェルズの主教がいった。「さよう、仲間になるのだ。

われらのように強く、すばやく、不屈になれるぞ」

「歯はどんな骨もかみくだけるほど強くなる。舌は長くなり、どんなに太い骨の奥からも栄養を吸いだすことができ、どんなに太った人間の顔からも肉をそぎおとすことができるようになる」中国の皇帝がいった。

「だれにも気づかれず、あやしまれることもなく、影から影へすべるように動けるようになる。自由なこと風のごとく、すばやきこと思考のごとく、冷たきこと霜のごとく、かたきこと釘のごとく、危険なこと……われらのごとくだ」ウェストミンスター公爵がいった。

ボッドは五匹を見つめた。「だけど、仲間になりたくなかったら？」

「仲間になりたくない？　そんなことがあるか！　われらよりすぐれたものはいない。われらのようになりたくない者がこの宇宙にいるとは考えられぬ」

「われらには最高の街がある――」

「その名もグールハイム」アメリカの第三十三代大統領がいった。

「最高の暮らし、最高の食べ物――」

「考えてもみるがよい」バースとウェルズの主教がさえぎった。「鉛の棺にたまる黒い液がどれほど美味か。王や王妃、大統領や首相や英雄よりも偉くなれたら、どれほど気分がよいか。事実、われらはそれくらい偉いのだ。人間が芽キャベツより偉いのと同じようにな」

ボッドはいった。「あんたたちはなに？」

「グールだ」バースとウェルズの主教がこたえた。「いやはや、だれからも教わらなかったのか？　われらはグールだ」

「見ろ！」

下を見ると、小さなグールの一団が弾むような足どりで道を目指していた。ボッドはこたえる暇もなく骨張った二本の手につかまれて、さんざん揺さぶられながら下のほうへ運ばれていった。グールたちは仲間と合流するつもりらしい。

墓だらけの壁を下りきると、道があった。というより、道しかない。岩や骨の散らばる不毛の砂漠に踏みかためられてできた道で、何キロも先の赤く巨大な岩山の上にある街までくねくねと続いている。

ボッドは街を見あげ、ぞっとした。いまわしさと恐ろしさ、吐き気と嫌悪が混ざりあい、ボッドの心をぎゅっとしめつけた。

グールはなにも築かない。寄生し、ゴミをあさり、腐肉を食らう。この連中がグールハイムと呼ぶ街は、自分たちが築いたものではなく、遠い昔に見つけたものだった。トンネルや塔だらけのハチの巣状の岩。こんな建物をだれが築いたのか知る者は（過去はともかく、いまの人間のなかには）いないが、グール族以外にこんなところに住みたがる者もまずいないだろう。普通は近づこうとさえ思わない。

グールハイムはまだ何キロも先にあるのに、ここからでもすべてがゆがんでいるのがわかる。壁はとんでもない角度に傾いている。ボッドがこれまでに見た悪夢という悪夢をひとところに集めたような場所で、ぎざぎざの歯が並んだ巨大な口のようにも見える。これは建ててそのまま捨てられた街だ。築いた者たちの恐怖と狂気と憎悪のすべてを石に変えた街。グールたちはこの街を見つけると、喜んで住みつき、ここをわが家と呼ぶようになった。

グールは速い。ハゲワシが舞うより速く砂漠の道を進んでいった。ボッドはたくましいグールの二本の腕で頭上に高々と担ぎあげられ、手から手へまわされていった。気分は悪いし、怖くてたまらないし、なんだか間が抜けているような気もする。

頭上の赤い不気味な空には、黒い巨大な翼を広げて旋回するものがいる。

「気をつけろ」ウェストミンスター公爵がいった。「子どもを隠せ。夜鬼（ナイトゴーント）に盗まれてはかなわん。いまいましい盗人（ぬすっと）どもめ」

「まったくだ！　余は盗人は大きらいじゃ！」中国の皇帝が叫んだ。

グールハイムの赤い空を飛ぶナイトゴーント……。ボッドは深く息を吸いこみ、ミス・ルペスクに教えてもらったとおり、喉の奥からワシのような叫び声をあげた。

翼のある魔物が一匹、急降下してきて、低空を旋回した。ボッドがふたたび叫ぶと、かたい手で口をふさがれた。「やつらを呼びよせるとは、よく考えた」アーチボルド・フィッツヒュー閣下がいった。「だが、誓っていうが、二週間は腐らせないと、やつらは食えたもんではない。面倒なだけだ。われらとやつらのあいだには憎しみしかない。

わかったか？」

ナイトゴーントはふたたび乾いた砂漠の上空に舞いあがり、仲間と合流した。ボッドはすべての望みが消えたのがわかった。

グールたちは岩の上の街へと急いだ。ボッドはウェストミンスター公爵のくさい肩に乱暴に担がれ、運ばれていく。

死んだ太陽が沈み、ふたつの月が昇った。ひとつはやたらに大きく、穴だらけで、白々としている。はじめは地平線の半分を占めているように見えたが、高く昇るにつれて縮んでいった。小さいほうの月はチーズに生えるカビのような青緑色をしている。この月が昇ると、グール族は祝いの準備とばかりに、行進をやめて、道の脇で野営を始めた。

新しく加わったグール――ボッドの記憶では、たしか「有名作家のヴィクトル・ユゴー」と紹介されたグール――が袋と金属のライターを突きだした。袋には薪がつめこまれている。なかには蝶番や真鍮の取っ手がついたままの木切れもある。まもなく火がたかれ、グールたちはまわりに座って体を休めたかと思うと、青緑の月を見あげ、火に近い場所をとりあってけんかを始めた。おたがいにののしりあい、ときには爪を立てたり、かみついたりしている。

「さっさと眠ろう。月が沈んだら、グールハイムにむけて出発だ」ウェストミンスター公爵がいった。「走れば、あと九時間から十時間。明日、月が出るころには着くだろう。

そうしたら、パーティを開いて、おまえがグールの一員になるのを祝おう！」

「痛くはないぞ」アーチボルド・フィッツヒュー閣下がいった。「気づきもしないうちにすむ。すめば、どんなに幸せになれるか考えてみるがよい」

そのあと、グールたちはいっせいに話を始めた。グールになるのがどんなにすばらしいか。じょうぶな歯でどんなものをかみくだき、飲みこむことができるか。病気にもかからなくなるぞ、と一匹がいった。ごちそうの死因がなんだろうと、かまわずバリバリ食ってしまえる。

グールたちはこれまでに行ったことのある場所についても語った。そのほとんどは地下墓所か、ペストで死んだ人々の共同墓地のようだった（「プレイグピットはごちそうの宝庫である」と中国の皇帝がいうと、だれもがうなずいた）。グールたちは名前のつけかたも話した。ボッドも名なしのグールになって、みんなと同じように、最初のディナーのメイン料理の名がそのままつけられるのだという。

「だけど、ぼくはグールになんかなりたくないよ」ボッドはいった。

「いずれにせよ」バースとウェルズの主教が陽気にいった。「おまえはグールになるのだ。仲間になるのがいやなら、それより不快な思いをすることになるぞ。われわれの胃袋で消化されるのだからな。そうなれば、グールの一部となったことを楽しむ間もあるまい」

「まあ、そんな話はやめておくがよい」中国の皇帝がいった。「グールになるのがいちばんだ。われらに怖いものなどない！」

棺をばらした木材でたいた火を囲むグールたちは、この言葉に歓声をあげ、うなり、歌いだした。われらは賢く、強い。恐れを知らないのは、なんとすばらしいことか。

そのとき、遠い砂漠のほうから声が聞こえた。獣の吠えるような声だ。グールたちは騒々しく声をあげながら火のそばにかたまった。

「いまのはなに？」ボッドがたずねた。

グールたちは首を振った。「砂漠になにかいる」一匹がささやく。「静かに！　こちらの声を聞かれてしまう！」

ほんの一瞬、グールたちは静まりかえったが、すぐに砂漠にひそむもののことを忘れ、グールの歌をうたいはじめた。汚い言葉や不快な感情がふんだんに盛りこまれた歌だ。とくに好んでうたわれたのは、腐りかけた体をどの部位から食べていくかをただ並べたてた歌だった。

「もう帰りたい」歌のなかの死体が隅々まで食いつくされると、ボッドはいった。「こんなところにいたくないよ」

「そう嘆くでない」ウェストミンスター公爵がいった。「よいか、チビすけ、われらの仲間になれば、帰るところがあったことすら忘れてしまうぞ」

「わがはいもグールになる前のことなどなにも覚えておらん」有名作家のヴィクトル・ユゴーがいった。

「余もそうじゃ」中国の皇帝も胸を張った。

「わしもだ」アメリカの第三十三代大統領もいった。

「おまえは選りぬきの集団の一員になれるのだ。われらほど頭が切れ、力が強く、勇気のある種族はおらん」バースとウェルズの主教が自慢げにいった。

ボッドはグールに勇気や知恵があるとは思わなかった。だが、グールはたしかに強い し、そのスピードは人間離れしている。ボッドはそんな連中にぐるりと囲まれていた。逃げだすのは不可能だ。十メートルも行かないうちに追いつかれてしまう。

ふたたび遠くの闇のなかでなにかが吠えた。グールたちは火に近づいた。鼻を鳴らし、毒づいている。ボッドは目を閉じた。みじめな気持ちでいっぱいだ。家に帰りたくてたまらない。グールになんかなりたくない。こんなに不安で、絶望に打ちひしがれていては眠れるはずがない。そう思っていたのに、意外なことに、二、三時間ほど眠ってしまった。

耳障りな声で、ボッドは目覚めた。近くでなにやら騒ぎが起きている。「おい、やつらはどこにいるんだ？　え？」ボッドが目を開けると、バースとウェルズの主教が中国の皇帝にむかってわめいていた。どうやら夜のうちに仲間二匹がいなくなったらしい。忽然と消えてしまい、なにがあったのか知る者はいない。ほかのグールは落ちつきを失い、あわてて野営地を引き払った。アメリカの第三十三代大統領がボッドを引っつかみ、肩に担ぎあげた。

グールたちは押しあうようにして岩壁を下り、道にもどった。にごった血のような色の空の下、グールハイムを目指す。今朝はすっかり元気を失っているようだ。どちらかというと、少なくともアメリカの第三十三代大統領の肩で揺られているボッドには、なにかから逃げているように見えた。

昼、死んだ目のような太陽が空高く昇ったころ、グールたちは立ちどまり、身を寄せた。前方で熱気流に乗って上空を舞っているのは、十四ほどのナイトゴーントだった。

グールたちはふたつに割れた。仲間が消えたのはただの偶然だと考える者たちと、ナイトゴーントのしわざにちがいないと考える者たちだ。双方の意見はいっこうにまとまらない。ひとつだけ一致したのは、ナイトゴーントが下りてきたら、石を投げつけられるようにしておこうということだ。そこで、砂漠の石を拾って、スーツやローブのポケットにつめこんだ。

吠え声が砂漠の左手から聞こえ、グールたちは顔を見あわせた。その声は昨夜より大きく、近くなっている。狼が低くうなるような声だ。

「聞こえたか？」ロンドン市長がたずねた。

「いや」アメリカの第三十三代大統領がこたえた。

「わしも聞こえなかった」アーチボルド・フィッツヒュー閣下がいった。

咆哮がふたたびひびいた。

「グールハイムにもどらねば」ウェストミンスター公爵が大きな石を拾いあげた。

悪夢のようなグールハイムの街は前方の高い岩山の上にある。グールたちはそちらにむかって軽やかに走りだした。

「ナイトゴーントが来るぞ！」バースとウェルズの主教が叫んだ。「あの悪党どもに石を投げてやれ！」

とたんにボッドの視界は引っくりかえった。アメリカの第三十三代大統領の背中で揺さぶられ、顔には砂煙が吹きつける。しかし、ワシのような叫び声を耳にすると、ボッドはもう一度ナイトゴーントに助けを求めた。今度はだれもボッドの口をふさごうとはしなかったが、ナイトゴーントが鳴きわめき、グールも空にむかって石を投げながらののしり声をあげている状況では、自分の声がだれかの耳に聞こえているのか聞こえていないのかさえよくわからない。

ふたたび獣の吠える声が聞こえてきた。今度は右からだ。

「ナイトゴーントどもめ、いったい何十四いるんだ」ウェストミンスター公爵が陰気な声でいった。

アメリカの第三十三代大統領はボッドを有名作家のヴィクトル・ユゴーに渡した。ヴィクトル・ユゴーはボッドを袋に入れて肩に担いだ。袋は埃っぽい木材のにおいがするだけだったので、ボッドはほっとした。

「やつらが引きあげていくぞ！」グールが叫んだ。「見ろ！　去っていく！」

「心配するな」バースとウェルズの主教らしき声が袋の近くで聞こえた。「グールハイムに着けば、こんなばかげた騒ぎはなくなる。グールハイムにはなにものも入りこめないからな」

ナイトゴーントとの戦いでグールに死傷者が出たのかどうか、ボッドにはわからなかったが、バースとウェルズの主教が吐きちらしている言葉から判断するかぎり、さらに何匹か行方知れずになったようだ。

「急げ！」ウェストミンスター公爵らしき声がして、グールたちが走りだした。袋のなかにいるボッドはたまったものではない。有名作家のヴィクトル・ユゴーの背中にさんざんぶつかり、ときには地面にもたたきつけられた。さらに耐えがたいのは、袋のなかに棺をばらした板がまだ残っていることだ。板切ればかりか、先のとがったねじや釘まで入っていて、ねじが一本ボッドの手に食いこんでいる。

走るグールの背中で揺れたり、弾んだりしながらも、ボッドはなんとか右手でねじをつかんだ。先端に触ってみると、鋭くとがっている。ボッドの心の奥に希望が芽生えた。ボッドはねじの先を袋の後ろのほうに押しつけ、食いこませて引きぬいた。それから、もう少し低い位置にも穴を開けた。

背後からまた吠え声が聞こえて、ボッドははっとした。グールたちがこれほどおびえているということは、想像以上に恐ろしいものが追ってきているのではないだろうか？ボッドは一瞬、ねじを袋に突きたてるのをやめた。袋からころがりおちたら、恐ろしい獣の口のなかだったなんてことにはなりたくない。だが、どうせ死ぬなら、自分のまま死んだほうがいい。すべての記憶を抱えたまま、両親のことも、サイラスのことも、ミス・ルペスクのことさえも忘れずに死んだほうがいい。

　そうだ。そのほうがずっといい。

　ボッドはまた真鍮のねじで袋に襲いかかった。袋にねじを突きたて、ぐいぐい押して、もうひとつ穴を開ける。

「さあ、おまえたち」バースとウェルズの主教が叫んだ。「階段を上ったら、安全なグールハイムだぞ！」

「やれやれ、めでたい！」べつのグールが叫んだ。たぶんアーチボルド・フィッツヒュー閣下だろう。

　いつしかグールたちの動きかたが変わってきていた。もはやひたすら前に進む動きではない。上がっては進み、上がっては進むという動きの連続だ。

　ボッドは手で袋を押して、のぞき穴を作った。そこから外をのぞくと、頭上にはまがまがしい赤い空が見える。下のほうには……

　……砂漠が見えたが、いまや何百メートルも下にある。グールが上がっているのは、巨人のために造られたような階段で、右手には黄土色の岩壁がある。グールハイムは見えないが、この上にあるにちがいない。左手は断崖絶壁だ。ちゃんと階段の上に落ちなければ、とボッドは決意をかためた。グールたちがグールハイムに逃げこみたい一心で、ボッドが逃げようとしていることに気づかないでくれることを願うばかりだ。後方の赤い空にはナイトゴーントが旋回していた。

ボッドはうしろにグールがいないのを見て、ほっとした。袋をかついでいる有名作家のヴィクトル・ユゴーは最後尾だ。袋の穴が大きくなっていると警告する者はだれもいない。ボッドがそこから落ちても、グールたちには見られずにすむ。

だが、ほかのものがいる……。

ボッドの体が横に振られて、目が穴から離れたが、その瞬間、灰色の巨大なものが見えた。グールたちを追って階段を上ってくる。怒りのこもったうなり声も聞こえてきた。

にっちもさっちもいかない状況に追いこまれたとき、ミスター・オーエンズが必ず口にするいいまわしがある。「悪魔と青い深海にはさまれた」という言葉だ。ボッドにはぴんとこなかった。墓地から出たことがなく、悪魔も青い深海も見たことがなかったからだ。

父さんのいいかたを借りれば、いまは「グールと怪物にはさまれた」状況だ。

ボッドがそう思ったとたん、鋭い犬歯が袋にかみついて、ぐっと引いた。ボッドが開けた穴から裂け目が広がり、ボッドは石段の上にころがりおちた。そこには灰色の大きな獣がいた。犬に似ているが、犬よりずっと大きな獣がうなりをあげ、よだれをたらしながら、ボッドを見おろしている。燃えるような目、白い牙(きば)、大きな前足。荒い息をしながら、こちらをにらんでいる。

前方でグールが足を止めた。「こりゃいかん！」ウェストミンスター公爵がいった。

「あの地獄の番犬め、小僧を捕まえおった！」

「ガキなんぞくれてやれ」中国の皇帝がいった。「逃げるのじゃ！」

「ひえっ！」アメリカの第三十三代大統領がいった。

グールたちは階段を駆けのぼった。この階段はやっぱり巨人が造ったにちがいない。一段一段がボッドの背より高い。グールたちは逃げる途中で立ちどまって振りかえり、獣にむかって、それからたぶんボッドに対しても、下品なしぐさをした。

獣はその場を動かなかった。

こいつ、ぼくを食べる気だ。ボッドの心は後悔でいっぱいになった。ばかなことをしてしまった。墓地のわが家を思い出した。どうしてあそこを離れてしまったのか、もう思いだせない。この犬が怪物であろうと、なかろうと、もう一度墓地に帰りたい。あそこにはぼくを待っている人たちがいる。

ボッドは獣を押しのけ、次の段に飛びおりた。段差は一メートル二、三十センチ。背の高さほどもある。着地のときに足首をひねってしまい、激痛が走った。ボッドは石段の上に倒れた。

獣が駆けだし、飛びかかってくる音が聞こえた。ボッドは身をよじるようにしてなんとか立ちあがろうとした。ところが、ボッドの足首は使いものにならなかった。痛くて、どうすることもできない。ふたたび倒れたボッドは石段から落ちて、宙に投げだされた。岩壁と反対側の絶壁へ。想像もできない距離を悪夢のように落ちていく……。

落ちていくあいだ、声が聞こえた気がした。灰色の獣がいるあたりからだ。獣はミス・ルペスクの声でいった。「まあ、ボッド！」

まるで落下の夢を見ているようだった。とんでもない距離をすさまじい勢いで落ちていく。地面がぐんぐん迫ってくる。ボッドの心はひとつのことしか考えられなかった。そのため、あの大きな犬はミス・ルペスクだったんだという思いと、自分は岩地に激突して死んでしまうんだという思いが頭のなかでせめぎあっていた。

なにかがボッドを包みこみ、ボッドと同じスピードで落ちていったかと思うと、革のような翼がはばたく大きな音がして、落下速度がゆるくなった。もう地面がぐんぐん迫ってくる感じはない。

翼のはばたきが激しくなり、少し上昇した。ボッドの頭のなかは、空を飛んでる、という思いでいっぱいになった。ボッドはたしかに飛んでいた。振りむくと、濃い茶色の頭が見えた。頭部にはまったく毛がなく、目は黒々としている。まるで黒い板ガラスを磨いたような目だ。

ボッドは鋭い声をあげた。ナイトゴーントの言葉で「助けて」という意味だ。ナイトゴーントは笑みを浮かべ、フクロウのような低い声でこたえた。喜んでいるようだ。

ナイトゴーントは急降下したかと思うと、スピードをゆるめ、鈍い音を立てて砂漠に着地した。ボッドは立ちあがろうとしたが、またしても足首がいうことをきいてくれず、砂の上に倒れてしまった。風が強く、砂漠の砂が肌を刺す。

ナイトゴーントは革のような翼をたたんで、ボッドの横にうずくまっている。ボッドは墓地で育ったので、翼のある種族の絵は見なれていたが、墓石の上の天使たちはこんな姿ではなかった。

グールハイムの陰になった砂漠を駆けてくるのは、巨大な犬に似た灰色の獣だった。獣はミス・ルペスクの声でこういった。

「ナイトゴーントがあなたの命を救ったのはこれで三度目ですよ、ボッド。一度目はあなたの助けを求める声を聞きつけたとき。ナイトゴーントたちはわたくしに伝言をよこし、あなたの居場所を教えてくれました。二度目は昨夜、火のそばであなたが眠っていたときです。ナイトゴーントたちは闇のなかを旋回し、二匹のグールの会話を聞きつけました。あなたは自分たちに禍をもたらしそうだから、石で頭を殴りつけて、どこかに置いておこう。ほどよく腐ってきたら、食べるとしよう。二匹がそう話しているのを聞いて、ナイトゴーントたちがこっそり問題を片づけました。そして、いままた助けてくれました」

「ミス・ルペスクなの？」

獣が大きな犬のような頭を近づけてきたので、ボッドは一瞬、恐怖のあまり正気を失いそうになった。食いちぎられるかと思ったからだ。しかし、獣は愛情をこめてボッドの頰をなめた。「足首は痛みますか？」

「うん。立ちあがれない」

「では、わたくしの背にお乗りなさい」ミス・ルペスクだとはっきりわかった灰色の大きな獣がいった。

ミス・ルペスクが甲高いナイトゴーントの言葉でなにかいうと、ナイトゴーントが寄ってきて、ボッドの体を抱えあげた。ボッドはミス・ルペスクの首にしがみついた。

「毛につかまりなさい。しっかりつかまっているのですよ。さあ、出発する前に、こうおっしゃい」ミス・ルペスクは甲高い声をあげた。

「どういう意味？」

「ありがとう。さようなら。両方の意味があります」

ボッドができるだけミス・ルペスクの手本に似せて叫ぶと、ナイトゴーントはおもしろそうに笑った。それから似たような声をあげ、大きな革のような翼を広げた。砂漠の風に乗って走りだし、力強く羽ばたくと、体がふわりと浮いた。上がりはじめた凧のようだ。

「さあ」ミス・ルペスクである獣がいった。「しっかりつかまって」それから走りだした。

「墓穴だらけの壁に行くの？」

「グールゲートへ？　いいえ。あれはグールの通り道です。わたくしは神の猟犬ですから、わたくしの道を通って地獄を出入りするのです」ミス・ルペスクはさらにスピードを上げたようだった。

　空には巨大な月とカビ色の小さな月が昇り、ルビーのように赤い月も加わった。その下に広がる骨の砂漠を、灰色の狼が力強く疾駆する。やがて巨大なハチの巣が崩れたような土の建物のそばで足を止めた。近くの砂漠の岩から小川がわきだし、小さな水たまりを作っては、また砂のなかへ消えていく。灰色の狼は頭をたれて水を飲んだ。ボッドも何度か両手ですくって、少しずつ口に運んだ。

「ここが境界です」ミス・ルペスクだった灰色の狼がいった。ボッドは顔を上げた。三つの月は消え、かわりに天の川が見えた。まるで空のアーチにきらきらした埋葬布がかかっているみたいだ。こんなふうに見えたのははじめてだった。空は星でいっぱいだ。

「きれいだ」ボッドはいった。

「墓地にもどったら、星と星座の名前を教えましょう」

「うん、覚えたい」

　ボッドはふたたび灰色の大きな背中によじのぼり、毛のなかに顔をうずめてしっかりつかまった。それからいくらもたたないうちに墓地にいて、オーエンズ家の墓へ運ばれているのに気づいた。大人の女の人が六歳の男の子をおんぶしているような、ぎこちない運びかただ。

「足首を痛めています」ミス・ルペスクが話していた。

「まあ、かわいそうに」ミセス・オーエンズがボッドを受けとり、実体はなくても、いろいろなことができる腕に抱いてあやした。「心配しなかったといったら、嘘になるわ。

疲労がボッドをやさしく眠りにいざなった。

本当に心配したのよ。でも、無事にもどってきたんですもの。それで十分」
そのあと、ボッドは心地よい土のなかですっかりくつろぎ、自分の枕に頭をのせた。

ボッドの左の足首は紫色にはれあがった。ドクター・トレフューシス（墓碑銘「一八七〇―一九三六年 栄光のうちに目覚めんことを」）が診察し、くじいただけだと請けあった。ミス・ルペスクは薬局で足首を固定する包帯を買ってきた。黒檀の杖とともに埋葬されたジョサイア・ワージントン准男爵は、杖を貸そうと申しでた。ボッドは大喜びで杖に寄りかかり、百歳の老人の真似をした。

それから丘をひょこひょこ上り、石の下にはさんでおいた、折りたたんだ紙をとりだした。

神の猟犬

それは紫のインクで書かれ、リストのいちばん上にあげられていた。

人間たちからは人狼、狼憑きなどと呼ばれるが、みずからは神の猟犬と呼ぶ。

彼らはその変身能力を創造主から授かった力と考え、この恵みに持ち前の忍耐強さでこたえている。悪事をはたらく者がいれば、地獄の門まで追っていく。

ボッドはうなずいた。

だけど、神の猟犬が追うのは、悪事をはたらく者だけじゃない。

ボッドはリストの続きを読み、覚えられるだけ覚えてから、礼拝堂まで下りていった。そこではミス・ルペスクが待っていた。丘のふもとのフィッシュ&チップス店で買ってきた小さなミートパイと大きな袋入りのフライドポテト、それから紫のインクで印刷されたリストの束も用意してある。

ふたりはフライドポテトをいっしょに食べた。一度か二度、ミス・ルペスクは笑顔さえ見せた。

その月の終わりにサイラスがもどってきた。黒い鞄は左手に持ち、右手はぎこちなく浮かせていた。しかし、いつものサイラスだ。ボッドはサイラスに会えてうれしかった。サイラスからお土産にサンフランシスコの金門橋（ゴールデンゲートブリッジ）の小さな模型をもらうと、ますますうれしくなった。

もう深夜に近かったが、まだすっかり暗くなってはいない。三人は丘の頂に座って、下のほうできらめく町の明かりを見つめていた。

「わたしのいないあいだ、すべてうまくいっていたようだな」サイラスがいった。

「いろんなことを覚えたよ」ボッドは橋の模型を握りしめたままいうと、夜空を指さした。「あれが大熊座で、あっちが息子の小熊座。そのあいだをはってるのが竜座だ」

「よく覚えたな」サイラスがいった。

「サイラスは？」ボッドはたずねた。「出かけてるあいだに新しく知ったことはある？」

「ああ、もちろん」サイラスはこたえたが、くわしくは語らなかった。

「わたくしもです」ミス・ルペスクが澄ましていった。「わたくしも多くのことを学びました」

「それはよかった」サイラスがいった。オークの木の枝でフクロウが鳴いた。「出かけているあいだ、さまざまなうわさを耳にした。何週間か前、ふたりともいささか遠くまで足を運んだようだな。わたしにはいけないような場所まで。普段なら用心するようにと助言するところだが、グールはほかの種族とちがって忘れっぽいからな」

ボッドはいった。「だいじょうぶだよ。ミス・ルペスクが見ててくれたから。あぶない目になんかあわなかった」

ミス・ルペスクはボッドを見つめ、目を輝かせた。それからサイラスのほうを見た。

「知らなければならないことはたくさんあります。来年もまた夏の盛りにもどってきて、この子に教えたいわ」

サイラスはミス・ルペスクを見て、眉（まゆ）をかすかに上げ、それからボッドを見た。

「うん、教えにきて」ボッドはいった。

第4章　魔女の墓石

墓地の端には魔女が埋葬されている。それを知らない人はいない。ボッドはもう思いだせないほど昔から、そこに近づいてはいけないとミセス・オーエンズにいわれていた。

「どうして？」ボッドはたずねた。

「生きた人間の健康にはよくないからよ」ミセス・オーエンズはいった。「あのあたりはじめじめしているの。ほとんど沼地ですからね。あんなところに行ったら、ひどい風邪を引いてしまうわ」

ミスター・オーエンズの説明はもっとあいまいで、想像力にも乏しかった。「あそこはよからぬ場所だ」

ちゃんとした墓地は丘の西側のふもとで終わっている。そこには古いリンゴの木が生えていて、茶色く錆びついた鉄のフェンスがある。小さな槍の穂先のようなものが上に突きでたフェンスだ。だが、フェンスのむこうには、イラクサや雑草や、イバラや枯葉でおおわれた荒地が広がっている。ボッドはだいたいのところ聞きわけのよい子どもだったので、フェンスのむこうに踏みこみはしなかったものの、フェンスの前まで行って、むこう側をのぞいてみたことはある。みんなななにかを隠している。それがわかるのでよけいにいらいらした。

ボッドは丘を上り、墓地の入口近くの小さな礼拝堂にもどると、あたりが暗くなるのを待った。たそがれの光が灰色から紫にゆっくり変わるころ、尖塔から物音がした。厚いビロードがはためくような音だ。サイラスが寝室にしている鐘楼を出て、あっという間に尖塔の壁を下りてきた。

「墓地の端っこにはなにがあるの？」ボッドはたずねた。「ほら、パン屋のハリソン・ウェストウッドと奥さんのマリオンとジョーンのお墓のむこう」

「なぜそんなことをきく？」サイラスは黒いスーツについた埃を象牙のような指で払った。

ボッドは肩をすくめた。「ちょっと気になったから」

「あそこは聖別されていない、つまり清められていない土地だ」サイラスはいった。「意味がわかるか？」

「よくわからない」

サイラスは一枚の落ち葉も踏まずに小道を横切ると、ボッドと並んでベンチに座った。それからやわらかな声で話しだした。「土地はすべて神聖だと信じる者もいる。われわれが来る前も、そのあとも神聖だ、と。だが、この国の人々は、教会と埋葬用の土地を清め、神にささげた。しかし、聖なる土地の横にそうでない場所も残しておいた。そこは無縁墓地と呼ばれる、罪人や自殺者、異教の人々を埋葬する場所なのだ」

「じゃあ、フェンスのむこう側に埋葬されてるのは、悪い人たちなの？」

サイラスは片方の眉をみごとにつりあげた。「なんだって？　いや、そうではない。まあ、わたしがあそこに足を運んだのはずいぶん前のことだが、とくによこしまな人間は思いあたらない。いいか？　たかだか一シリングを盗んだだけで絞首刑になった時代も過去にはあったのだ。それにまた、生活がどうにも立ちゆかず、さっさとあの世に行くのがいちばんだと考える者はいつの時代にもいる」

「それって、自殺するってこと？」そろそろ八歳になるボッドは、天真爛漫で好奇心旺盛だった。頭の回転も鈍くはない。

「そのとおり」

「それでうまくいくの？　死んだら、幸せになれる？」

「ときにはな。だが、たいていはちがう。よそに行って暮らしたら幸せになれると信じていた人間が、そうはならないと思い知らされるのに似ている。どこに行っても、自分は自分ということだ。わたしのいいたいことがわかるか？」

「なんとなく」

サイラスはボッドの髪をくしゃくしゃっとなでた。

ボッドはたずねた。「魔女はどうなの？」

「ああ、そうだな。自殺者、罪人、魔女。あそこに埋葬されているのは、罪の告白をせず、神の赦しを得ずに死んでいった者たちだ」サイラスが立ちあがると、たそがれのなかに深夜の影がたたずんでいるように見えた。「すっかり話しこんでしまったな。まだ食事もしていない。おまえも授業に遅れるぞ」墓地のたそがれのなか、闇のようなビロードが静かな音を立ててはためくと、サイラスは消えていた。

ボッドがミスター・ペニーワースの霊廟に着くころには、月が昇りはじめていた。トマス・ペニーワース（墓碑銘「このうえない栄光に満ちた復活を期し　ここに眠る」）はすでに待っていた。上機嫌とはいえない。

「遅刻だぞ」

「ごめんなさい、ミスター・ペニーワース」

ミスター・ペニーワースは舌打ちした。先週、ボッドは四元素と四体液について教わったが、どれがどれだかすぐに忘れてしまう。今日はテストだろうと思っていたが、ミスター・ペニーワースはこういった。「しばらくは実践的なことを学んだほうがよさそうだ。なんといっても、時は待っていてはくれぬ」

「そうなの？」

「どうやらそのようだ、オーエンズくん。姿を消すわざは身についたかね？」

きかれたくない質問だった。

「だいじょうぶ。本当だよ。わかってるでしょ」

「いや、オーエンズくん、わたしは承知しておらぬ。やってみせなさい」

ボッドは気が重くなった。深呼吸をすると、ぎゅっと目を閉じ、必死に姿を消そうとした。

だが、ミスター・ペニーワースをうならせることはできなかった。

「やれやれ、そうではない。まったくなってないぞ。死者のようにまわりに溶けこみ、姿を消してみなさい。影のなかを通りぬけ、人の意識から消えるのだ。もう一度」

ボッドはもっと必死にやってみた。

「だめだ、ありありと見えているではないか。顔のなかの鼻くらい目立っている」ミスター・ペニーワースはいった。「ついでにいうと、きみの鼻はじつに目立つ。顔全体がそうだ。きみ自体が目立つんだ。後生だから、心のなかを空っぽにしてくれ。いいか。きみは無人の路地だ。使われていない出入口だ。無だ。だれの目にもとまらないし、だれの心にもとまらない。きみのいる場所にはなにもないし、だれもいない」

ボッドはもう一度やってみた。目を閉じ、自分が霊廟のしみだらけの石壁のなかに消えていき、夜の闇でしかなくなるところを思いうかべた。とたんにくしゃみが出た。

「なってない」ミスター・ペニーワースはため息をついた。「まったくなってない。きみの後見人に報告したほうがよさそうだな」首を振る。「では、体液による気質のおさらいだ。人間の四つの気質をあげてみなさい」

「えっと、多血質、胆汁質、粘液質。あとひとつは、えっと、憂鬱質、だったかな」

この調子で授業は進み、オールドミスのレティシア・ボローズ（墓碑銘「ひとりとして殿方に害を与えることなく生涯を終えた　これを読んで自分もそうだといえる者がいるだろうか?」)の文法と作文の時間になった。ボッドはミス・ボローズが好きだ。ミス・ボローズの小さな地下納骨所の心地よさも、ミス・ボローズがあっさり授業のことを忘れてしまうところも好きだった。

「あのね、せいべ……えっと、聖別? されてない土地には魔女がいるんだって」ボッドはいった。

「ええ、そうよ。でも、あそこへは行かないほうがいいわ」

「どうして?」

ミス・ボローズは死者ならではの無邪気な笑みを浮かべた。「あそこにいる人たちはわたしたちとはちがうから」

「だけど、あそこも墓地だよね? ってことは、行きたければ、行ってもいいんじゃない?」

「だめだめ、およしなさい」

ボッドは聞きわけのよい子どもだったが、好奇心も強かった。したがって、その夜の授業が終わると、パン屋のハリソン・ウェストウッド一家の墓地にある、腕の折れた天使の前を通りすぎたが、無縁墓地まで下りていくことはしなかった。かわりに大きなリンゴの木が生えているところまで丘を上った。この大きなリンゴの木は、三十年ほど前にここで行われたピクニックの名残だった。

ボッドはすでにいくつかの教訓を学んでいた。数年前、まだ熟す前の、種も白く、酸っぱいリンゴを腹いっぱい食べて、後悔したことがあった。何日も腹痛に苦しみ、ミセス・オーエンズになんでもかんでも食べてはいけないと注意されたのだ。いまは必ずリンゴが熟してから食べることにしているし、一度に二、三個までにとどめておく。リンゴは前の週に最後の一個まで食べてしまったが、リンゴの木の上は考えごとをするのにうってつけの場所だった。

ボッドは幹をゆっくり登り、お気に入りの木の叉（また）に腰かけると、無縁墓地を見おろした。雑草やイバラの生い茂った荒地が月明かりに照らされている。魔女は鉄の歯の老婆で、ニワトリの脚のついた家で旅をするのだろうか？　それとも、やせていて、鼻がとがっていて、ほうきを持っているのだろうか？

腹が鳴り、ボッドは腹が減ってきたことに気づいた。リンゴを全部食べてしまったのは失敗だ。ひとつだけでも残しておけばよかった……。

ボッドはちらっと目を上げた。なにか見えた気がする。念のため、もう一度たしかめる。リンゴだ。赤く熟している。

木登りには自信がある。ボッドは体を大きく左右にゆらしながら、枝から枝へ登っていった。自分はサイラスで、高くそびえるレンガの壁を楽々と登っているところだと想像してみる。赤いリンゴは月明かりのなかでは黒っぽく見えた。もうすぐ手が届く。ボッドはゆっくり枝をつたい、リンゴの真下まで来ると、手をのばした。指先が完璧（かんぺき）なリンゴに触れた。

だが、リンゴを食べることはできなかった。

銃声のような大きな音がして、ボッドが乗っていた枝が折れたのだ。

激痛が走って、ボッドは目が覚めた。氷のように鋭く、延々ととどろく雷鳴のような痛みだ。気がつけば、ボッドは晩夏の夜の闇に包まれて、雑草のなかに倒れていた。地面はずいぶんやわらかく、妙に温かかった。てのひらを押しつけてみると、温かい毛のようなものに触れた。どうやら草の山の上に落ちたらしい。墓地の手入れに来た人が草刈り機で刈った草をここに投げこんだのだろう。おかげで落下の衝撃がやわらいだようだ。それでも、胸が痛いし、脚もずきずきする。落ちたときに、ひねってしまったのだろうか。

ボッドはうめいた。

「ほら、泣かない、泣かない」背後から声がした。「どこから来たの？　雷石みたいに落ちてきたけど（「雷石」は先が細くなった古代の石器。その形状から古くは雷とともに落ちてきたものと信じられていた）、どうしたの？」

「リンゴの木に登ってたんだ」

「へえ。脚を見せてごらん。きっと木の枝みたいにポキンとなってるよ」冷たい指がボッドの左脚を探った。「折れてはいないようだね。ひねっただけ。捻挫はしてるかもしれないけど。ついてたね。堆肥の上に落ちるなんてさ。これなら心配いらないよ」

「よかった。でも、痛いんだ」

　ボッドは振りむき、相手の顔を見あげた。ボッドより年上だが、大人ではない。とくに愛想がよくも、悪くもない。どちらかというと、警戒しているようだ。頭はよさそうだが、お世辞にも美人とはいえない。

「ぼく、ボッドっていうんだ」

「例の生きてるって子？」

　ボッドはうなずいた。

「そうだと思った」少女はいった。「うわさには聞いてたんだ。この無縁墓地でもね。なんて呼ばれてるの？」

「オーエンズ。ノーボディ・オーエンズだよ。縮めて、ボッド」

「はじめまして、ボッド」

　ボッドは少女をじろじろ見た。質素な白のシフトドレスを着ている。長くのばした髪は冴えない薄茶色。顔立ちはどことなくゴブリン。どんな表情をしていても、口もとにずるそうな笑みが残っているように見える。

「自殺したの？　それとも、一シリング盗んだの？」

「なにも盗んでないよ。ハンカチ一枚盗んでない。なんにしても」少女は小生意気な口ぶりでいった。「自殺者たちはあのサンザシのむこうにいる。しばり首になって死んだやつらはふたりともクロイチゴの生えてるところ。ひとりは偽金作り。もうひとりは追いはぎ。本人は悪名をとどろかせてたとかいってるけど、本当はどこにでもいるケチなこそ泥だったんじゃないかな」

「へえ」ボッドはもしやと思い、おそるおそるきいてみた。「ここには魔女も埋葬されてるって聞いたんだけど」

少女はうなずいた。「水に沈められて、火に焼かれて、ここに埋葬されたよ。墓石ひとつ立ててもらえなかった」

「水に沈められたうえに、火にも焼かれたの?」

少女は刈りとった草の山の上に並んで座り、ひんやりした手でボッドのずきずき痛む脚をつかんだ。「村の連中は夜明けとともにうちに押しかけてきて、寝ぼけ眼のあたしを共有地まで引っぱりだした。『おまえは魔女だ!』って口々に叫んでた。ぶくぶくした洗ったばかりの顔を真っ赤にしちゃってさ。市の立つ日にごしごし洗われた仔ブタちゃんみたいだったよ。ひとり、またひとりと空の下で立ちあがって、牛乳が腐ったとか、馬が脚を痛めたとかいいたてた。最後に立ちあがったのは、ジェマイマお嬢さんだった。あの場にいた人たちのなかでもひときわ太ってて、顔なんかごしごし洗って真っ赤だった。あの人はソロモン・ポリットが自分に見むきもしなくなったのも、ハチミツ壺にたかるスズメバチみたいに、洗たく場のまわりをうろつくようになったのも、みんなあたしの魔法のせいだといった。かわいそうにソロモン・ポリットは魔法でたぶらかされているのよ、ってね。それで、あたしは水責め用の椅子にくくりつけられて、池に沈められたってわけ。魔女ならおぼれもしないし、苦しむこともないけど、魔女でないなら苦しいはずだといってね。ジェマイマの父親は村人たちにグロート銀貨を一枚ずつ渡して、うんと長いあいだ、椅子を緑ににごった水のなかに沈めておけといった。あたしの息がつまるか、とくと見てやろうってね」

「息はつまった？」

「もちろん。肺に水が入って、死んじゃった」

「じゃあ、魔女じゃなかったんだ」

少女はきらきら輝く幽霊の目でボッドを見つめ、皮肉っぽい笑みを浮かべた。ゴブリンっぽさは消えなかったが、いまはきれいなゴブリンに見えた。こんな笑顔になれるなら、魔法なんかなくても、ソロモン・ポリットの気を引くことができたはずだ。「なにいってんのよ。魔女に決まってるでしょ。ひもをとかれて、草地に投げだされたとき、あたしは瀕死の状態で、ウキクサとくさい泥におおわれてた。だけど、白眼をむいて、あそこにいたやつらを呪ってやった。だれひとり安らかに墓で眠らせはしないってね。呪いがあんなに簡単だとは思わなかったな。ダンスにちょっと似てた。まるで聞いたことのない音楽なのに、足が勝手にステップを踏みだして、夜明けまで踊っちゃうことってあるでしょ？」少女は立ちあがると、くるりとまわって、足を蹴りあげた。素足が月明かりに輝く。「あたしのかけた呪いもそんな感じだった。池の水をさんざん飲んだあとで、声なんかろくに出なかったけど、最後の力を振りしぼって呪ってやった。そのあと、息絶えたの。遺体はその場で焼かれた。真っ黒焦げの炭になっちまうまで焼かれて、無縁墓地の穴に放りこまれて、名前を彫った墓石さえ立ててもらえなかった」ここでようやく息をつき、ほんの一瞬、悲しそうな顔をした。

「じゃあ、村の人たちはだれもこの墓地に埋葬されていないの？」ボッドはたずねた。

「そう、ひとりもね」少女の目がきらめいた。「あたしをおぼれさせて、こんがり焼いた次の土曜日、はるばるロンドンからポリンジャー家のお屋敷にカーペットが届いたの。上等なカーペットだった。でも、ただじょうぶで、模様が美しいだけじゃなかった。ペスト菌がついてたの。月曜日には五人が血を吐いた。肌なんて、炎から引っぱりだされたときのあたしに負けないくらい真っ黒だった。一週間後には、村はほぼ全滅。死体は町のはずれに掘られたペストによる死者の墓穴（プレイグピット）に片っぱしから放りこまれた。そのあとで、穴はふさがれた」

「村中の人が死んだの？」

少女は肩をすくめた。「あたしがおぼれて、焼かれるのを見てたやつらは全員死んだ。脚はどう？」

「よくなった。ありがとう」

ボッドはゆっくり立ちあがると、片足を引きずりながら草の山から下り、鉄柵（てっさく）にもたれた。「じゃあ、もともと魔女だったの？　村の人たちを呪う前から？」

少女はあざけるようにいった。「それじゃあ、まるであたしが魔法を使って、ソロモン・ポリットの心を手に入れたみたいじゃない」

それじゃこたえになってない、とボッドは思ったが、口にはしなかった。

「名前はなんていうの？」

「あたしには墓石がないからね」少女は口をへの字に曲げた。「どこのだれだかわかりゃしない。ちがう？」

「だけど、名前はあるよね？」

「ライザ・ヘムストックと呼んで」少女はとげとげしい口調でいったあと、続けた。「そんなに欲張りな願いじゃないと思うんだ。墓のしるしになるものがほしいっていうのはさ。あたしはあそこに放りこまれてるんだよ。あたしが眠ってる場所を教えてくれるのはイラクサだけ」ほんの一瞬、ライザがとても悲しそうな顔をしたので、ボッドは抱きしめたくなった。フェンスの柵をなんとか通りぬけたとき、いいことを思いついた。ライザ・ヘムストックのために墓石を探して、名前を入れてあげよう。ライザの笑顔が見たい。

　ボッドは振りかえって手を振りながら、丘を上りはじめたが、ライザの姿はすでになかった。

　墓地にはほかの人の墓石や彫像のかけらならいくらでもあった。だが、そんなものを無縁墓地の灰色の目の魔女のところに持っていくわけにはいかない、とボッドは思った。もっとちゃんとした墓石でなくては。これからしようと考えていることは、だれにもいわないでおこう。反対されるにきまっている。

それから数日間、ボッドは墓石を手に入れることしか考えられなくなった。考えれば考えるほど、計画はややこしく、とんでもないものになっていった。ミスター・ペニーワースは嘆いた。

「いやはや、上達するどころか、前より下手になっているではないか」ごま塩ひげをかきながらいう。「姿が消えるどころか、目立ってしまうとはなにごとだ。見るなというほうがむりだ。たとえ紫のライオンと緑のゾウと、正装したイングランドの国王を乗せた真っ赤なユニコーンの横に並んでいても、視線が集まるのはきみだ。ほかの三頭のちぐはぐさなど、気にならなくなってしまう」

ボッドはなにもいわずにミスター・ペニーワースを見つめた。頭のなかはべつの考えごとでいっぱいだ。生きている人たちが集まる場所には墓石ばかりを売っている店があるのだろうか？　そういう店があるのなら、どうやって見つければいいんだろう？　姿を消すことなんて、いまはどうでもいい。

ミス・ボローズは文法と作文の授業中でも、べつのことをたずねれば、あっさり脱線してくれるので、ボッドは遠慮なくお金についてたずね、そのしくみや、ほしいものを買う方法をききだした。ボッドは硬貨ならたくさん持っている。何年もかけて拾いあつめたものだ（お金を見つけたかったら、恋人たちが寄りそい、キスをし、転げまわっていたところへあとから行ってみるのがいちばんだ。そういう場所にはたびたび硬貨が落ちている）。どうやらその一部を使うチャンスがようやくめぐってきたようだ。

「墓石って、いくらするの？」ボッドはミス・ボローズにたずねた。

「わたしの時代には十五ギニーだったわね。いまはどうかしらねえ。たぶんもっとするんでしょう。あのころよりずっと高くなっていると思うわ」

ボッドの手もとにあるのは二ポンドと五十三ペンス。これじゃあ、全然足りない。

ボッドが藍色の男の墓を訪れてから四年。いままで生きてきた年数の半分近くが過ぎた。それでも、道は覚えている。ボッドは丘の頂に上った。町全体よりも、リンゴの木のこずえよりも、荒れはてた礼拝堂の尖塔よりも高く、虫歯のようなフロービシャー家の霊廟（れいびょう）が立っているところまで上っていく。なかに入り、棺（ひつぎ）の裏の階段をどんどん下って、なおも下っていくと、丘の中央に向かって刻まれた小さな石段にたどりつく。その石段を下ると、石室に着いた。なかは真っ暗だ。錫（すず）鉱山並みに暗かったが、ボッドには死者と同じようにものが見えるので、石室のなかは見てとれた。

スリーアが墳墓（バロー）の壁沿いにとぐろを巻いている。気配でわかった。記憶にあるとおり、目には見えない。存在するのは煙のような触手と憎悪と欲望だけ。しかし、今回は怖いと思わなかった。

われらを恐れるがよい。スリーアがささやく。われらは貴重な品を守っている。失われたことのない貴重な品を。

「怖くなんかないよ」ボッドはいった。「覚えてないの？　それにここから持ちだしたなにひとつここからは持ちださせぬ。闇のなかでとぐろを巻くものがこたえた。ナイフも、ブローチも、ゴブレットも、スリーアが闇のなかで守っている。守りながら待っている。

「ちょっときくけど、ここはおまえたちの墓？」

ご主人さまがわれらを護衛としてこの平原に召したのだ。われらの頭蓋骨をこの石の下に埋め、われらのなすべきことを教えた。ゆえに、われらはご主人さまがおもどりになる日まで宝物を守るのだ。

「ご主人さまのほうはおまえたちのことなんてすっかり忘れてると思うな。とっくに亡くなってるはずだろう？」

われらはスリーアだ。われらは守る。

丘の奥深くにある墓が平原だったのは、どれくらい前のことなのだろう？　ものすごく大昔だったのはまちがいない。スリーアが恐怖の波を巻きつけてきた。食虫植物のつるのようだ。体が冷えて鈍くなってきた。まるで北極の毒ヘビに心臓をかまれて、氷のように冷たい毒が全身をめぐりはじめたみたいだ。

ボッドは一歩前に出て、平たい岩に寄りかかるようにして手をのばすと、ひんやりしたブローチをつかんだ。

シューーッ！　スリーアがかすれた声を立てた。それはご主人さまのもの。われらが守る。

「ご主人さまは気にしないよ」ボッドは一歩下がり、床でひからびている人や動物の骨を避けながら、石段のほうへ歩いていった。

スリーアは怒りに身もだえし、幻の煙のように小さな部屋でうねりだしたが、その動きもじきに鈍くなった。あれはもどってくる。スリーアはもつれあう三重の声でいった。必ずもどってくる。

ボッドは丘のなかの石段を必死に駆けあがった。一瞬、なにかが追ってくるような気がしたが、階段を上がりきってフロービシャー家の霊廟に入りこみ、冷たい夜明けの空気を吸いこんだときには、動くものも追ってくるものもなかった。

ボッドは丘の頂に座って、空の下でブローチをかざしてみた。最初は真っ黒だと思っていたが、太陽が昇ると、黒い金属のまんなかにはめこまれた石は赤く渦巻いているのがわかった。大きさはコマドリの卵くらいある。ボッドは石を見つめた。この中心でなにかが動いているのだろうか？　目と魂で食いいるように真紅の世界をのぞきこむ。ボッドがもっと幼かったら、口に入れたくなったかもしれない。

石は黒い金属のかぎ爪のようなものでとめてあり、さらにべつのものが巻きついている。ヘビに似ているが、頭がいくつもある。日の光のなかで見たら、スリーアはこんな姿をしているのだろうか？

ボッドは丘を下り、知るかぎりの近道をして、バートルビー家の霊廟を（さらには、そこからもれてくるバートルビー家の人々のつぶやきや寝るしたくをする音までも）おおっている、からまりあったツタをくぐりぬけ、その先の柵を乗りこえて無縁墓地に入った。

「ライザ！　ライザ！」ボッドはあたりを見まわした。

「おはよう、のろまのチビちゃん」ライザの声がした。姿は見えなかったが、サンザシの木の下に影がひとつ余分にあった。近づいてみると、影が早朝の光のなかで透きとおり、真珠のような光沢をおびた。少女のような姿があらわれ、灰色の目が見えてきた。

「おちおち寝てもいられない。いったいなにを騒いでるの？」

「ライザの墓石のことだけどさ、墓石にはなにを書いてほしい？」

「あたしの名前。墓石には名前がなくっちゃ。まずエリザベスのE。正式な名前はエリザベスっていうんだ。あたしが生まれたときに死んだ昔の女王さまとおんなじ名前。それからヘムストックのH。大文字でね。そんだけでいい。どうせ名前のつづりなんかわかんないし」

「生まれた年と死んだ年は？」

「さあね。ウィリアムせーふく王が王さまになったのは一〇六六年だけど」ライザはうたうようにこたえた。サンザシの茂みを吹きぬける夜明けの風のような声だ。「大文字のEとHだけでいいよ」

「仕事はしてた？　魔女じゃなかったときはってことだよ」

「洗濯婦だった」死んだ少女がいうと、朝の陽射しが荒地にあふれ、次の瞬間にはボッドひとりになっていた。

朝の九時。まわりは寝静まっている。ボッドは起きていようと心に決めた。なんといっても使命がある。八歳のボッドには、墓地の外の世界を恐れる気持ちなどなかった。

そうだ、服。服がいる。いつものように灰色の埋葬布で出歩くわけにはいかないだろう。墓地にいるぶんには問題ない。墓石や影と同じ色だから。だが、墓地の外の世界へ出ていくなら、そこに溶けこむ必要がある。

荒れはてた礼拝堂の地下室には服があったが、そこには昼間でも行きたくなかった。オーエンズ夫妻はなんとかごまかせそうだが、サイラスに弁解する気にはなれない。あの黒い目が怒りに燃えたら、いや、それよりも失望の色をたたえたらと思うと、それだけで情けない気持ちでいっぱいになる。

墓地の端に管理人の小屋があった。エンジンオイルのようなにおいのする小さな緑の建物だ。なかには使われなくなって錆びついた古い草刈り機がある。古い園芸道具もいろいろ置いてある。この小屋は最後の管理人が引退して以来、ほったらかしだった。ボッドが生まれる前のことだ。墓地の管理は町議会（四月から九月まで月に一度、草を刈り、小道を掃く人間を送りこんでくる）と地元の〈墓地を守る会〉のボランティアが分担して行っていた。

小屋のドアには盗難防止の大きな南京錠（なんきんじょう）がついていたが、ボッドはずいぶん前から小屋の裏側に板のゆるんでいるところがあることに気づいていた。ひとりになりたいときには、この小屋のなかに入りこんで、考えごとにふけることもあった。

小屋に出入りしはじめたころからずっと、ドアの内側には茶色い作業ジャケットと、緑のしみのついたジーンズがかかっていた。管理人が忘れたか、いらなくなって置いていったかしたのだろう。ジーンズはボッドには大きすぎたが、足が出るまで裾を折りかえし、茶色い麻ひもを腰にしばりつけてベルトがわりにした。隅に長靴があった。履いてみたが、ぶかぶかで、土やセメントがこびりついているので、足を引きずるような歩きかたしかできない。足を踏みだそうとすると、すっぽぬけてしまう。ボッドはゆるんだ板のすきまからジャケットを押しだし、自分も外に出てから、身につけてみた。袖をまくれば、だいじょうぶそうだ。左右の大きなポケットに手を突っこむと、なかなか決まっている気がした。

ボッドは墓地の正門まで行って、柵の外をのぞいた。通りをバスが走りすぎていく。柵のむこうには車が行きかい、にぎわいがあり、店がある。背後にあるのは、木々とツタにおおわれた緑の涼しい木陰、つまりわが家だ。

ボッドは胸をときめかせて世界へ歩みだした。

＊　＊　＊

アバナザー・ボルジャーは奇妙な人間を何人も目にしてきた。アバナザーのような店をかまえていると、だれでもそうなる。この店はオールドタウンのさびれた地区にあった。骨董を少々、中古品も少々扱いながら、質屋も少々やっている（アバナザー自身、どこまでがどうだかよくわからない）。こういう店は風変わりな人間を引きつける。なにかを買いにくる者もいれば、なにかを売る必要に迫られてやってくる者もいる。アバナザーはカウンター越しに売買をする。うまみのある取引はカウンターの奥の部屋でおこなわれ、出所のあやしい品を受けとったり、ひそかに転売したりする。この商売は氷山そのものだ。目に見えているのは埃っぽい小さな店だけ。残りはすっかり隠れている。アバナザーにとっては、そのほうが好都合だった。

アバナザー・ボルジャーは分厚いレンズの眼鏡をかけ、いつもなんとなく不快そうな顔をしていた。たとえるなら、飲んだ紅茶に入れたミルクが腐りかけていて、口のなかに酸っぱい後味が残っているというような顔だ。客がなにかを売りにくるときには、この表情が商売を助けてくれる。「率直に申しあげて、たいした品ではありませんが」アバナザーは渋い顔でいう。「まあ、思いいれもおありでしょうから、せいいっぱい奮発しましょう」期待していただけの額をアバナザーから引きだすことができたなら、そうとう運がいい。

アバナザー・ボルジャーのような商売をしていると、奇妙な人々がいくらでもやってくる。しかし、長きにわたってその手の客から貴重品を巻きあげてきたアバナザーでも、その朝、訪れた少年ほど奇妙な客はちょっと思いだせなかった。年は七歳くらい。祖父の服でも借りてきたのかと思うような格好をしている。納屋のようなにおいをさせ、髪はぼさぼさでのび放題。やけにまじめくさった顔つきをしている。両手は汚れた茶色のジャケットのポケットにつっこんでいたが、手そのものは見えなくても、少年の右手がなにかを大事そうに握りしめているのはわかった。

「すみません」少年がいった。

「なんだね、坊や？」アバナザー・ボルジャーは用心深くこたえた。まったく、ガキってやつは。ガキが売りにくるのは、人からくすねた品か自分のおもちゃと相場が決まっている。どちらにしても、普段なら子どもからはなにも買いとらないことにしている。うっかり盗品をつかまされようものなら、あとから大人がやってきて、おまえがどこぞのガキから十ポンドで買いとったのはおれの結婚指輪だ、とねじこんでくる。子どもと取引をしても面倒なことになるだけで、たいした儲けは見こめない。

「友だちのために買いたいものがあるんだ」少年はいった。「この店ならぼくが持ってきたものを買ってくれるんじゃないかと思って」

「子どもからはなにも買わないよ」アバナザー・ボルジャーはにべもなくこたえた。

ボッドはポケットから手を出して、汚れたカウンターにブローチを置いた。アバナザーはちらっと目をやったあと、もう一度見なおした。眼鏡をはずし、カウンターの上に置いてあった片眼鏡を片目にはめ、カウンターの上の小さな電灯をともし、ブローチをレンズ越しにじっくり調べる。「スネークストーンか？」ひとりごとのようにつぶやく。

それから片眼鏡をはずし、眼鏡をかけてから、うさんくさそうに少年を見つめた。

「これをどこで手に入れた？」

「買ってくれるの？」

「盗んだんだろう？　博物館かどこかからかっぱらってきたんじゃないか？　え？」

「ちがうよ」ボッドはきっぱりこたえた。「ねえ、買ってくれるの？　それとも、よそに行かなきゃだめ？」

アバナザー・ボルジャーの気むずかしい態度が一変した。いきなり満面の笑みを浮かべて機嫌よくいった。「いや、悪かった。どこにでもころがっているようなものではないんでね。こんな店ではまずお目にかかれない。見られるとしたら、博物館くらいだ。もちろん気に入ったよ。どうだろう？　ちょっと座って話そうか。お茶とクッキーを出そう。奥の部屋にチョコチップクッキーがある。坊やが食べてるあいだに、このブローチにいくら出せるか考えてみよう。どうだい？」

ボッドはやっと店主の愛想がよくなってほっとした。「墓石を買うお金がいるんだよ。友だちのなんだ。あ、友だちとはいえないかな。知りあいってだけ。でも、脚の痛みが引いたのはあの人のおかげだと思うんだ」

アバナザー・ボルジャーはそんなおしゃべりにはとりあわず、少年をカウンターのうしろに連れてくると、倉庫のドアを開けた。窓のない小さな部屋で、そこらじゅうにがらくたのつまった段ボール箱が積みあげられ、いまにも倒れそうになっている。隅には金庫があった。古くて大きな金庫だ。ほかに、バイオリンばかりつめこんだ箱もあれば、動物の剝製や、座部のない椅子や、本や版画も山ほどある。

ドアのそばに小さな机があった。アバナザー・ボルジャーはひとつきりの椅子を引いて、腰を下ろした。ボッドを立たせたまま、引きだしのなかをかきまわす。ボッドがのぞくと、半分しか入っていないウィスキーの瓶が見えた。アバナザーは少ししか残っていないチョコチップクッキーの袋をとりだし、一枚をボッドに渡した。それから卓上ライトをつけ、もう一度ブローチを調べた。石には赤とオレンジの渦がある。石をはめこんだ黒の金属のリボンを調べ、そのヘビのような装飾の頭部に目をとめる。ヘビはなんともいえない表情をしている。アバナザーはかすかに感じた戦慄をおさえこんだ。「古い品だな。これは——」大変な値打ち物だぞ、とアバナザーは思ったが、こう続けた。「そう価値のあるものではなさそうだが、どうだろう」ボッドが気落ちしたような表情を浮かべると、アバナザーは励ますような顔をしてみせた。「だが、ひとつ確認させてくれ。盗んだものじゃないってことだけわかったら、一ペニーあげるよ。ママの鏡台からとってきたのかい？　それとも博物館からくすねてきたのかね？　正直に話してごらん。悪いようにはしないから。ただ知っておきたいだけなんだ」

ボッドは首を振り、クッキーをむしゃむしゃ食べた。

「じゃあ、どこで手に入れたんだね？」

ボッドはなにもいわなかった。

アバナザー・ボルジャーはブローチをあきらめるつもりはなかったが、机に置いて少年のほうへ押しやった。「話せないんなら、持ちかえってもらったほうがよさそうだ。取引には双方の信用が大切だからね。坊やといい取引をしたかったんだが、しかたがない。この話はここまでだ」

ボッドは不安げな顔になり、やがて口を開いた。「古いお墓で見つけたんだ。だけど、場所はいえないよ」ボッドは言葉をとぎらせた。アバナザー・ボルジャーの顔から親しみやすさが消え、むきだしの欲望と興奮があらわれていたからだ。

「そこにはほかにもこういうものがあるのかね？」

「買ってくれないんなら、よそに行くよ。クッキー、ごちそうさま」

「急いでいるのかい？　そうか、ママとパパが待っているんだね？」

ボッドは首を振ったが、そのとたんにうなずいておけばよかったと思った。

「だれも待っていないのか。そいつはよかった」アバナザー・ボルジャーはブローチを両手で包みこんだ。「さあ、こいつを見つけた場所を話せ。え？」

「覚えてない」

「いまさら白を切ってもむだだ。少し考える時間をやろう。そのあいだにどこにあったか思いだすんだな。そのあと、軽くおしゃべりして、話してもらおうじゃないか」

アバナザー・ボルジャーは立ちあがって部屋を出ると、ドアを閉め、大きな金属の鍵（かぎ）で施錠した。

それから手を開いてブローチを見つめ、欲深い笑みを浮かべた。

店のドアの上につるされたベルがチリンと鳴った。客が来たようだ。アバナザー・ボルジャーはばつが悪そうに顔を上げたが、だれもいなかった。だが、ドアはわずかに開いている。アバナザーはドアを閉め直すと、ついでに窓の看板も引っくりかえし、「閉店」の側を表にむけた。かんぬきもかけた。変に鼻がきく客に来られては面倒だ。

秋の日はいつしか青空から曇り空に変わり、小雨が薄汚れた窓をたたいていた。

アバナザー・ボルジャーはカウンターの電話の受話器をとり、かすかにふるえる指でボタンを押した。

「トムか？　掘りだし物だ。すぐに来てくれ」

ドアの鍵がまわる音を聞いてはじめてボッドは閉じこめられたのに気づいた。ドアを引っぱってみたが、びくともしない。なんてばかだったんだろう？　まんまとこんなところに誘いこまれるなんて。なんで最初の直感を信じなかったんだろう？　あの渋い顔の男からはできるだけ離れたほうがいいとわかっていたのに。墓地の規則をみんな破ったあげく、こんなことになってしまった。サイラスはなんていうだろう？　オーエンズ夫妻は？　ボッドは押しよせてくるパニックを必死におさえつけ、不安を押し殺した。きっとなんとかなる。だいじょうぶ。もちろん、ここから出なくては……。

ボッドは部屋を調べた。せいぜい机のある倉庫といったところだ。出口は、さっき入ってきたドアしかない。

ボッドは机の引きだしを開けたが、小さなペンキの瓶（中古品の彩色用）と絵筆しか入っていなかった。あの男の顔にペンキをぶちまけて、目を見えなくしてやったら、そのすきに逃げられるだろうか？　ボッドは瓶の蓋を開けて指を突っこんだ。

「なにしてんの？」耳の近くで声がした。

「べつに」ボッドは瓶の蓋を閉め、ジャケットの大きなポケットのなかに入れた。

ライザ・ヘムストックは平然とボッドを見つめた。「どうしてこんなところにいるの？　店のなかにいる太ったじいさんはだれ？」

「この店の主人だよ。ぼく、あの人に売りたいものがあったんだ」

「どうして？」

「ライザには関係ないよ」

ライザはフンと鼻を鳴らした。「あ、そう。墓地に帰ったほうがいいんじゃないの？」

「帰れないんだ。鍵をかけられてる」

「帰れるわよ。壁を通りぬければ――」

ボッドは首を振った。「だめなんだよ、墓地でなきゃ。それだって、赤ん坊のころ、墓地の特別住民権を与えてもらったから、できるってだけなんだ」ボッドは電灯の下でライザを見あげた。ライザの姿はちゃんと見えないが、ボッドは小さなころから死人と話しなれている。「ライザのほうこそ、ここでなにをしてるの？　どうして墓地から出てるのさ？　まだ昼間だよ。サイラスとはちがうんだから、墓地にいなきゃいけないんだろう？」

「墓地の人たちには決まりごとがあるけど、不浄の地に埋められてる者には関係ないのよ。あたしにああしろとか、どこに行けとかいう人はいない」ライザはドアをにらんだ。「あの男、いけすかないね。なにをしてるか見てくる」

ライザがぱっと消え、部屋のなかはまたボッドひとりになった。遠雷の音が聞こえる。

雑然としたボルジャー古物屋の闇のなかで、アバナザー・ボルジャーはいぶかしげに顔を上げた。だれかに見られているような気がしたのだが、そんなばかなと思いなおした。「子どもは閉じこめてあるんだ」自分にいいきかせる。「表口の鍵も閉めてある」アバナザーはスネークストーンをはめこんだ金属を磨いていた。発掘現場の考古学者のようにやさしい手つきで、細心の注意をはらって黒い汚れをとると、光沢のあるシルバーがあらわれた。

トム・ハスティングズに電話をしたのは失敗だったかもしれない。だが、トムは体が大きく、人をおどすにはうってつけだ。ブローチを磨きおえると、転売するのが惜しくなってきた。これは特別だ。カウンターの小さな明かりのもとで輝きを増せば増すほど、自分のものにしたくなる。自分だけのものに。

だが、このブローチがあった場所にはほかにもお宝があるはずだ。絶対に口を割らせてやる。あの子どもが案内してくれる。

あの子ども……。

待てよ。アバナザーはしぶしぶブローチを置くと、カウンターのうしろの引きだしを開け、封筒やカードや紙切れのつまったビスケットの缶をとりだした。

なかから一枚のカードをとりだす。名刺よりわずかに大きく、縁が黒く塗ってある。だが、名前も住所もプリントされていない。茶色くあせたインクで記されているのはただひとこと。「ジャック」

カードの裏には鉛筆でアバナザー・ボルジャーのちまちました文字が書きこまれている。自分の覚え書きだ。もっとも、このカードの使い道を忘れることなどありそうにない。どうすれば、あの〝ジャック〟という男を呼びだせるのか。いや、呼びだすのではない。招くのだ。ああいう連中を呼びだすことなどできない。

店の玄関のドアをノックする音が聞こえた。

アバナザーはカードをカウンターの上に放りだし、ドアの前まで行くと、雨が降る午後の通りをのぞいた。

「早く開けろ」トム・ハスティングズが叫んだ。「外はひどい天気だ。たまらん。もうずぶぬれだ」

アバナザーが鍵を開けると、トム・ハスティングズが入ってきた。レインコートからも髪からもしずくがぽたぽた落ちている。「電話じゃ話せないほど重要な話ってのはなんなんだ？」

「ひと山当てた」アバナザー・ボルジャーは例によって渋い顔でこたえた。「そういう話だ」

ハスティングズはレインコートを脱いで、店のドアにつるした。「なんだ？　盗品か？」

「お宝を手に入れたのさ。二種類のな」アバナザー・ボルジャーは友人をカウンターまで連れていって、小さな明かりのもとでブローチを見せた。

「古いな」

「古代の多神教時代のものだ。いや、その前か。ドルイド教の時代、ローマ人が来る前だな。スネークストーンというんだ。博物館で見たことがある。だが、こんな細工は見たことがない。これほど上等な品も初めてだ。どこかの王の持ち物だったにちがいない。こいつを見つけたガキは墓にあったといっていた。考えてみろ。墳墓（バロー）のなかにこんなのがごろごろしてるんだ」

「少々面倒だが、合法的な手続きをとってもいいかもな」トムが思案する。「所有者不明の埋蔵品だと公表するんだ。そうすれば、市場価格で売れる。こいつにおれたちの名前をつけることもできるぞ。ハスティングズ＝ボルジャーコレクションなんてな」

「ボルジャー＝ハスティングズコレクションだ」アバナザーはとっさにいいかえしてから続けた。「市場価値より高く買いとってくれそうな人間なら二、三心当たりがある。みな正真正銘の資産家だ。いまのおまえみたいにこいつを手にすることができるなら—

—」といったのは、トム・ハスティングズが子猫でもなでるみたいにブローチをやさしくなでていたからだ。「——無条件で金を積むさ」アバナザーが手をさしだすと、トム・ハスティングズはしかたなくブローチを返した。

「二種類のお宝といってたよな」トムがいう。「もうひとつはなんだ？」

アバナザー・ボルジャーは黒い縁のカードをつまみあげ、友人に見せた。「これがなんだかわかるか？」

トムは首を振った。

アバナザーはカードをカウンターに置いた。「だれかさんがべつのだれかさんを捜してるのさ」

「だから？」

「おれの聞いたところじゃ、べつのだれかさんってのは子どもらしい」

「子どもなんかどこにでもいるだろ」トム・ハスティングズがいった。「そこらを走りまわって、面倒を引きおこす。あいつらには耐えられん。すると、なにか？　ある子どもを捜してるやつらがいるってのか？」

「この子どもは年格好もぴったりだし、着ているものときたら——そいつは自分の目で見てくれ。しかも、こいつを見つけてきた。この子どもがそうかもしれん」

「そうだったら？」

アバナザー・ボルジャーはまたカードの端をつまみあげ、目に見えない火の輪郭をなぞるかのように、ゆっくり前後に振った。「そーら、ロウソクともし、おまえのベッドへ連れてくぞ……」とマザーグースの一節をうたう。

「……そーら、斧でおまえの首をちょん切るぞ、か」トム・ハスティングズが続きをうたい、考えこむ。「だが、待てよ。〝ジャック〟を呼んだら、そのガキを連れていかれちまう。そうなったら、お宝もふいになっちまうじゃねえか」

ふたりはああでもない、こうでもないと話しつづけた。少年のことを知らせるのが得か、宝物を手に入れるのが得か。ふたりはすでに宝がぎっしりつまった巨大な地下の洞窟を思いうかべていた。アバナザーはカウンターの下からスロージン（リンボク類の実で香りづけをした甘いジン）の瓶を出し、「頭の回転をよくするために」気前よくふるまった。

ライザはすぐにうんざりしてきた。ふたりの議論は回転木馬のように同じところをぐるぐるめぐっているだけで、いっこうに結論が出ない。そこで倉庫にもどると、ボッドが部屋のまんなかに立って、きつく目を閉じ、拳を握りしめていた。顔は歯痛をこらえているみたいに引きつり、息をつめているせいでほとんど紫に変わっている。

「今度はなにを始めたの？」ライザは動じたようすもなくたずねた。

ボッドは目を開け、息をついた。「姿を消そうとしてるんだ」

ライザは鼻を鳴らした。「もう一度やってごらん」

ボッドはやってみた。今度はさっきより長く息をつめた。

「やめやめ」ライザがいった。「肺が破裂しちゃうわよ」

ボッドは深々と息を吸いこんだあと、ため息をついた。「うまくいかないや。あいつに石をぶつけてやったら、逃げられるかな」石はなかったので、色ガラスのペーパーウェイトを手にとり、重さをたしかめてみた。アバナザー・ボルジャーの追跡を止められるほど強く投げられるだろうか？

「外にはふたりいる。ひとりを止めても、もうひとりに捕まるよ。あいつら、あんたがブローチを見つけた場所に案内させるつもりだ。墓を掘って、お宝を手に入れるんだってさ」ライザはほかの話も聞いていたが、なにもいわないことにした。黒い縁のカードのことも。そして、首を振りながらいった。「だいたいなんでこんなばかな真似をしたの？　墓地を出ちゃいけないのはわかってたはずなのに。自分から面倒を呼びこむようなもんじゃない」

ボッドは自分がまぬけに思えてしかたがなかった。「ライザに墓石を買ってあげたかったんだ」小さな声で正直に打ちあける。「けど、お金が足りないみたいだったから、あの人にブローチを売って、墓石を買おうと思ったんだよ」

ライザはなにもいわなかった。

「怒ってる？」

ライザは首を振った。「五百年ぶりに人から思いやりを示してもらったんだもん」ゴブリンのような笑みがちらっと浮かぶ。「怒れるわけないじゃない」それから、たずねた。「どうやって姿を消そうとしてたの？」

「ミスター・ペニーワースにいわれたとおりにやってみたんだ。『ぼくは使われてない出入口だ。無人の路地だ。無だ。だれの目にもとまらない。だれの目もぼくを素通りする』って。だけど、うまくいかないんだ」

「そりゃ、あんたが生きてるからよ」ライザは鼻で笑った。「あたしたち死人にはできても、あんたたちにはできないこともある。そのかわり、あたしたちは気づいてもらうのに苦労するけどね」

ライザは自分をぎゅっと抱きしめて、自問自答するようにうろうろしだした。それからいった。「あたしのせいでこんなことになったんだ……。こっちへおいで、ノーボディ・オーエンズ」

ボッドは小さな部屋でライザのほうへ一歩近づいた。ライザが冷たい手で額に触れる。ぬれたシルクのスカーフみたいな肌触りだ。

「さあ、これで借りを返せるかも」

ライザはそういうと、なにかつぶやきはじめた。はじめはよく聞きとれなかった。しかし、やがてライザは大きな声ではっきりとこういった。

穴に　塵(ちり)に　夢に　風になれ
夜に　闇に　望みに　心になれ
いざ　忍びやかに　ひそやかに　人目に触れることなく動け

上へ　下へ　そのはざまへ

なにか大きなものがボッドに触れた。頭のてっぺんから足の爪先までこすられて、ボッドはふるえた。全身の毛が逆立ち、鳥肌が立つ。なにかが変わってしまった。「なにをしたの？」ボッドはたずねた。

「救いの手をさしのべただけ」ライザはいった。「あたしは死んでるけど、死んでたって魔女には変わりない。忘れたの？　あたしたちは忘れやしないんだけどね」

「だけど――」

「しっ。あいつらがもどってくる」

倉庫のドアの鍵がガチャガチャ鳴った。「さてと、仲よしになろうじゃないか」さっきまではっきり聞こえなかった声がいった。同時にトム・ハスティングズがドアを押しあけた。ところが、そこに立ったまま、とまどったようになかを見まわす。大変な巨漢で、赤茶けた色の髪、酒焼けした鼻をしていた。「おい、アバナザー、ここにいるっていわなかったか？」

「いったとも」アバナザーがうしろからいった。

「だが、影も形もないぞ」

赤ら顔の男のうしろからアバナザーの顔があらわれ、部屋をのぞきこんだ。「隠れてるんだ」アバナザーはボッドが立っているところをまっすぐにらみつけ、大声でいった。

「隠れてもむだだ。見えてるぞ。出てこい」

アバナザーとトムが小さな部屋に入ってきた。ボッドはふたりのあいだでじっとしたまま、ミスター・ペニーワースの授業を思いだしていた。反応するな。動いてはいけない。男たちの視線がボッドを素通りする。

「いまのうちに出てきたほうが身のためだぞ」アバナザーがドアを閉めた。それからトム・ハスティングズにいう。「よし、ドアをふさいでろ。ガキを通すんじゃないぞ」アバナザーは部屋を歩きまわり、ものの陰をのぞいたり、ぎこちなくかがみこんで机の下をたしかめたりした。ボッドの脇を通りすぎ、戸棚を開ける。「ほら、いたぞ！　出てこい！」

ライザがくっくと笑った。

「いまのはなんだ？」トム・ハスティングズが振りむいた。

「なにも聞こえなかったぞ」アバナザー・ボルジャーがいった。

ライザがまた笑った。それから唇をすぼめて、息を吹きかける。はじめは口笛のような音がしていたが、そのうちに遠くでうなる風のような音になった。小部屋の電灯が点滅し、ブーンと音を立てて、消えた。

「ヒューズが飛びやがった、ちくしょう」アバナザー・ボルジャーがいった。「来い。時間のむだだ」

鍵が閉められ、ライザとボッドはまた部屋にふたりきりになった。

「逃げやがった」アバナザー・ボルジャーがいった。いまはボッドにもドア越しに声が聞こえる。「こんな部屋のどこに隠れられる。なかにいるなら、見つかるはずだ」

「〝ジャック〟は怒るぜ」

「だれがやつに話すといった？」

　しばらく間があった。

「待て、トム・ハスティングズ。ブローチをどこへやった？」

「ああん？　あれか？　ここだ。なくさないようにしまっといてやった」

「なくさないようにだと？　おまえのポケットにか？　おかしな場所にしまいこんだものだな？　そのままとんずらする気だったんじゃないか？　おれのブローチをくすねるつもりだったんだろう？」

「おまえのブローチだって？　おまえの？　おれたちのだろう？」

「おれたちのだと？　笑わせるな。あのガキから手に入れたとき、おまえはいなかっただろうが」

「おまえがとり逃がして、〝ジャック〟に引きわたせなくなったガキのことか？　〝ジャック〟の捜してるガキを見つけたのに、逃がしちまったと知られたら、どんな目にあうかわかってるのか？」

「たぶんあのガキじゃなかったんだ。ガキなんぞいくらでもいる。さっきのガキがやつの捜してるガキだって確率は高くない。あのガキ、おれが背をむけたすきに裏口から出ていったにちがいない」それからアバナザー・ボルジャーはトムの機嫌を取ろうと高い声でいった。「〝ジャック〟のことは心配するな、トム・ハスティングズ。あのガキじゃなかったんだ。ついそんな気がしただけさ。スロージンはほとんど空だな。うまいスコッチでもどうだ？　奥の部屋にウィスキーがある。ここで少し待っててくれ」

倉庫のドアの鍵を開けると、アバナザーは杖（つえ）と懐中電灯を手に、それまでにもまして渋い顔でなかに入った。

「まだここにいるなら」不機嫌な声でつぶやく。「逃げられると思うなよ。警察に通報したからな。嘘じゃない」引きだしを探り、半分しか入っていないウィスキーの瓶と黒い小さな瓶をとりだすと、小さな瓶の液体を大きな瓶のなかに数滴たらした。「あのブローチはおれのものだ。このおれのものだ」そうつぶやいたあと、大声をあげた。「いま行くぞ、トム！」

アバナザーは暗い部屋を見まわし、ボッドに気づかないまま、ウィスキーを抱えて部屋を出た。それから鍵を閉めた。

「ほら、持ってきたぞ」ドアのむこうからアバナザーの声がする。「グラスを貸せ、トム。さあ、飲め。元気が出るぞ。ほら、どれだけついでほしい？」

しばらくして、トムがいった。「安酒だな。おまえは飲まないのか？」

「スロージンが暴れてやがる。胃が落ちつくのを待って……」それから、いきなり声を荒らげる。「おい、トム！　おれのブローチをどうした？」

「いつおまえのブローチになった？　ったく──おい、まさか、おま……おれの酒になにか入れやがったな？」

「それがどうした？　おまえのもくろみは顔に書いてあったぞ、トム・ハスティングズ。盗人め」

悲鳴があがり、なにかがぶつかり、倒れる音がした。重い家具でも引っくりかえったみたいだ。

やがて静寂が訪れた。

ライザがいった。「さあ、急いで。ここから出よう」

「でも、ドアに鍵がかかってる」ボッドはライザを見た。「なんとかできないの？」

「あたしが？　閉じこめられてるところからあんたを出してあげられるような魔法なんか知らないわよ」

ボッドは身をかがめ、鍵穴の外をのぞいた。むこう側がふさがっている。鍵はさしたままだ。ボッドは考えをめぐらしたあと、ぱっと笑みを浮かべた。電球がともったみたいに明るい笑顔だ。ボッドは荷箱からしわくちゃの新聞を引っぱりだし、きれいにのばして、ドアの下に押しこんだ。ただし、端のほうだけ自分の側に残しておく。

「なに遊んでるのよ？」ライザがかりかりしてたずねた。

「鉛筆かなにかないかな。いや、もっと細いほうがいい……」ボッドはいった。「これにしよう」机の上から細い絵筆をつかみ、毛のないほうを鍵穴にさしこむ。小刻みに揺らすようにして、さらに押しこむ。

くぐもったような音がして、鍵が押しだされ、新聞の上に落ちた。ボッドはドアの下から新聞を引きよせた。鍵もちゃんとのっている。

ライザはうれしそうに笑った。「冴えてるじゃない、坊や。それが知恵ってもんよ」

ボッドは鍵をさしこんでひねると、倉庫のドアを押しあけた。

ごちゃごちゃした古物屋のまんなかに男ふたりが倒れていた。思ったとおり家具が倒れていた。壊れた時計や椅子が散らばっていて、そのまんなかにトム・ハスティングズの巨体が倒れている。それより小柄なアバナザー・ボルジャーの体はその下敷きになっていた。どちらもぴくりともしない。

「死んでるの？」ボッドがたずねた。

「あいにくそうじゃなさそうだね」ライザがいった。

男たちのそばにはきらきらしたシルバーのブローチが落ちていた。赤とオレンジの縞模様の石がかぎ爪とヘビの頭でとめられている。ヘビは勝ちほこり、欲深く、満足げな表情だ。

ボッドはブローチをポケットに入れた。そこには重いガラスのペーパーウェイトと絵筆と小さなペンキの瓶も入っている。

「これも持っていって」ライザがいった。

　ボッドは片面に手書きで「ジャック」と記されている黒い縁のカードを見つめた。なんだかいやな感じがする。どこかで知っているような、古い記憶をつかれるような気がした。なにやら危険なにおいがする。「いらないよ」

「ここに残していくわけにはいかない」ライザはいった。「こいつらはこれを使って、あんたを傷つけようとしてたんだから」

「いらないよ。なんかいやだ。燃やしちゃおう」

「だめ！」ライザがあわてていった。「そんなことしないで。絶対にだめ」

「だったら、サイラスに渡す」ボッドは小さなカードを封筒に入れて、なるべく触らずにすむようにしてから、古い作業ジャケットの内ポケット、心臓の上に入れた。

＊　＊　＊

　三百キロ離れたところでは、〝男(ジャック)〟が眠りから覚め、空気のにおいをかいだ。それから階下へ下りていく。

「どうしたんだい？」祖母がコンロの上で大きな鉄なべの中身をかきまぜながらたずねた。「今度はなんだい？」

「わからん。なにかが起こっている。なにか……おもしろいことが」〝ジャック〟は唇をなめた。「うまそうなにおいがする。じつにうまそうだ」

稲妻が丸石敷きの通りを照らした。

ボッドは雨のオールドタウンを走っていた。墓地を目指して丘を上っていく。倉庫に閉じこめられているあいだに、どんより曇った昼間は夜に変わっていた。だから、街灯の下に渦巻く見なれた影を見ても、ボッドは驚かなかった。ボッドがためらっていると、夜の闇のように黒いビロードがはためき、人の姿になった。

サイラスが腕組みをして目の前に立っていた。せかせかとこちらに歩いてくる。

「いいたいことは？」

ボッドはいった。「ごめんなさい、サイラス」

「おまえにはがっかりさせられた」サイラスは首を振った。「目覚めてからずっと捜していたんだぞ。厄介ごとのにおいがぷんぷんする。生きた人間の世界へ行ってはいけないことはわかっているはずだ」

「わかってる。ごめんなさい」ボッドの顔を雨が涙のようにぬらしている。

「まずはおまえを安全なところに連れもどすのが先だ」サイラスが身をかがめて、生きている子どもをコートのなかに包みこんだ。ボッドは足もとから地面が離れていくのを感じた。

「サイラス」ボッドは呼びかけた。

サイラスはこたえなかった。

「ちょっと怖かった。でも、本当にまずいことになったら、サイラスが来てくれるってわかってた。ライザもいてくれたし。いろいろ助けてくれたんだよ」

「ライザ？」サイラスの声が鋭くなった。

「魔女だよ。無縁墓地の」

「彼女に助けてもらったって？」

「うん。とくにぼくが姿を消すのに手を貸してくれたんだ。いまならできると思うよ」

サイラスはうめいた。「話は墓地にもどってから聞こう」そのあと、ボッドは礼拝堂のそばに下り立つまで黙っていた。ふたりは無人の礼拝堂のなかに入った。雨は激しくなり、地面のあちこちに水たまりができて、しぶきをあげている。

ボッドは黒い縁のカードを入れた封筒をさしだした。「あのさ、これ、サイラスに渡したほうがいいと思ったから。というか、ライザにそうしろっていわれたんだ」

サイラスは封筒に目をやった。封筒を開け、カードをとりだして、じっと見つめる。それから裏を見て、アバナザー・ボルジャーのちまちました文字で説明されているカードの使いかたに目を通した。

「なにもかも聞かせてくれ」

ボッドは思いだせるかぎりのことをすべて話した。最後まで聞きおわると、サイラスはゆっくり首を振った。なにか考えこんでいるようだ。

「ぼく、うんとしかられる？」ボッドはたずねた。

「もちろんだ、ノーボディ・オーエンズ。だが、どんな罰を与えるかはおまえの両親にまかせよう。そのあいだに、わたしはこいつを捨ててこなくてはならん」

黒い縁のカードはビロードのコートのなかに消え、サイラスはいつものようにいなくなった。

ボッドはジャケットを頭に引っかぶり、すべりやすくなった小道を通って、丘の頂のフロービシャー家の霊廟まで歩いていった。イーフリアム・ペティファーの棺を横にずらして、階段をどんどん下りていく。

ボッドはゴブレットとナイフの横にブローチをもどした。

「ほら、ぴかぴかになったよ。きれいだろう?」

宝はもどる。スリーアが煙の触手のような声で満足げにいった。いつでも必ずもどるのだ。


長い夜だった。

ボッドは眠そうに、だが用心しながら歩いていた。ミス・リバティ・ローチというすてきな名前の女性の小さな墓(墓碑銘「使いしものはただ失われる 与えしものはこの名とともに永遠に残る ゆえに寛大たれ」)を通りすぎ、パン屋のハリソン・ウェストウッドと妻のマリオンとジョーンの最後の休息所を通りすぎて、無縁墓地へやってきた。オーエンズ夫妻が死んだのは何百年も前で、子どもをぶつのがしつけだと教えられていた時代だったので、その夜、ミスター・オーエンズはつらい気持ちで義務と考えることをおこない、ボッドの尻はひりひりしていた。けれど、ミセス・オーエンズの心配そうな表情を見ると、ボッドの胸は尻以上に痛んだ。

ボッドは無縁墓地を囲んでいる鉄柵をつかみ、柵のあいだを通りぬけた。

「こんばんは」ボッドは呼びかけたが、返事はない。サンザシの茂みのなかに余分な影もない。「ライザ、だれにもしかられずにすんだ?」

やはり返事はない。

ジーンズは管理人小屋にもどしてきた——灰色の埋葬布だけまとっているほうが楽だ——が、ジャケットは返さなかった。ポケットがついているのがいい。

ジーンズを返しにいったとき、壁につるしてあった小さな草刈り鎌をとってきた。ボッドはその鎌で無縁墓地のイラクサを攻めた。ひたすら鎌を振るい、イラクサを飛ばし、刈りつくす。やがて地面はちくちくする刈り株を残すのみとなった。

ボッドはポケットからペンキの瓶と絵筆、大きなガラスのペーパーウェイトを出した。

ペーパーウェイトのなかには鮮やかな色があふれている。

ボッドは絵筆をペンキにひたし、ペーパーウェイトの表面に茶色のペンキでていねいに文字を書いた。

E　H

そして、その下にこう書いた。

　ぼくたちは忘れない

夜が明けようとしていた。もうすぐ寝る時間だ。時間までに寝床にもどったほうが賢明だ。

ボッドはさっきまでイラクサがはびこっていたところにペーパーウェイトを置いた。ライザの頭はたぶんこのあたりだろう。ボッドはほんのしばらく自分の作品を見つめてから、柵を通りぬけ、さっきより肩の力を抜いて丘の上にもどっていった。

「やってくれるじゃない」背後の無縁墓地からこましゃくれた声がした。「なかなかいいよ」

だが、ボッドが振りむいたときには、だれもいなかった。

第5章　死の舞踏

なにかが起こっている。それはたしかだ。肌を刺す冬の空気にも、星にも、風にも、闇にもなにかを感じる。長い夜と短い昼間のリズムにも。

ミセス・オーエンズは小さな墓からボッドを追いたてた。「外で遊んでらっしゃい。お母さんは忙しいの」

ボッドは母を見た。「だけど、外は寒いよ」

「それはそうよ。冬なんだもの。寒くて当然だわ。さてと」ミセス・オーエンズはボッドにというより自分にいった。「靴でしょ。それから、このドレス。裾をかがらなくては。それに、クモの巣。あらあら、クモの巣だらけだわ。ほら、外に行ってらっしゃい」最後の言葉はボッドにむけられたものだった。「お母さんはすることがたくさんあるの。ボッドの相手はしていられないのよ」

それからひとりうたいだす。ボッドの聞いたことのない、詩のような歌だ。

富める者も　貧しき者も
踊りにいこう　マカブレイ

「いまのはなに?」ボッドはたずねたが、まずいことをきいてしまったらしい。ミセス・オーエンズの顔が雨雲のようにけわしくなった。ボッドは雷を落とされる前に、急いで出ていった。

墓地は寒かった。寒くて暗い。空にはすでに星が出ている。ツタにおおわれたエジプト通りまで来ると、マザー・スローターが緑のツタをながめていた。

「若いあんたのほうが目がきくだろう」マザー・スローターはいった。「花が咲いてるのが見えるかい?」

「花?　冬に?」

「そんな顔であたしを見なさんな。なんだって時期が来れば咲くんだよ。つぼみをつけて、ほころんで、満開になって、しおれてく。なんにでも時期ってもんがあるのさ」マザー・スローターはケープをかきよせ、ボンネットを引きかぶると、うたいだした。

　働くときと遊ぶとき
　いまはダンスをするとき　マカブレイ

「そうだろ、坊や?」

「知らないよ。マカブレイってなに?」

だが、マザー・スローターはツタのなかに分けいり、見えなくなってしまった。

「変なの」ボッドは声に出していった。騒々しいバートルビー家の霊廟に行けば、暖かいし、遊び相手も見つかるだろうと思ったが、バートルビー家は七世代にもわたる大世帯だというのに、その夜はだれひとり相手をしてくれなかった。いちばん年長の者（一八三一年没）からいちばん若い者（一六九〇年没）にいたるまで、全員が大掃除にとりかかっていたからだ。

十歳で死んだフォーティンブラス・バートルビーは、ボッドにあやまった（フォーティンブラスは「ロウガイ」で死んだといっていたが、ボッドは何年も「狼害」と勘ちがいしていて、てっきりオオカミに食べられたのだとばかり思っていたから、「労咳」がただの病気とわかったときはがっかりした）。

「今日は遊んでいられないんだ。だって、もうすぐ明日の夜が来るんだぜ。こればっかりいってる気がするけどさ」

「そんなの毎晩のことじゃないか」ボッドはいった。「明日の夜はいつだって来るよ」

「ところが、今回はちがうんだな。こんなのはめったにない。なかなかめぐってこない夜なんだ」

「明日はガイ・フォークスのお祭り（一六〇五年の火薬陰謀事件の首謀者ガイ・フォークスが逮捕された日を祝って十一月五日におこなわれるイギリスの祭り）じゃないし、ハロウィーンでもない。クリスマスでも、新年でもないよ」

フォーティンブラスは笑顔になった。そばかすだらけの丸い顔に本当にうれしそうな笑みが広がっている。

「そんなんじゃない。明日の夜は特別なんだ」

「じゃあ、なんの日？　明日、なにがあるの？」

「最高の日さ」フォーティンブラスはいった。そのままだったら、ずっとこんなやりとりが続いたのだろうが、フォーティンブラスの祖母（といっても、二十歳にしかならないが）ルイーザ・バートルビーが孫を呼びよせ、けわしい顔でなにやら耳打ちした。

「なにもいってないって」フォーティンブラスはこたえた。それからボッドにむかっていった。「ごめん。仕事があるから」それからぼろ切れを手にとり、埃まみれの自分の棺を磨きはじめた。「ラララ、ウーッ、ラララ、ウーッ」とうたいだす。「ウーッ」というたび、全身を大きく動かして、派手な拭きかたをする。

「あの歌はうたわないの？」

「どの歌だって？」

「みんながうたってる歌だよ」

「そんな暇はないよ」フォーティンブラスはいった。「だって、明日だぜ。なんたって、明日なんだから」

「そう、時間がないの」双子を生んだときに他界したルイーザがいった。「だから、今日は悪いわね」

　それからやさしい、澄んだ声でうたった。

聞けば　だれもが立ちどまる
踊りにいこう　マカブレイ

ボッドは小さなぼろぼろの礼拝堂まで歩いていった。墓石のあいだをすりぬけ、地下に下りると、座りこんで、サイラスがもどるのを待った。寒かったが、寒さなどたいして気にならなかった。墓地が抱きしめてくれる。死者は寒さなど気にしない。

サイラスは深夜過ぎにもどってきた。手には大きなビニール袋を持っている。

「なにが入ってるの？」

「服さ。おまえのだ。着てみなさい」サイラスはボッドの埋葬布と同じ灰色のセーターとジーンズ、下着と靴をさしだした。靴は淡い緑のスニーカーだ。

「なんのために？」

「着るため以外にということか？　そうだな、まず、おまえもずいぶん大きくなったことだし——たしか十歳だったか？——そろそろ普通の生きた人間の服を着てはどうかと思ってな。どうせいつかはこういうものを着るんだ。いまから慣れておいたほうがいい。カムフラージュにもなる」

「カムフラージュって？」

「自分をほかのものに見せかけることだ。そうすれば、人に見られても、おまえだとわを口にした。
まで、何度も結びなおさなければならなかった。そのあと、ようやくききたかったこと
ラスに結びかたを教わったが、ずいぶんややこしい。サイラスにいいといってもらえる
「そうか。うん、わかった気がする」ボッドは服を着た。靴ひもに少してこずり、サイ
からない」

「サイラス、マカブレイってなに？」
サイラスは眉を上げ、首をかしげた。「どこでその言葉を聞いた？」
「墓地中の人たちが話してるよ。明日の夜、なにか起こるみたいなんだけど、マカブレ
イってなに？」
「ダンスだ」
「みんなで踊れ マカブレイ」ボッドは歌詞を思いだした。「サイラスは踊ったことあ
る？ どんなダンスなの？」
サイラスは黒い水たまりのような目でボッドを見ていった。「さあな。わたしはさま
ざまなことを知っている。というのも、はるか昔から夜な夜なこの地を歩きつづけてき
たからだ。だが、マカブレイを踊るのがどういうものかは知らない。マカブレイを踊る
には生きているか、死んでいるか、どちらかではなくてはならないが、わたしはどちら
でもない」
ボッドはふるえた。後見人を抱きしめて、ぼくがそばにいるよ、といいたかったが、

実際にそんなことができるとは思えなかった。月の光を抱きしめられないのと同じで、サイラスを抱きしめることもできない。サイラスはさわろうと思えばさわれるが、そんなことをしてはいけないからだ。世のなかには抱きしめてもいい人たちもいるが、サイラスはちがう。

サイラスはボッドをしげしげと見つめた。新しい服に身を包んだ少年を。「これならだいじょうぶだな。生まれてからずっと墓地の外に住んでいたように見えるぞ」

ボッドはうれしそうにほほえんだ。が、その笑みはすぐに消え、心配そうな顔にもどった。「サイラスはずっとここにいるんだよね？　ぼく、出ていきたくなかったら、出ていかなくてもいいんだよね？」

「なにごとにも潮どきというものがある」サイラスはそれだけいうと、その夜はなにもいわなかった。

翌日、ボッドは早い時間に目覚めた。銀貨のような太陽が灰色の冬の空高く昇っている。うっかりすると、昼のあいだ眠りつづけ、太陽を見ることもなく冬をひと続きの長い夜のように過ごすことになりかねないので、ボッドは毎晩、眠る前に自分に誓う。日の出ているうちに起きてオーエンズ家の心地よい墓を出るぞ。

あたりには不思議なにおいがただよっていた。ぴりっとした、花のようなにおいだ。においをたどって丘を上っていくと、エジプト通りまで来た。キヅタがもつれあい、常緑の茂みをなして、エジプト風の壁や彫像や古代文字を隠している。

　香りがいちばん強いのはここだ。一瞬、雪が降ったのかと思った。緑のツタのそここに白い房のようなものがついていたからだ。ボッドは房のひとつを仔細にながめた。房は小さな五弁の花でできている。顔を突っこんでにおいをかごうとしたとき、足音が聞こえてきた。

　ボッドはツタのなかに姿を溶けこませ、ようすを見守った。三人の男とひとりの女が坂道を上り、エジプト通りへやってくる。四人とも生きた人間だ。女の首には凝った細工の首飾りがかかっている。

「これがそうなの？」

「そうです、ミセス・キャラウェイ」丸々太った白髪の男が息を切らしながらいった。どの男も大きな空のヤナギ細工のかごを持っている。

　ミセス・キャラウェイはとまどっているようだった。「だったら、そうなんでしょうけど、正直なところ、よくわからないわ」そういって、花を見あげる。「それでどうすればいいの？」

　いちばん小柄な男が自分のかごに手を入れ、光沢のない銀のハサミをとりだした。

「ハサミをどうぞ、町長」

　ミセス・キャラウェイはハサミを受けとると、花の房を切りはじめ、四人で花をかごに入れていった。

しばらくしてキャラウェィ町長がいった。「まったくばかげているわ」

「伝統なのです」太った男がいった。

「まったくばかげてます」ミセス・キャラウェィはそういいながらも、白い花を切っては、ヤナギ細工のかごに落としつづけた。ひとつめのかごがいっぱいになると、たずねた。「これで十分じゃない？」

「四つともいっぱいにしなくてはなりません」小柄な男がいった。「オールドタウンの住民全員に行きわたるように」

「だいたいこれはどういう伝統なの？」ミセス・キャラウェィがいった。「前の町長にもたずねてみたけど、聞いたことがないとおっしゃってらしたわよ」それから、こう続けた。「だれかに見られているような気がしない？」

「え？」それまでひとことも口をきかなかった男がいった。ひげをたくわえ、ターバンを巻いている。「幽霊がいるとでも？　わたしは幽霊など信じていませんよ」

「幽霊とはいってないわ。だれかに見られているような気がしただけよ」

ボッドはもっとツタの奥にもぐりこみたくなる衝動をこらえた。

「前町長がこの伝統をご存じないのも無理ありません」太った男がいった。この男のかごもそろそろいっぱいになりそうだ。「冬の花が咲いたのは八十年ぶりですからね」

幽霊を信じていないという、ひげとターバンの男は、そわそわとあたりを見まわした。

「オールドタウン中の人間が花をもらうんです」小柄な男がいった。「男も、女も、子ども」それから、遠い昔に覚えたことを思いだそうとするかのように、ゆっくり口ずさんだ。「ひとりは離れ　ひとりは残る　みんな踊るよ　マカブレイ」

ミセス・キャラウェイは鼻で笑った。「ばかみたい」そういって、花を切りつづけた。

その日は早々と夕闇が訪れ、四時半にはすっかり暗くなった。ボッドは墓地の小道をうろつき、話し相手を探したが、だれも見つからなかった。ライザ・ヘムストックがいないかと思い、無縁墓地にも行ってみたが、やはりだれもいない。しかたなくオーエンズ家の墓へもどったが、そこも無人だった。父も母もどこにもいない。

ボッドはうろたえた。かすかではあるが、じわじわと恐怖が押しよせる。この十年間、自分の家だと思っていた場所で見捨てられたような気分になったことは、ただの一度もない。ボッドは古い礼拝堂まで駆けおりて、サイラスを待った。

サイラスは来なかった。

「たぶんぼくが来る前に行っちゃったんだ」ボッドはそう思おうとしたが、本当は信じていなかった。丘の頂まで歩いていき、まわりを見わたす。寒々とした空には星がまたたき、眼下には町の明かりが模様のように広がっていた。街灯もあれば、車のヘッドライトのように動くものもある。ボッドはゆっくり丘から下りて、墓地の正門の前で足を止めた。

音楽が聞こえる。

ボッドはいろいろな音楽を聴いたことがあった。アイスクリーム売りのトラックのやさしいチャイム。労働者のラジオから流れてくる歌。クラレッティ・ジェイクが死者の前で奏でる、埃をかぶったフィドルの調べ。だが、こんな音楽は聴いたことがない。低くうねるような音楽だ。なにかの始まりのような音楽、おそらく前奏曲か序曲なのだろう。

ボッドは鍵のかかった門を通りぬけて、丘を下り、オールドタウンまでやってきた。角に立っている町長の前を通った。ボッドが見ていると、町長は小さな白い花を通りかかった実業家の襟につけた。

「個人で献金をする気はありませんよ」実業家はいった。「そういうことは会社を通しておこなっていますから」

「献金を求めているのではありません」ミセス・キャラウェイはいった。「この町の伝統なのです」

「そうですか」実業家は小さな白い花を世界に見せつけるように胸を張り、人形劇の主人公パンチのようにふんぞりかえって歩み去った。

今度は若い女がベビーカーを押してきた。

「これ、なんですか？」町長が近づくと、女はあやしむようにいった。

「あなたとお子さんにひとつずつ」

町長は若い女のウィンターコートに花をピンでとめた。赤ん坊のコートにはテープで貼りつけた。

「でも、これをどうするんです？」若い女はたずねた。「伝統なんですよ」

「古い町ですからね」町長はあいまいにこたえた。

ボッドはそのまま歩きつづけた。どこに行っても、白い花をつけた人ばかりだ。ほかの角には町長といっしょにいた三人の男が立っていて、かごに入っている白い花を配っていた。受けとらない人もいたが、たいていは受けとった。

音楽はまだ聞こえてくる。知覚のどこか端のほうが荘厳な聞きなれない音楽を聞きとっている。ボッドは首をかたむけて、どこから聞こえてくるのかたしかめようとしたが、わからなかった。あたりの空気のなかに漂っているみたいだ。旗や天幕がはためく音、遠くの車の往来の音、乾いた舗道を歩くヒールの音にまぎれて聞こえてくる……。

なんだか妙だ、とボッドは思った。家にむかう人たちはみな、音楽に合わせて歩いているように見える。

ひげとターバンの男のかごはそろそろ空になりかけていた。ボッドは男に近づいていった。

「すみません」ボッドはいった。

男はぎょっとした。「目に入らなかったよ」とがめるようにいう。

「ごめんなさい」ボッドはいった。「ぼくも花をもらえる？」

ターバンの男はうさんくさそうにボッドを見た。「この近くに住んでいるのかね？」

「うん、そうだよ」

男は白い花をボッドに渡した。ボッドは花を受けとり、声をあげた。「いたっ」なにかが親指のつけ根に刺さったのだ。

「ピンを上着にとめるんだよ」男がいった。「指を刺さないように気をつけて」

ボッドの親指に赤いしずくが盛りあがる。ボッドが指をしゃぶっていると、男がセーターに花をつけてくれた。「見たことのない顔だな」

「だいじょうぶ、ここに住んでるよ」ボッドはいった。「花はなんに使うの？」

「オールドタウンの伝統だ。まわりに町が広がる前からのな。丘の上の墓地に冬の花が咲いたら、それを切ってきてみんなに配るんだ。男にも、女にも、若者にも、老人にも、金持ちにも、貧乏人にも、全員に」

音楽が大きくなった。花をつけたから、よく聞こえるようになったのだろうか？　遠くで鳴っているようなドラムの音とくぐもったバグパイプの奏でる旋律に、つい足を高く上げて行進したくなる。

見物して歩くなど、ボッドにははじめての体験だ。墓地を離れてはいけないことも、死者たちが丘の上の墓地から消えてしまったことも頭になかった。頭にあるのはオールドタウンのことだけ。ボッドは町役場として使われていた建物前の広場まで走っていった。現在、そこは美術館と観光案内所として使われており、役場そのものは、町の中央に新しく建てられた、大きいだけであまり見栄えのしない建物に移っていた。

広場にはすでに人が集まっていた。広場といっても、真冬なので、花は咲いていない。広い芝地に石段と植えこみと彫像があるだけだ。

ボッドは音楽にうっとり耳を澄ました。続々と人がやってくる。家族連れもいれば、ひとりで来る人もいる。ボッドが一度にこんなに大勢の生きている人間を見たのははじめてだ。何百人もいるにちがいない。これだけの人がみんな息をし、自分と同じように生きている。そして、どの人も白い花をつけている。

「生きている人たちはいつもこんなことをしてるのかな」ボッドは思ったが、そんなはずはないと思いなおした。これからなにをするのか知らないが、特別なことが行われるはずだ。

さっきベビーカーを押していた若い女がボッドの横に立った。赤ん坊を抱きかかえ、音楽に合わせて首を振っている。

「この音楽はいつまで続くの?」ボッドはたずねたが、女はなにもいわず、ただにこにこと首を振っている。普段、あまり笑ったことがなさそうだ。ぼくの声が聞こえなかったのかな? たぶんぼくの姿が消えていたか、この人がぼくを気にかけていなかったんだろう。ボッドがそう思ったとき、ようやく女が口を開いた。「あらまあ、まるでクリスマスみたい」夢でも見ているみたいないいかただ。まるで外側から自分を見ているかのようだ。魂がここにないような声で続ける。「クララ大おばさんを思いだすわ。おばあちゃんが死んでからは、大おばさんの家でクリスマスイヴを過ごしたの。大おばさんは古いピアノを弾いて、ときどき歌もうたってくれた。みんなでチョコレートやナッツを食べたっけ。大おばさんがうたってた歌はひとつも思いだせないけど、この音楽は大おばさんの歌を全部引っくるめたみたいに聞こえるわ」

赤ん坊は母親の肩に頭をのせて眠っているようだが、音楽に合わせてそっと両手を振っていた。

やがて音楽がやみ、広場に静寂が訪れた。雪が降りつのるような静寂、すべての音が夜の闇にのみこまれてしまったような、くぐもった静寂だ。広場にいる人々はだれひとり足踏みも、すり足もしない。息さえほとんどしていない。

すぐ近くで時計が鳴りはじめた。真夜中の十二時を告げる鐘の音とともに、近づいてくる者たちがあった。

行列を作ってゆっくり丘を下ってくる。道いっぱいに五列に並び、足並みをそろえておごそかに歩いてくる。ボッドはこの人たちを知っていた。全員ではないが、だいたいは知っている。最前列にはマザー・スローターとジョサイア・ワージントン、十字軍で負傷して、帰国してから亡くなった年配の伯爵、それからドクター・トレフューシスもいる。みんな重々しく厳粛な顔をしている。

広場にいた人々のあちこちから息を呑む音がした。泣きだした人もいる。「神のご加護を！　これは天罰だ！　そうにちがいない！」しかし、ほとんどの人はぼんやり見つめていた。夢のなかのできごとのように、驚きもせず見つめている。

死者は列をなして歩きつづけ、広場までやってきた。

ジョサイア・ワージントンが石段を上がり、キャラウェイ町長の前までやってきた。手をさしだし、広場全体に聞こえるように声を張りあげた。「慈愛あふれる町長殿、どうかマカブレイのお相手を」

キャラウェイ町長はためらった。助言を求めるようにとなりの男をちらっと見る。この男は部屋着に部屋履きという姿で、襟に白い花をつけていた。妻にほほえみかけ、うなずいてみせる。「行っておいで」

キャラウェイ町長は手をさしだした。その指がジョサイア・ワージントンの指に触れると、ふたたび音楽が始まった。さっきまで前奏曲のようだった音楽は、もう前奏曲には聞こえなかった。みんなが聴きにきたのはこの音楽だ。メロディに足や指がひとりでに動いてしまう。

生者と死者が手をとりあって、踊りだした。マザー・スローターはターバンの男と踊り、実業家はルイーザ・バートルビーと踊った。ミセス・オーエンズはボッドにほほえみかけながら、新聞売りの老人の手をとった。ミスター・オーエンズは小さな女の子にそっと手をさしだし、女の子は生まれたときからこの人と踊る日を待っていたといわんばかりに手をとった。やがてボッドは見るのをやめた。というのも、だれかに手をとられて、ダンスが始まったからだ。

ライザ・ヘムストックが笑いかけていた。「すてきね」ふたりはいっしょにステップを踏みはじめた。

ライザが音楽に合わせてうたいはじめた。

ステップ　ターン　歩いて　止まれ
さあさ　踊ろう　マカブレイ

音楽を聴いているうちにボッドの頭と胸は大きな喜びで満たされ、足が勝手に動きだした。まるでステップを知っているかのようだ。それも、はるか昔から。

ボッドはライザ・ヘムストックと踊り、その音楽が終わると、今度はフォーティンブラス・バートルビーに手をとられ、彼と踊りはじめた。ふたりはステップを踏みながら踊り手たちの列を切り裂いていった。ふたりが来ると、列はぱっと左右に分かれる。アバナザー・ボルジャーが、ボッドの先生だったミス・ボローズと踊っているのが見えた。生者と死者が踊っている。やがて、ペアでダンスをしていた人々が長い列をなし、そろってステップを踏みながら、足を蹴(け)りだし(ラララ、ウーッ！　ラララ、ウーッ！)、一千年前のラインダンスを始めた。

ボッドもライザ・ヘムストックと並んで列のなかにいた。「この音楽はどこから流れてくるんだろう？」

ライザは肩をすくめた。

「こんなこと、だれが始めるの？」

「いつも自然に始まるの。生きてる人たちは覚えてなくても、あたしたちは絶対に忘れない……」ライザは言葉をとぎらせたあと、うれしそうな声をあげた。「見て！」

ボッドは絵本でしか馬を見たことがなかったが、こちらにむかって通りを駆けてくる白い馬は、想像とはまったくちがっていた。思っていたよりずっと大きく、きまじめそうな長い顔をしていた。鞍もつけていない背に女の人が乗っている。灰色の長いドレスが十二月の月のもとで輝いているさまは、露にぬれたクモの巣のようだ。灰色のドレスの女がさっそうと馬から下り、広場までやってくると、馬が足を止めた。

そして膝を曲げてお辞儀をした。

生者と死者たちの前に立った。

すると、生者も死者もそろってお辞儀をし、ふたたびダンスが始まった。

さあさ〈葦毛馬の貴婦人〉に
合わせて踊ろう　マカブレイ

ライザ・ヘムストックがうたうと、ダンスの輪がライザをボッドのそばからさらっていった。だれもが音楽に合わせて足を踏みならす。ステップを踏み、くるくるまわって、足を蹴りあげる。〈葦毛馬の貴婦人〉も一緒に踊った。熱心にステップを踏み、くるくるまわって、足を蹴りあげる。白い馬まで音楽に合わせて首を振り、ステップを踏んだり、体を揺らしたりしている。

ダンスのテンポが上がり、踊り手たちの動きも速くなった。ボッドは息が切れてきたが、このダンスに終わりが来るとは思えなかった。マカブレイとは生者と死者の舞踏、死との舞踏なのだ。ボッドは笑みを浮かべている。だれもかれも、みんな笑顔だ。

ボッドが広場を踊りまわるあいだにも、ときどき灰色のドレスの女が目に入った。

だれもが踊っている！　だれもが！　ボッドがそう思ったとたん、そうではないことに気がついた。旧庁舎の陰になったところに黒ずくめの男が立っていた。この男は踊っていなかった。踊ることなく、みんなを見ている。

サイラスの顔に浮かんでいるのはあこがれだろうか？　悲しみだろうか？　ほかの感情だろうか？　ボッドは首をかしげたが、後見人の表情は読めなかった。

ボッドは叫んだ。「サイラス！」サイラスもダンスに加わって、みんなと同じように楽しめばいい。ところが、サイラスは呼ばれていることに気づくと、影のなかに引っこんで、姿を隠してしまった。

「ラストダンスだ！」だれかが叫ぶと、バグパイプがしめくくりにふさわしく重々しいスローな音楽を奏ではじめた。

踊り手たちはそれぞれにパートナーの手をとった。いずれも生者と死者のペアだ。ボッドが手をさしだすと、だれかの指に触れた。気がつけば、クモの巣のドレスをまとった貴婦人の灰色の目を見つめていた。

貴婦人がほほえみかける。

「ごきげんよう、ボッド」

「ごきげんよう」ボッドはこたえ、いっしょに踊りだした。「あなたの名前を知らないんだけど」

「名前などどうでもよいことです」

「あなたの馬、好きだな。すごく大きいんだね！　馬がこんなに大きいなんて知らなかった」

「あの馬は、どんなに強い者でもあの広い背に乗せられるほど気立てがやさしく、どんなに小さい者でも乗せられるほどたくましいのです」

「ぼくも乗せてくれる？」ボッドはたずねた。

「いつかはね」貴婦人がいうと、クモの巣のスカートがちらちら光った。「いつかそのうちに。だれでもそうです」

「約束してくれる？」

「約束しましょう」

とたんに音楽が終わった。ボッドはダンスのパートナーに深々とお辞儀をした。そのときになってはじめて疲れを感じた。何時間も踊っていたみたいにくたくただ。体の節々が痛み、悲鳴をあげている。息が切れそうだ。

どこかで時計が鳴りはじめた。ボッドは鐘の音を数えた。十二回。これは十二時間踊りつづけていたということなのだろうか？　それとも二十四時間？　それともまったく時間がたっていなかったのか？

ボッドは背筋をのばし、あたりを見まわした。死者はもういなかった。〈葦毛馬の貴婦人〉もいない。残っているのは生きている人だけで、その人たちも広場を離れ、家路をたどりはじめている。その足どりはいかにも眠たげで、ぎこちない。まるで深い眠りから目覚めたばかりで、まだ寝ぼけているみたいだ。

町の広場は小さな白い花でおおわれ、結婚式のあとのようだった。

翌日の午後、ボッドはオーエンズ家の墓で目覚めた。大きな秘密を知った気分だった。ぼくは大切なことをしたんだ。あのことをみんなと話したくてたまらない。

ミセス・オーエンズが起きると、ボッドはいった。「昨夜はすごかったね！」

ミセス・オーエンズはいった。「あら、そう？」

「ダンスをしたじゃない。みんなで。オールドタウンで」

「そう？」ミセス・オーエンズは鼻であしらった。「ダンスですって？　町へ行ってはいけないことはわかっているはずよ」

母がこういう気分のときに話をしようとしてもむだだ。ボッドは墓を抜けだし、深まる夕闇のなかへ出ていった。

る。

丘を上り、黒いオベリスクとジョサイア・ワージントンの墓石までやってきた。そこには自然の集会場があり、オールドタウンとそのまわりに広がる町の明かりが見わたせる。

ジョサイア・ワージントンがとなりにやってきた。

ボッドはいった。「最初にダンスを踊ったよね？　町長さんと。町長さんと踊ってた」

ジョサイア・ワージントンはボッドを見つめるばかりで、なにもいわなかった。

「踊ってたよね？」

ジョサイア・ワージントンはいった。「死者と生者がまじわることはない。われらはもはや生者の世界には属してはおらぬし、生者もこちらの世界には属しておらぬ。たまたま生者とダンス・マカーブル、すなわち死の舞踏を踊ることがあったとしても、その話はしない。生者には決して話さぬ」

「だけど、ぼくは仲間だよ」

「まだそうではない。生涯を終えるまではな」

それでボッドは気づいた。自分は丘から下りてきた人たちの一員としてではなく、生者のひとりとして踊ったのだ。ボッドは「わかったよ……たぶん」としかいえなかった。

ボッドは丘を駆けおりた。あまりに急ぎすぎて、ディグビー・プールの墓石（墓碑銘「一七八五―一八六〇年　いずれあなたもわたしのようになる」）につまずきそうになったが、なんとか踏んばって、古い礼拝堂までひたすら走った。サイラスに会いそこねるのではないか、自分が着く前にサイラスが出かけてしまうのではないかと不安だった。

ボッドはベンチに腰を下ろした。

音はしなかったが、となりでなにかが動く気配がして、後見人がいった。「やあ、ボッド」

「昨夜、サイラスもあそこにいたよね？」ボッドはいった。「嘘ついてもむだだよ。知ってるんだから」

「いたとも」

「ぼくはあの人と踊った。白い馬に乗った女の人と」

「ほう？」

「見てたくせに！　ぼくたちを見てたじゃないか！　生きてる人と死んでる人を！　ぼくたちは踊ってた。どうしてだれも話そうとしないの？」

「世のなかには謎というものがある。話題にするのを禁じられていることもあれば、覚えていられないこともある」

「だけど、サイラスはいまその話をしてる。ぼくたちはマカブレイの話をしてるじゃないか」

「わたしは踊らなかった」

「だけど、見てた」

サイラスはただこういっただけだった。「わたしにはなにを見たのかわからない」

「ぼくはあの女の人と踊ったんだよ、サイラス！」ボッドは大声でいった。するとサイラスがとても悲しそうな顔をしたので、ボッドは怖くなった。眠っていたヒョウを起こしてしまった子どものような気分だ。

だが、サイラスが口にしたのはこれだけだった。「この話は終わりにしよう」

ボッドはなおも食いさがろうとした。いいたいことがいくらでもある。口にするのは賢明ではないのだろうが、かまったことではない。しかし、言葉にしようとした瞬間、注意がそれた。なにかがやわらかくこすれるような音がして、冷たいものが羽根のように軽くボッドの顔に触れたからだ。

とたんにダンスのことなどすっかり忘れ、ボッドの不安は喜びと感動に変わった。

これを見たのは三度目だ。

「見て、サイラス！　雪だ！」ボッドの胸は喜びにあふれ、ほかのことを考えるすきまなどなくなった。「本物の雪だよ！」

幕間（まくあい）　集会

ホテルのロビーの小さな案内板によれば、その夜、ワシントンルームは私的な会合に利用されていた。といっても、どんな集まりなのか具体的なことは書いていない。それどころか、その夜、ワシントンルームに集まった面々を見ても、なにがおこなわれているのかよくわからなかっただろう。ただし、ちらっと見ただけでも、女性がいないことはすぐわかる。部屋にいるのは全員男性。それはまちがいない。丸いディナーテーブルを囲み、デザートを平らげている。

人数はざっと百人。いずれも地味な黒スーツに身を包んでいたが、共通点はそれだけだ。白髪の男もいれば、黒い髪の男も、金髪の男も、赤毛の男も、髪のない男もいる。愛想のいい男も悪い男も、親切な男も気むずかしい男も、開けっぴろげな男も無口な男も、粗野な男も繊細な男もいる。大半はピンクの肌をしていたが、黒い肌や褐色の肌の男もいた。ヨーロッパ人、アフリカ人、インド人、中国人、南米人、フィリピン人、アメリカ人とまちまちだ。会話をするときやウェイターに声をかけるときは英語を使うが、それぞれ発音に癖がある。この紳士たちはヨーロッパ各地から、いや、世界中から来ているのだ。

会場にはテーブルがいくつもあり、それぞれを黒スーツの男たちが囲んでいる。演壇にもひとり立っていた。恰幅のいい、陽気な男で、結婚式からそのまま駆けつけたみたいなモーニングを着こみ、この組織が行ってきた善行の数々を発表している。貧しい子どもたちを海外旅行に招待。旅行をしたい人々のためにバスを購入。

〝男〟は中央のいちばん前のテーブルについていた。となりに銀髪のぱりっとした身なりの男が座っている。ふたりはコーヒーを待っていた。

「時は刻々と過ぎていく」銀髪の男がいった。「われらもまた若返ることはない」

〝ジャック〟はいった。「いま考えていたのですが、四年前のサンフランシスコの一件は……」

「ああ、不運だった。だが、春咲く花はトラララ〜の歌じゃないが、あれはこの件とはまったく関係ない(オペレッタ『ミカド』の挿入歌の歌詞を踏まえている)。おまえはしくじったのだ、ジャック。全員始末することになっていたんだぞ。赤ん坊も含めて、いや、あの赤ん坊こそ始末しなければならなかった。〝ほぼやりとげた〟では意味がないんだ」

白いジャケットのウェイターが、ふたりと同じテーブルについている男たちにコーヒーをついでまわった。黒い口ひげをうっすら生やした男。映画スターかモデルといっても通りそうなほど端整な顔立ちの背の高いブロンドの男。肌が黒く、頭でっかちで、怒った雄牛のように世界をにらみつけている男。この三人は〝ジャック〟と銀髪の男の会話より演壇の話し手の話に集中しているふりをしながら、ときどき拍手をしていた。銀髪の男はコーヒーに砂糖を何杯も加え、くるっとかきまぜた。

「十年だぞ。時と潮の流れは何人（なんぴと）も待ってはくれぬ。あの赤ん坊はじきに成人する。そうなったら、どうする？」

「まだ時間はありますよ、ミスター・ダンディ」〝ジャック〟はいいかけたが、銀髪の男が大きなピンクの指を突きつけ、さえぎった。

「時間はあった。それがいまや期限が迫っているんだ。そろそろ利口になってもらおう。これ以上の猶予は認められん。われわれ（エヴリ・マン・ジャック）はみな、待つことにうんざりしているんだ」

〝ジャック〟は軽くうなずいた。「手がかりはつかんでます」

銀髪の男は黒々としたコーヒーをすすった。「本当か？」

「本当です。もう一度いいますが、これはサンフランシスコでのごたごたと関係があると思います」

「事務局長には話したのか？」ミスター・ダンディが演壇の男を指さした。いまはこの組織が前の年に太っ腹にも病院に寄贈した医療器具の話にさしかかっていた（「ひとつやふたつではありません。人工腎臓を三つも購入したのであります」という発表を受け、会場の男たちは自分たちの気前よさを礼儀正しく称（たた）えた）。

〝ジャック〟はうなずいた。「耳には入れておきました」

「それで？」

「そんなことはどうでもいいといわれました。とにかく結果を出せ、やりかけた仕事のしあげをしろ、と」

「だれもがそう思っているんだ」銀髪の男がいった。「あの子どもはまだ生きている。時はもう、われわれの味方ではない」

それまで、聞いていないふりをしていた同じテーブルの三人も、ぶつぶつと同意の言葉をつぶやいた。

「さっきもいったように」ミスター・ダンディは感情をこめずにいった。「時は刻々と過ぎているんだ」

第6章　ノーボディ・オーエンズの学校生活

墓地に雨が降り、あたりは水たまりに映った風景のようにぼんやりにじんでいた。ボッドは、生者にしろ、死者にしろ、だれが捜しにきても見つからないように、アーチの下に隠れて本を読んでいた。このアーチの先にあるのは、エジプト通りと墓地の荒れてた北西部だけだ。

「ちくしょう！」小道のほうから大きな声が聞こえた。「ただじゃおかねえ！　とっつかまえて、生まれてきたことを後悔させてやる！　絶対に見つけだしてやるからな！」

ボッドはため息をついて本を置くと、アーチの陰からのぞきこんだ。サッカレー・ポリンジャー（墓碑銘「一七二〇ー一七三四年　上記の息子」）がすべりやすい小道を歩いてくるところだった。サッカレーは大柄な少年だ。死んだのは十四歳のとき。ペンキ職人の弟子になってまもないころだった。サッカレーは銅貨八枚を渡され、床屋の看板に塗る赤と白の縞（しま）になっているペンキを半ガロン買ってくるまで帰ってくるなといわれた。一月の朝から五時間も雪でぬかるんだ町を歩きまわり、あちこちの店を訪ねては、行く先々で笑われつづけた。ようやくからかわれたことに気づいたときには、怒りのあまり卒中の発作を起こし、その週のうちに息を引きとった。サッカレーは死ぬまで兄弟子たちばかりか、親方のミスター・ホロビンまで怒りに燃える目でにらみつづけていた。だが、親方が弟子だったころはもっとひどいいたずらがおこなわれていたので、親方にはサッカレーがなにをそんなに怒っているのか理解できなかった。

そんなわけで、サッカレー・ポリンジャーは怒りのうちに死んだ。手には『ロビンソン・クルーソー』を握りしめていた。縁の削られた六ペンス銀貨一枚（硬貨に金や銀が使われていた時代には、硬貨の縁を少しずつ削りとって売る者がいた）と身につけていた服をのぞけば、これがサッカレーの全財産だったので、母親の希望でこの本もいっしょに埋葬された。気の短さは、死んでも直らず、サッカレー・ポリンジャーはいまでも怒鳴っている。「ここらにいることはわかってるんだぞ！　とっちめてやるから、さっさと出てこい、この盗人（ぬすっと）め！」

ボッドは本を閉じた。「盗んだんじゃないよ、サッカレー。ちょっと借りただけだ。読みおわったら、必ず返すから」

サッカレーは顔を上げて、エジプト神話の冥界（めいかい）の王オシリス像のうしろに座っているボッドを見た。「だめだといったはずだぞ！」

ボッドはため息をついた。「だって、ここには本があまりないしさ。いま、いいところなんだよ。ロビンソンが足跡を見つけたんだ。だけど、自分のじゃない。ってことは、この島にはほかにもだれかいるんだ！」

「これはおれの本だ」サッカレー・ポリンジャーはかたくなにいいはった。「返せ」

ボッドはいいかえすか、うまく話をつけるかしようと思ったが、サッカレーの傷ついたような顔を見たら、なにもいえなくなってしまった。ボッドはアーチの横をつたいおり、地面に飛びおりると、本をさしだした。「はい」サッカレーは本を引ったくるように取ると、ボッドをにらみつけた。

「読んであげようか？」ボッドはいってみた。「ぼく、読んであげてもいいよ」

「うるさい。とっとと失せやがれ」サッカレーはなぐりつけた。拳（こぶし）はボッドの耳に命中し、耳がひりひりしたが、サッカレーの表情から判断すると、サッカレーの拳も負けないくらい痛かったにちがいない。

　サッカレーは足を踏みならすようにして小道を引きかえし、ボッドはその姿を見送った。耳は痛いし、目もちくちくする。それからボッドも雨のなかをもどっていった。小道はツタにおおわれ、いかにも危ない。ボッドは途中で足をすべらせて膝（ひざ）をすりむき、ジーンズも破れてしまった。

　壁の横にヤナギの木立があった。ボッドはミス・ユーフィーミア・ホースフォールとトム・サンズにぶつかりそうになった。ふたりは何年も前からつきあっている。トムは遠い昔に埋葬されたので、墓石はもう風化して原形をとどめていない。なにしろトムが生きたのは英仏の百年戦争の時代（一三三七―一四五三年）だ。ミス・ユーフィーミア（墓碑銘「一八六一―一八八三年　彼女は眠りにつきぬ　されど天使とともにあり」）が埋葬されたのはヴィクトリア時代。墓地の面積が広げられて五十年ほど商業的な成功をおさめたあとのことだったので、ユーフィーミアはヤナギ通りにある黒い扉の奥の墓所をひとりで使っていた。だが、このふたりはそんなちがいをまったく気にかけていないようだった。

「そんなに急ぐと、けがをしてしまうぞ、ボッド」トムがいった。

「もうけがをしてるじゃない」ミス・ユーフィーミアがいった。「あらあら、ボッド、きっとお母さんにしかられるわよ。その長ズボン（パンタルーン）、つくろってあげたくても、わたしたちにはそう簡単にはいかないもの」

「あ、うん。ごめん」ボッドはいった。

「後見人が捜していたぞ」トムがつけくわえた。

ボッドは灰色の空を見あげた。「だけど、まだ昼間だよ」

「つねより早う起きたらしい」トムがいう。「早う」というのは、「早く」という意味だ。

「おまえを見かけたら、捜していたと伝えてほしいといっておった」

　ボッドはうなずいた。

「リトルジョンズ家の墓碑のすぐむこうにある茂みに、熟れたハシバミの実がなっておったぞ」トムは場をなごませようと思ったのか、笑顔でいった。

「ありがとう」ボッドはやみくもに走りだした。雨のなか、曲がりくねった小道を駆けおりて、古い礼拝堂にたどりついた。

　礼拝堂の扉は開いている。雨も薄明かりも好きではないサイラスは、なかの暗がりで待っていた。

「ぼくを捜してたって聞いたんだけど」

「ああ」サイラスはそうこたえてから気がついたようにいった。「ズボンを破ってしまったようだな」

「走ってきたから」ボッドはいった。「あのさ、サッカレー・ポリンジャーとちょっとけんかになったんだ。『ロビンソン・クルーソー』を読みたくて。船に乗った男の人の話なんだけどさ。船っていうのは海を走る乗り物で、海っていうのはものすごく大きな水たまりみたいなものなんだ。ロビンソンのボートは島に乗りあげてしまう。島っていうのは海のなかにあって、人が立てる場所なんだよ。それでね——」

サイラスがいった。「もう十一年だな、ボッド。おまえがここに来てから十一年になる」

「うん。サイラスがいうんなら、そうだと思う」

サイラスは後見している少年を見つめた。やせっぽちで、薄茶の髪は年齢とともに少しだけ濃くなった。

古い礼拝堂のなかは真っ暗だ。

「考えたのだが」サイラスはいった。「そろそろおまえがどこから来たのか話さなくてはならない」

ボッドははっと息をのんだ。「いまでなくてもいいよ。サイラスが話したくないんならさ」なにげない口調をよそおったが、胸の奥では心臓が激しく打っていた。

沈黙が訪れた。聞こえるのは雨音と樋（とい）から流れおちる水の音だけだ。沈黙は続く。ボッドはその沈黙を破りたくなった。

だが、その前にサイラスが口を開いた。「自分がみなとちがうことは知っているな。おまえは生きている。われわれがおまえを受けいれた。いや、ここの住人がおまえを受けいれ、わたしが後見人になることを承諾した」

ボッドはなにもいわなかった。

サイラスはビロードのような声で続けた。「おまえには両親もいたし、姉もいた。だが、三人とも殺された。おまえも殺されるところだったが、そうならずにすんだのは、運の強さとサイラスとオーエンズ夫妻のおかげだと思う」

「それとサイラスのおかげだ」ボッドはその夜のことをいろいろな人から聞かされていた。その場にいた人の話も聞いている。あの夜のできごとはこの墓地の語り種になっていた。

「外の世界では、おまえの家族を殺した男がいまでもおまえを捜しだして殺そうとしている」

ボッドは肩をすくめた。「だから？　殺されたって死ぬだけじゃない。ぼくの友だちはみんな死んでる人ばかりだ」

「そうだな」サイラスはためらった。「みな死んでいる。だいたいのところ、この世と手を切っている。だが、おまえはちがう。おまえは生きているんだ、ボッド。つまり、かぎりない可能性があるということだ。おまえにはなんでもできる。どんなものでも作れるし、どんな夢でも抱くことができる。その気になれば、世界を変えることもできる。おまえには可能性がある。死んだら最後、可能性は失われる。すべて終わりだ。生前に作りだしたものも、夢見たことも、書いた名も過去のものとなる。死ねば、ここに埋葬されて、ここを歩くようになるかもしれない。だが、可能性は消えてしまう」

ボッドは考えこんだ。たしかにそうかもしれないが、例外もある。たとえば、両親は自分を養子にしている。だが、死者と生者にちがいがあることはわかる。たとえボッドが生者より死者に仲間意識を抱いていようとも、ちがうのはまちがいない。

「サイラスはどうなの？」

「どうとは？」

「だって、サイラスは生きてない。それなのにあちこち出かけて、いろんなことをしてるじゃないか」

「わたしはわたしであって、それ以外の何者でもない。おまえのいうとおり、わたしは生きてはいない。だが、わたしの場合、終わりを迎えれば、それきり存在しなくなる。わたしのような者はあるか、ないかのどちらかだ。いいたいことがわかるか？」

「よくわからない」

サイラスはため息をついた。雨はすでにやんでいて、雨雲のせいで薄暗かったのが本物のたそがれに変わっていた。「ボッド、われわれがなんとしてもおまえの安全をはかろうとするのにはさまざまな理由があるのだ」

「ぼくの家族を殺した人、ぼくも殺したがってるって人だけど、本当にいまもこの墓地の外にいると思う?」最近ボッドが考えているのはそのことだった。自分のしたいことがはっきりした。

「ああ、まだこの外にいる」

「だったら」ボッドはいいだしにくいことを口にした。「学校に行きたい」

サイラスは容易に動じる男ではなかった。世界が終わったとしても、顔色ひとつ変えないだろう。ところが、いまは口をあんぐり開け、顔をしかめ、発した言葉はひとことだけ。「なんだって?」

「この墓地でもいろんなことを学んだよ。姿も消せるようになったし、人の心にとりつくこともできる。食屍鬼の門(グールゲート)も開けられるし、星座も知ってる。だけど、墓地の外には世界がある。そこには海や島や難破やブタが存在する。つまり、ぼくの知らないものであふれてるんだ。ここの先生たちはいろんなことを教えてくれたけど、ぼくはもっといろんなことを知らなきゃいけない。いつかこの墓地の外で生きていくことになるんならね」

サイラスは心を動かされなかったようだ。「論外だ。ここならおまえの安全を守ることができる。だが、外の世界ではなにが起こるかわからない。おまえがここから出ていったら、どうやっておまえを守ったらいい?」

「うん。さっきいってた可能性の話だよね」ボッドはしばらく黙りこんでから、また話しだした。「ぼくの両親と姉さんを殺したやつがいる」

「そうだ」

「それって、男？」

「そうだ」

「だったら、質問がまちがってるよ」

サイラスは眉を上げた。「どこがまちがっている？」

「つまり、ぼくが外に出ていくなら、問題は『だれがその男からぼくを守るのか』じゃない」

「そうなのか？」

「うん。『だれがその男をぼくから守るのか』を考えたほうがいい」

小枝が高いところにある窓を引っかいた。なかに入れてくれと訴えているようだ。サイラスは刃のように鋭い爪で、袖についてもいない埃を払うしぐさをした。「おまえの通う学校を探さなくてはな」


少年に気づいた者はいなかった。最初はだれも。気づいていないことにさえ気づかなかった。少年はいつも教室のうしろのほうに座る。発言はほとんどしない。直接に質問されたときしかこたえないし、そのこたえも短く、まるで印象に残らない。そして容易に消えてしまう。心からも、記憶からも。

「この子は信心深い家庭で育ったのかな？」ミスター・カービーが職員室で課題の採点をしながらいった。

「どの生徒のことですか？」ミセス・マッキノンがいった。

「八年B組（イギリスの義務教育は五歳から始まり、十五歳となる第十一学年で修了する。したがって、第八学年には十二歳になる子どもたちが在籍する）のオーエンズだ」

「あの背の高いにきびの子？」

「いや、背丈は普通だったと思う」

ミセス・マッキノンは肩をすくめた。「その子がどうかしたんですか？」

「すべて手書きで、字も見事だ。これはカッパープレート体（銅版印刷の書体を摸した装飾的な書体で、十七世紀のイギリスで流行した）というやつだな」

「だからといって、信心深いということには……」

「この子の家にはパソコンがないっていうんだ」

「だから？」

「電話もないそうだ」

「どうしてそれが信心深いということになるんです？」ミセス・マッキノンはいった。職員室が禁煙になってからかぎ針編みに凝りだし、だれにあげるという当てもなくベビーブランケットを編んでいる。

ミスター・カービーは肩をすくめた。「頭のいい生徒でね。意外なことを知らなかったりもするんだが、歴史の授業になると、本にも載っていないような話をこしらえて、くわしく語ってみせるし……」

「たとえば？」

ミスター・カービーはボッドの課題に点をつけ、読みおえた課題の束の上に置いた。この生徒に関わるものが目の前からなくなったとたん、すべてがあやふやになり、どうでもよくなる。「まあ、いろいろだ」ミスター・カービーはそうこたえ、そのまま忘れてしまった。同じように、出席簿にボッドの名を載せるのも忘れている。それをいうなら、学校のデータベースにもボッドの名は登録されていなかった。

この少年は標準的な生徒で、印象が薄く、忘れられがちだった。休み時間はたいてい、古いペーパーバックの棚がある国語の教室のうしろのほうか、図書室で過ごしていた。この大きな部屋には本と古い肘かけ椅子がたくさんある。少年はそこでむさぼるように物語を読みふけった。まるでごちそうを前にした子どものような熱心さだ。

ほかの生徒もこの少年のことを忘れていた。目の前に座っていれば、思いだすが、視界から消えたとたんに心からも消えてしまう。だれもこの少年のことを考えない。考える必要もなかった。八年B組の生徒に目を閉じてクラスの二十五人全員の名をあげるようにいっても、オーエンズの名があがることはないだろう。この生徒の存在はいつも幽霊のようにぼんやりしていた。

もちろん本人がその場にいればべつだ。

ニック・ファージングは十二歳だが、十六歳といっても通りそうだし、実際にそれで通すこともある。図体が大きく、顔はにやけて、想像力もない。低次元なことには頭が働き、万引きが得意で、暴力も振るう。ほかの生徒に好かれようなどとは思ったことがない。自分より小さいやつばかりだし、こちらのいいなりになっていればそれでいい。それに友だちならひとりいる。名前はモーリーン・クウィリングという女の子。みんなからはモーと呼ばれている。細身で色白、淡い金色の髪、水色の目、とがった鼻。いかにも好奇心が強そうだ。ニックは好んで万引きをしたが、なにを盗むか決めるのはモーだ。ほかの生徒を殴って、痛い目にあわせて、怖がらせるのはニックだが、おどしつける相手はモーが指示する。モーがときどき口にするとおり、まさに完全無欠のコンビだった。

ふたりは図書室の隅に座って、七年生から巻きあげた小遣いを山分けしていた。七年生のうち八、九人は毎週、小遣いをふたりに渡すようになっていた。

「シンのやつがまだ払ってないよ」モーがいった。「シンを捜さなきゃ」

「まかせろ」ニックがいった。「払わせてやる」

「あいつがくすねたのはなんだっけ？　ＣＤ？」

ニックはうなずいた。

「あいつがまちがいを犯してるってことだけ教えてやりなよ」モーはテレビで覚えた悪党のセリフを口にした。

「ちょろいぜ」ニックはいった。「やっぱおれたちは名コンビだな」

「バットマンとロビンみたいにね」モーがいった。

「どっちかといえば、ジキルとハイドじゃないかな」窓辺の席でだれにも気づかれずに本を読んでいた少年がいった。それから席を立ち、図書室から出ていった。

　ポール・シンは更衣室のそばの窓枠に座っていた。両手をポケットに突っこみ、暗い顔で考えこんでいる。ポケットから片手を出して指を広げ、数枚の一ポンド硬貨を見つめたあと、首を振って、また硬貨を握りしめる。

「ニックとモーが待ってるのはそれ？」いきなり声をかけられて、ポールはぎょっとし、硬貨を床にばらまいてしまった。

　声をかけてきた少年がいっしょに硬貨を拾って、渡してくれた。上級生だ。前にも見かけたことがあるような気がするが、自信がない。ポールはたずねた。「ふたりの友だち？　ニックとモーの？」

　少年は首を振った。「ちがうよ。あのふたりは最低だ」少年は少しためらったあと、続けた。「ちょっとアドバイスしにきたんだ」

「そうなの？」

「払っちゃだめだ」

「いうのは簡単だよ」

「きみとちがって脅迫されてないから？」

　少年がじっと見つめてくる。ポールは恥ずかしそうに目をそらした。

「あのふたりはきみを殴るかおどすかして、CDを万引きさせた。そのあと、小遣いを渡さないと、きみのしたことをばらすといった。あいつら、きみのしたことを録画でもしてたのか?」

ポールはうなずいた。

「ただいやだといえばいい。突っぱねるんだ」

「殺されちゃうよ。それに、あいつら……」

「ふたりにこういってやるんだ。警察だって、先生だって、無理やりCDを盗まされた生徒より、下級生に盗みをさせたり、小遣いを巻きあげたりしているふたり組に興味を持つはずだ。今度、ぼくに手を出したら、警察に通報する。なにもかも手紙に書いてある。ぼくの身になにかあったら、たとえば目のまわりにあざでもできたら、友だちが学校と警察に手紙を送ることになっているってね」

「そんなことといえないよ」

「だったら、この学校にいるあいだ、ずっと小遣いを渡すことになる。あいつらにびくびくしつづけなきゃならない」

「ただ警察に話すんじゃだめ?」

「そうしたいんなら、それでもいいかも」

「まずきみのやりかたでやってみるよ」ポールは笑みを浮かべた。満面の笑みとはいかなかったが、三週間ぶりの笑顔だ。

そんなわけでポール・シンはニック・ファージングにもう小遣いを渡さないことにした理由を説明し、立ち去った。ニック・ファージングはなにもいえず、ぼう然と立ちつくした。拳を握りしめては、またゆるめる。翌日には下級生がまた五人、運動場でニック・ファージングを見つけて、前の月に払った小遣いをそっくり返してほしいと迫り、さもないと警察に行くとおどしてきた。そんなわけで、ニック・ファージングはいま、きわめて機嫌が悪かった。

モーはいった。「あいつのせいだ。あいつが始めたんだ。あいつさえいなければ……みんな自分であんなこと思いつきゃしなかったはずよ。思い知らせてやんなきゃ。そうすれば、みんないうことを聞くようになる」

「だれのことだ？」ニックがいった。

「いつも本を読んでるやつ。図書室にいたでしょ。ボブ・オーエンズ。あいつよ」

ニックはゆっくりうなずいた。それからたずねた。「どいつだ？」

「見かけたら、教えてあげる」モーがいった。

ボッドはだれの目にもつかず、影のなかに存在することに慣れていた。視線が自分を素通りするのが当たり前になっているので、まともに視線や関心をむけられたりすると、すぐにわかる。いままで生きている人間として他人の心にかろうじて存在しているだけだったのに、指をさされ、つけまわされている……。そうなると、ボッドのほうも相手に注意をむけずにいられない。

ふたりは学校からあとをつけてきて、角の新聞屋を通りすぎ、鉄橋も渡った。ボッドは、体の大きな男の子ときつい顔の金髪の女の子がついてこられるようにゆっくり歩き、道路の先の小さな教会墓地へ入っていった。この地区の教会の裏手にある小さな墓地だ。ボッドはロドリック・パーソンとひとりめの妻アマベラ、ふたりめの妻ポーチュニアの墓（墓碑銘「ふたたび目覚める日まで眠りにつかん」）の横で待った。

「あんたね」少女の声がした。「ボブ・オーエンズってのは。あんたが厄介者のボブ・オーエンズね」

「ボッドだよ」ボッドはふたりを見つめた。「最後の文字はD。きみたちはジキルとハイドだろ？」

「あんたのしわざだね？」少女はいった。「七年生に入れ知恵したでしょ」

「だから、ひとつお勉強してもらおうと思ってな」ニック・ファージングがおかしくもないのににやりとしてみせる。

「勉強は好きだよ」ボッドはいった。「きみたちも学ぶべきことをちゃんと学んでいれば、下級生をおどして小遣いをとりあげたりしなかったんじゃないか？」

ニックが眉間（みけん）にしわを寄せた。「おまえ、死んだな、オーエンズ」

ボッドは首を振り、腕を広げるようにしてまわりを示した。「ぼくは死んでないよ。死んでるのはこの人たちだ」

「だれ？」モーがいった。

「ここにいる人たちだ。ほら、見なよ。きみたちをここに連れてきたのは、選択肢を――」

「おまえに連れてこられたわけじゃねえ」ニックがいった。

「だけど、ここにいるだろ？　きみたちにここに来てほしかったから、ぼくはここに来た。きみたちもついてきた。同じことだよ」

モーは不安そうにあたりを見まわした。

ボッドはいった。「わかってないみたいだな。ふたりともこんなことはやめるべきだといってるんだ。人のことなんかどうでもいいって態度はやめろ。人を傷つけるのもよせ」

モーが意地の悪い笑いを浮かべた。「ねえ、ちょっと」ニックにいう。「殴っちゃいなよ」

「チャンスは与えたからね」ボッドはいった。ニックは強烈なパンチを放ったが、ボッドはそこにはいなかった。ニックの拳は墓石の横に当たった。

「どこに行ったの？」モーがいった。ニックは悪態をつき、手を振った。モーはとまどったように薄暗い墓地を見まわした。「さっきまでここにいたのに。いたわよね？」

ニックは想像力が乏しかったので、考えようともしなかった。「逃げたんだろう」

「逃げたんじゃないわ。ただいなくなったのよ」モーには想像力があった。考えるのはモーの役目だった。たそがれ時の墓地は気味が悪く、首筋の毛が逆立ってきた。「なにかがすごく、すごくおかしい」それからうろたえたように声がうわずった。「ここから出よう」

「おれはあいつを捜しだす」ニック・ファージングはいった。「ぼこぼこにしてやる」

モーは胃の奥がぞわぞわした。影があたりを動きまわっているような気がする。

「ニック、怖いよ」

恐怖は伝染する。怖がっている人のそばにいると、自分も怖くなってくる。だれかが怖いと口にしただけで、恐怖が本物になってしまうこともある。モーがおびえているのを見て、ニックも怖くなってきた。

ニックはなにもいわず、逃げだした。モーもすぐあとに続いた。ふたりが世界へもどっていくと、街灯がともりだした。たそがれは夜に変わり、暗がりはなにが起こってもおかしくない闇の世界に変わった。

ふたりはニックの家まで走りつづけ、なかに入ると、電灯という電灯をつけてまわった。モーは母に電話をかけ、泣きべそをかきながら、車で迎えにきてほしいと頼みこんだ。モーの家はすぐそこだったが、その夜は歩いて帰りたくなかった。

ボッドはふたりが逃げていくのを満足げにながめていた。

「みごとだったわよ、坊や」背後から声をかけてきたのは、白い服を着た背の高い女の人だった。「うまく姿を消したわね。それから、上手に恐怖もかきたてた」

「ありがとう」ボッドはいった。「生きてる人に恐怖を植えつけたのははじめてなんだ。理論は知ってたんだけどね。うん」

「うまくいったじゃない」女の人は陽気にいった。「わたしはアマベラ・パーソンよ」

「ぼくはボッド。ノーボディ・オーエンズ」

「あの生きてる子？　丘の上の大きな墓地の？　本当に？」

「あ、うん」まさか自分がよその墓地でも知られているとは思っていなかった。アマベラは墓石の横をノックしている。「ロディ？　ポーチュニア？　出てらっしゃい。だれが来てると思う？」

次の瞬間にはふたりがあらわれ、アマベラがボッドを紹介していた。ボッドは握手をかわし、あいさつした。「お目にかかれて光栄至極に存じます」この九百年以上のあいだに作法は変化してきたが、ボッドはどの時代のあいさつでもお手のものだった。

「このオーエンズくんはね、いけない子たちを怖がらせていたのよ。あの子たちにはいい薬だわ」アマベラが説明する。

「よくやった」ロドリック・パーソンがいった。「悪たれどもが不届きなことをしておったのだな？」

「あのふたり、いじめっ子で」ボッドはいった。「ほかの子の小遣いをとりあげたりしてたんだ」

「手始めに恐怖を植えつけるのはたしかにいい手だわ」ポーチュニア・パーソンがいっ

た。アマベラよりずっと年上で、体格ががっしりしている。「でも、うまくいかなかったら、どうするつもりだったの？」

「そこまで考えてな——」ボッドはいいかけたが、アマベラがさえぎった。

「わたしなら夢歩きを勧めるわ。それがいちばん効果的よ。夢歩きはできる？」

「どうかな。ミスター・ペニーワースからやりかたは教わったけど、実際にやってみたことは……。つまり、理論だけはいろいろ知ってるんだけど——」

ポーチュニア・パーソンがいった。「夢歩きもいいけど、とりついたほうがよくないかしら？　ああいう連中にわからせてやるにはそれしかないわ」

「まあ」アマベラがいった。「とりつくですって？　ポーチュニアったら、わたしにはあまりいい考えだとは——」

「ええ、あなたはそうでしょうね。わたしが思いついてよかったわ」

「もう帰らなきゃ」ボッドがあわてていった。「みんなが心配するから」

「そうね」パーソン家の人々がいった。「会えてよかったわ」「気をつけて帰りなさい」

アマベラ・パーソンとポーチュニア・パーソンはにらみあっている。ロドリック・パーソンがいった。「ひとつたずねてもかまわんかね？　きみの後見人のことだが、彼は達者かね？」

「サイラスのこと？　うん、元気だよ」

「どうかよろしく伝えておいてくれ。こんな小さな墓地にいると、誉れ高き守備隊（オナー・ガード）の一員に会う機会などないのだ。とはいえ、彼らがいてくれるとわかっているだけで心強い」

「おやすみなさい」ボッドはいった。ロドリックがなんの話をしているのかさっぱりわからなかったが、あとでたしかめることにした。「伝えておきます」

ボッドは教科書の入った鞄（かばん）を拾いあげ、影に安らぎを感じながら帰っていった。

生きている子どもたちの学校に通っているからといって、死者の授業は免除されなかった。夜は長かったから、ときには深夜前にくたびれてしまい、授業を早く切りあげてもらって、ベッドにもぐりこむこともあった。しかし、たいていは授業を受けつづけた。

ミスター・ペニーワースもこのごろはあまり文句をいわなくなった。ボッドは勉強に励み、よく質問をした。今夜は人にとりつく方法について質問した。その内容が具体的になるにつれて、ミスター・ペニーワースはいらいらしてきた。というのも、ミスター・ペニーワース自身はその手のわざをきわめることに熱心ではなかったからだ。

「正確にはどうすれば空気のなかに冷たい場所を作れるの？」とか、「恐れを植えつけることはできたと思うんだけど、これを本物の恐怖にまで高めるにはどうしたらいいの？」といった質問をされると、ミスター・ペニーワースはため息をついて、わざとらしく咳払（せきばら）いをしたあと、できるかぎりの説明をした。ボッドが納得するころには朝の四時になっていた。

翌日、ボッドは疲れの残った体で学校に出かけた。一時間目は歴史だった。ボッドのいちばん好きな授業だが、それは事実じゃないといいたくなるのをこらえなくてはならないことも多かった。実際にその場にいあわせた人たちからちがう話を聞かされていたからだ。だが、今朝は眠気と闘うだけでせいいっぱいだった。

ボッドは授業に集中しようと必死だったので、まわりにはほとんど注意を払っていなかった。ボッドはチャールズ一世のことを考え、両親のことを考えた。オーエンズ夫妻と、記憶にはないもうひとつの家族のことを考えていると、ノックの音が聞こえた。生徒たちもミスター・カービーもいっせいにそちらを見た（そこにいたのは、教科書を借りにきた七年生だった）。そのとたん、ボッドは手の甲がちくりとするのを感じた。声は出さず、ただ顔を上げた。

ニック・ファージングがにやりと笑いかけていた。手には先のとがった鉛筆を握りしめている。「おまえなんか怖くないぞ」ニック・ファージングがささやいた。ボッドは手の甲を見た。鉛筆の先を突きたてられた場所に小さな血のしずくが盛りあがっていた。

その日の午後、廊下でモー・クウィリングとすれちがった。青い目をむいてにらみつけてくる。

「あんたって、変。友だちもいないし」

「友だちを作りにきてるんじゃないからね」ボッドは正直にいった。「ここへは勉強しにきてるんだ」

モーの鼻がぴくっと動いた。「それが変だっていってんのよ。学校に勉強しにくるやつなんていないわ。来なきゃなんないから来てるのよ」

ボッドは肩をすくめた。

「あんたなんか怖くないわ。昨日はどんな手を使ったのか知らないけど、びびってなんかいないからね」

「わかった」ボッドはそのまま廊下を歩きつづけた。

こんなことに関わってしまったのはまずかっただろうか。判断ミスをおかしたのはたしかだ。モーとニックはボッドのことを話しだしている。たぶん七年生のあいだでも話題に上っているだろう。ほかの子どもたちもこちらを見て、指をさすようになった。まったく存在感のなかった自分がそうではなくなりつつある。そのせいで居心地が悪くてしょうがない。サイラスからは目立たないようにしろと注意されていた。いるようないないような状態で過ごすようにいわれていたのに、状況が変わりつつある。

その夜、ボッドはサイラスにすべてを打ちあけた。サイラスは意外な反応を示した。

「いやはや、まさかおまえがそこまで……そこまでおろかな真似をしようとは。人目につかないようにしていろとさんざんいいきかせたはずだ。それなのに、学校中のうわさの的になっているだと？」

「だって、どうすればよかったわけ？」

「少なくともこんな真似はしてほしくなかった。昔とはちがうのだ。やつらはおまえの痕跡をたどるだろう。このままでは見つかってしまう」サイラスは動じることがない。外見は溶岩をおおうかたい殻のようだ。それでもサイラスをよく知るボッドには、サイラスの怒りの大きさがよくわかった。サイラスは自分の怒りと闘い、おさえこもうとしている。

ボッドはつばを飲みこんだ。

「どうしたらいい？」ただそれだけきいた。

「学校にはもう行くな。おまえを学校に行かせたのは実験だった。そのこころみは失敗だったと認めるしかあるまい」

ボッドはすぐにはこたえなかったが、しばらくしてから口を開いた。「学校に行きたいのは、ただ勉強したいからじゃない。ほかにも理由があるんだ。人が大勢いる部屋にいられるのがどんなにうれしいかわかる？　それも、みんな息をしてるんだよ？」

「あいにくわたしはそれを楽しいと思ったことはない。いいな。明日は学校に行ってはならない」

「逃げるわけにはいかないよ。モーからも、ニックからも、学校からも。逃げるくらいなら、ここを出ていく」

「いわれたとおりにするんだ」サイラスはいった。闇のなかにビロードの怒りがからみつく。

「いやだといったら？」ボッドは頬を真っ赤にしてたずねた。「どうやってぼくをここにとどめておくつもり？　ぼくを殺す？」それからくるりと背をむけると、門に続く小道をたどって墓地を出ていった。

サイラスは呼びとめようとしたが、思いとどまり、夜の闇のなかにひとり立ちつくした。

もともとサイラスの表情は読みにくい。だが、いまは遠い昔に忘れられた言語、想像もつかない文字で書かれた本のようだった。サイラスは影を毛布のようにまとい、ボッドが去っていった方角を見つめたが、あとを追おうとはしなかった。


ニック・ファージングはベッドで眠っていた。晴れわたった空のもと、青い海へ乗りだした海賊たちの夢を見ていたが、突然、すべてがおかしくなった。さっきまで海賊船の船長だった――従順な十一歳の少年たちをしたがえ、海賊服がよく似合う、ニックより一、二歳上の女の子たちに囲まれてご機嫌だった――のに、いきなりデッキにひとりになっていた。ぼろぼろの黒い帆を広げ、船首にどくろを掲げた、オイルタンカーほどもある巨大な黒い船が嵐のなかをくぐりぬけ、こちらに迫ってくる。

次の瞬間には、いかにも夢らしく、ニックはその船の黒いデッキの上に立っていた。だれかが自分を見おろしている。

「ぼくなんか怖くないって？」ニックを見おろしている男がいった。

ニックは顔を上げ、夢のなかで、ぞっとした。死人のような顔をした男が海賊の扮装（ふんそう）

でカットラス（幅の広いそり身の短剣）の柄に手をかけている。

「海賊気取りか、ニック？」ニックの前にいる男がいった。急にこの男がなんとなく見知った相手に思えてきた。

「おまえ、あいつだろう」ニックはいった。「ボブ・オーエンズ」

「いや、ノーボディだ。おまえは変わらなきゃいけない。心を入れかえ、行いを改めろ。それだけだ。さもないと、とんでもないことになるぞ」

「どうなるって？」

「頭のなかがめちゃくちゃになるのさ」海賊王はいつのまにか、ただの同級生の姿にもどっていた。ふたりがいる場所も海賊船のデッキではなく、学校の講堂だった。だが、嵐はそのままで、講堂の床が海に浮かぶ船のように激しく揺れている。

「これは夢だ」ニックはいった。

「もちろん夢さ」ボッドはいった。「現実の世界でこんなことができたら、化け物だよ」

「夢のなかでなにができるってんだ？」ニックはにやりとした。「おまえなんか怖くないぞ。手の甲にまだ鉛筆の痕が残ってるぜ」ボッドの手の甲についた黒鉛の痕を指さす。

「こんなことはしたくなかったんだけどな」ボッドは首をかしげ、なにかに耳を澄ますようなしぐさをした。「やつらは腹を空かせてる」

「やつら？」

「地下室にいるんだ。いや、船室にというべきかな？　ここが学校か船かによるな」

ニックはうろたえはじめた。「まさか……クモ……じゃないよな？」

「クモかもな」ボッドはいった。「たしかめてこいよ」

ニックは首を振った。

「いやだ。勘弁してくれ」

「そいつはおまえしだいだ。いままでの自分を改めるか、地下へ行くかだ」

音が大きくなった。なにかが足を引きずってうごめいているような音だ。それがなんなのかニック・ファージングには見当もつかなかったが、世にも恐ろしいものであることはまちがいない。かつて見たこともないほど、いや、この先も遭遇することがないほど恐ろしいものに決まっている……。

ニックは悲鳴とともに目を覚ました。


ボッドはニックの悲鳴に恐怖を聞きとり、満足した。うまくいったようだ。

ボッドはニック・ファージングの家の外の舗道に立っていた。顔は夜の濃い霧で湿っている。興奮とともに疲労も感じる。夢歩きそのものは思ったようにいかなかったが、夢のなかにはニックと自分しかいなかった。ニックが恐れたのはただの音だ。それはよくわかっていた。

しかし、ボッドは満足だった。ニックは下級生をいじめる前にためらうようになるだろう。

次はどうしよう？

ボッドはポケットに両手を入れて歩きはじめた。行き先は決まっていない。墓地を去ったように、学校も去らなければならない。だれも自分を知らない場所に行こう。一日中図書室に座って本を読んで、人の呼吸の音に耳を澄まそう。世界にはまだ無人島があるのだろうか？　ロビンソン・クルーソーが打ちあげられたような島がまだあるのなら、そこに行って暮らしてもいい。

ボッドは顔を上げなかった。上げていれば、水色の目が寝室の窓からじっとこちらを見つめているのに気づいただろう。

路地に入ったら、街灯がなくなり、気持ちが楽になった。

「へえ、逃げるんだ？」少女の声がした。

ボッドはなにもいわなかった。

「そこが生者と死者のちがいよね」話しかけているのは魔女のライザ・ヘムストックだ。姿は見えなかったが、声でわかった。「死者にがっかりさせられることはない。すでに人生を終えて、なにもかも過去になってるからね。あたしたちは変わらない。だけど、生きてる者にはいつもがっかりさせられる。そう思わない？　とても勇敢でやさしい心を持った男の子に出会えたと思ってたのに、その子ったら成長したら、逃げちゃうんだもんね……」

「そんないいかたってないだろ！」

「あたしの知ってたノーボディ・オーエンズは、自分を大切にしてくれた人たちにお別れのあいさつひとつしないで逃げたりしない。ミセス・オーエンズは悲しみに打ちひしがれるよ」

　ボッドはそこまで考えていなかった。「サイラスとけんかしちゃったんだ」

「だから？」

「サイラスは墓地にもどれっていうんだ。学校には行くなって。危険だから」

「どうして？　あんたの才能とあたしの魔法を合わせれば、だれもあんたに気づきゃしないわ」

「よけいなことに首を突っこんじゃったんだ。ほかの生徒をいじめてる子がいたから、やめさせたくてさ。それで注意を引いちゃって……」

　ライザの姿が見えるようになった。霧のような姿で、ボッドに遅れないようについてくる。

「外の世界のどこかにあんたの死を望んでるやつがいる」ライザがいった。「あんたの家族を殺したやつがね。だけど、墓地にいるあたしたちは、あんたに生きててほしいと思ってる。あんたのすることにびっくりしたり、がっかりしたり、感動したりしたいの。帰っておいでよ、ボッド」

「だけど……サイラスにひどいことをいっちゃったし。サイラスは怒ってるよ」

「サイラスだってあんたを大事に思ってなかったら、はじめからあんたのことで怒ったりしないよ」ライザはそれきり口をつぐんだ。

足もとは秋の落ち葉ですべりやすく、世界の端は霧でぼやけていた。なにもかもがあいまいに見える。数分前まで世界はもっとくっきりしたものだと思っていたのに。

「夢歩きをしたんだ」ボッドはいった。

「うまくいった？」

「うん。まあまあかな」

「ミスター・ペニーワースに報告しなきゃ。きっと喜ぶわよ」

「そうだね。そうする」

ボッドは路地の端までやってきた。さっきまで右に曲がって世界へ出ていくつもりだったが、そうはせずに左に曲がり、大通りに出た。この道を行けばダンスタンロードに出て、丘の上の墓地にもどることができる。

「なに？」ライザ・ヘムストックがいった。「どうするの？」

「帰るんだよ。ライザにいわれたとおりに」

店の明かりが見えてきた。角のフィッシュ&チップスの店から熱した油のにおいが漂ってきた。舗石がきらめいている。

「よかった」ライザ・ヘムストックがいった。また声だけになっている。と、その声がいった。「走って！　それか姿を消して！　なんか変！」

ボッドはいいかえそうとした。なにもおかしくなんかないよ。ばかいうなよ。そのとき、屋根の上のランプをちかちかさせた大きな車がやってきて、ボッドの前で停車した。

ふたりの男が降りてきた。「ちょっといいかね、坊や」ひとりがいった。「われわれは警察だ。こんな時間に外でなにをしているんだ?」

「外にいちゃいけないって法律があるなんて知らなかった」ボッドはいった。

大柄な警官が後部座席のドアを開けた。「この子にまちがいないか?」

モー・クウィリングが車から降り、ボッドを見て、にやりと笑った。「ええ、この子です。この子がうちの裏庭でものを壊して、逃げたんです」それから、ボッドの目を見た。「寝室の窓から見たの。窓を割ったのもこの子だと思います」

「名前は?」小柄な警官がいった。赤毛で、口ひげも赤みがかっている。

「ノーボディ」ボッドはこたえたとたんに、「いたっ（ボディ）」と声をあげた。赤毛の警官がボッドの耳をつまんで、ねじりあげたからだ。「だれでもないだと? ふざけるんじゃない。質問にはきちんとこたえろ。いいな?」

ボッドはなにもいわなかった。

「住所は?」警官がたずねた。

ボッドはこたえなかった。姿を消そうとしたが、このわざは——たとえ魔女の助けがあっても——相手の関心が自分にむけられていないときでなければうまくいかない。ところが、このときはだれもがボッドに注目していたし、肩を警官の大きな手でつかまれていた。

ボッドはいった。「名前や住所をいわないからって、逮捕なんかできないはずだよ」

「たしかにそうだ」警官はいった。「だが、署に連れていって、親なり、保護者なり、おまえを引きわたすことのできる大人の名前をききだすまで、とどめておくことはできる」

警官はボッドを車の後部座席に乗せた。そこに座っていたモー・クウィリングは、カナリアを食べたばかりのネコのようににやにやしている。「通り側の窓からあんたを見かけたの」小さな声でいう。「だから警察に電話したの」

「ぼくはなにもしていない」ボッドはいった。「きみのうちの庭にも入っていない。だいたいどうして警察がぼくを捜すのにきみを連れだしたんだ？」

「むだ話をするな！」大柄な警官がいった。そのあとはだれも口をきかなかった。やがて車が停まった。モーの家の前らしい。大柄な警官がモーの側のドアを開け、モーが車を降りた。

「明日、電話をして、わかったことをお母さんとお父さんに連絡する」大柄な警官がいった。

「ありがとう、タムおじさん」モーはにっこりした。「あたしは自分の義務を果たしただけです」

残る三人は無言で町のなかをもどっていった。ボッドはなんとか姿を消そうとしたが、うまくいかない。みじめでしかたがなかった。ひと晩のうちにはじめてサイラスと大げんかをし、墓地から逃げようとして逃げきれず、今度は墓地にもどることもできなくなってしまった。警察に住所や名前をいうわけにはいかない。となると、一生、警察の留置場か子ども用の刑務所で過ごすことになるだろう。だけど、子ども用の刑務所なんてあるのだろうか？　ボッドにはわからなかった。

「あの、子ども用の刑務所もあるの？」ボッドは警官たちにたずねた。

「怖くなってきたのか？」モーのおじのタムがいった。「まあ、無理もない。ガキってのはやりたい放題だからな。閉じこめとくしかないようなガキもいる。そいつはたしかだ」

これではイエスなのかノーなのかわからない。ボッドは車の窓から外を見た。なにか大きなものが車の横を飛んでいた。車より少し高いところを、鳥とは思えない大きさの黒々としたものが飛んでいる。人間ほどもあるものが羽ばたくさまは、ストロボ撮影したコウモリの飛行みたいだった。

赤毛の警官がいった。「署に着いたら、すなおに自分の名前をいったほうがいいぞ。保護者の連絡先もな。保護者が迎えにくれば、息子さんを補導しましたと話して、おまえを連れかえってもらえる。わかるか？　おまえが協力すれば、事務手続きも楽になるし、みんなゆっくり眠れるというわけだ。悪いようにはしない」

「あまり甘い顔をするなよ。監獄でひと晩過ごすくらい、どうってことはない」大柄な警官がいった。それからボッドのほうを見た。「だが留置場が満員で、酔っぱらいと同じ房にぶちこまれたりするとつらいかもな。酔っぱらいはたちが悪いぞ」

ボッドは思った。これは嘘だ。この人たちはわざとやっているんだ。やさしい警官ときびしい警官を演じて、揺さぶりをかけてる……。

パトカーが角を曲がったとたん、大きな鈍い音がした。なにか大きなものがボンネットにぶつかって、闇のなかへ弾きとばされた。急ブレーキとともに車が停まり、赤毛の警官が小声で悪態をついた。

「いきなり道に飛びだしてきたんだ！　見ただろう？」

「なんだったのかよくわからんが」大柄な警官がいった。「なにかはねちまったのはたしかだ」

ふたりは車から降りて、あたりを照らした。赤毛の警官がいった。「黒い服を着てたんだ！　あれじゃあ、見えやしない」

「いたぞ。こっちだ」大柄な警官が叫んだ。ふたりは懐中電灯を手に、地面に倒れている男のそばに駆けよった。

ボッドは後部座席のドアを開けようとしたが、ロックがかかっていた。フロントシートとのあいだには鉄格子がある。これでは、たとえ姿を消すことができたとしても、パトカーの後部座席からは出られない。

ボッドはできるかぎり身を乗りだして、なにが起こったのか、道路になにがあるのかたしかめようとした。

赤毛の警官がしゃがみこんで、道に倒れている男を見ている。大柄なほうはそのそばに立ち、顔にライトを当てている。

倒れている男の顔が見えた。とたんにボッドは窓を激しくたたきだした。

大柄な警官がやってきた。

「なんだ？」いらだったようにきく。

「おまわりさんたちがはねちゃったのは、ぼくの――ぼくのパパだ」ボッドはいった。

「嘘だろう？」

「パパに似てる。そばで見させて」

大柄な警官は肩を落とした。「おい！　サイモン、このガキが自分の親父だといってるぞ」

「おい、おどかすなよ」

「本気みたいだぞ」大柄な警官がドアを開け、ボッドが車から降りた。

サイラスは車にはねとばされた場所にあおむけに倒れていた。ぴくりとも動かない。

ボッドの目がちくちくしてきた。

「パパ？」ボッドはいった。「おまわりさんたちが殺したんだ」嘘をついているわけじゃない、と自分にいいきかせる。まるっきりの嘘じゃない。

「救急車を呼んだ」赤い口ひげのサイモンがいった。

「事故だったんだ」もうひとりがいった。

ボッドはサイラスの横にしゃがみこみ、サイラスの冷たい手を握りしめた。救急車を呼んだのなら、ぐずぐずしてはいられない。「だったら、おまわりさんたちも終わりだね」

「事故だったんだ――その目で見ていたはずだ！」

「この男がいきなりあらわれて――」

「ぼくが知ってるのは」ボッドはいった。「おまわりさんが姪に頼まれて、学校でけんかをした相手をおどしつけてやると約束してたってことだ。だから、夜遅くに外を歩いてたなんて理由で、令状もないのに、ぼくを逮捕した。そこへパパが飛びだしてきた。ぼくが連れていかれるのを止めようとしたんだ。どういうことなのか知りたかったんだ。それなのに、おまわりさんはパパをわざとはねてしまった」

「これは事故だ！」サイモンがくりかえした。

「学校でモーとけんかをしてたって？」モーのおじのタムがいったが、半信半疑のようだ。

「ぼくらはオールドタウン校の八年B組のクラスメイトだよ」ボッドはいった。「それでおまわりさんたちがパパを殺したんだ」

遠くのほうからサイレンの音が聞こえてきた。

「サイモン」大柄な男がいった。「ちょっとこい」

ふたりは車の反対側へ歩いていった。ボッドは倒れたサイラスとともに影のなかにとりのこされた。ふたりの警官が激しくいいあらそいはじめた。「おまえの姪のせいだぞ！」とか、「おまえの前方不注意だろう！」という声が聞こえてくる。サイモンがタムの胸に指を突きつけ……。

ボッドはささやいた。「ふたりはこっちを見ていない。いまだ」ボッドの姿が消えた。ひときわ暗い闇が渦巻いて、次の瞬間には、地面に倒れていた体がボッドの横に立っていた。

サイラスはいった。「おまえを連れて帰る。わたしの首につかまりなさい」

いわれたとおりボッドがサイラスにしっかりつかまると、ふたりは夜をくぐりぬけるようにして墓地へむかった。

「ごめん」ボッドはいった。

「わたしも悪かった」サイラスがいった。

「痛くなかった？　あんなふうに車にはねられるなんて」

「まあな。おまえの魔女の友だちに感謝することだ。あの娘がわたしを捜しにきて、おまえが危機におちいっていると教えてくれたのだ。それも詳しくな」

ふたりは墓地に下りたった。ボッドははじめて見るように墓地を見まわした。「今夜はばかな真似をしちゃった。いろんなことを危険にさらしてしまった」

「おまえが思っている以上にいろいろなことをな、ノーボディ・オーエンズ。そうとも」

なことはしない」

「サイラスのいうとおりだった。二度ともどらないよ。あの学校には。もう絶対にあんなことはしない」

モーリーン・クウィリングは人生最悪の一週間を過ごした。ニック・ファージングは口をきいてくれないし、タムおじさんにはオーエンズのことでしかられ、あの夜のことはだれにもいうなと念を押された。人に知られれば、仕事を失いかねない。そんなことになったら、ただではおかないからな、といわれた。両親もかんかんだ。モーリーンは世界中に裏切られた気分だった。七年生ももう自分を怖がってはいない。やってられない。なにもかもオーエンズのせいだ。あいつが苦しみ、もがくところを見てやりたい。「逮捕」くらいですまされると思ったら大まちがいだ……。モーリーンは手のこんだ復讐を考えはじめた。巧妙に練りあげた恐ろしい復讐を。そうでもしないと、この気持ちはおさまらない。だが、それさえ本当の意味ではモーリーンの心を救ってはくれなかった。

モーにはぞっとせずにいられない仕事がひとつある。理科室の後片づけだ。ブンゼンバーナーを片づけ、試験管やペトリ皿、使われていないリトマス紙などを保管場所にもどす。この仕事は当番制になっていて、二か月に一度しかまわってこないが、この人生最悪の週にモーリーンが理科室にひとり残ることになったのは、当然だったのかもしれない。

理科を教えているミセス・ホーキンズもあとに残って課題を集め、帰りじたくをしているだけまだよかった。先生でもだれでもそこにいてくれるのは心強い。

「当番、ご苦労さま、モーリーン」ミセス・ホーキンズがいった。モーホルマリンづけになっている白いヘビが視力のない目でふたりをにらんでいる。モーはこたえた。「あ、いえ」

「当番はふたりじゃないの？」ミセス・ホーキンズがいった。

「もうひとりの当番はオーエンズって子なんですけど、ここしばらく学校を休んでるんです」

先生は顔をしかめた。「どんな子だったかしら？」ぼんやりとたずねる。「名簿に載っていないんだけど」

「ボブ・オーエンズです。ちょっと長い茶色っぽい髪をした子です。あまり口をききませんけど、小テストのとき、骨の名前を全部こたえた子です。覚えてませんか？」

「思いだせないわ」ミセス・ホーキンズはいった。

「思いだしてください！　だれも覚えてないんです！　担任のミスター・カービーまで！」

ミセス・ホーキンズは残りの課題を鞄に押しこんだ。「さて、と。悪いけど、あとはひとりでお願いね。最後に机の上を拭くのを忘れないで」ミセス・ホーキンズは理科室を出て、ドアを閉めた。

理科室は古い。細長い木の机が並び、ガスバーナーと水道の蛇口とシンクが作りつけられている。黒い木の棚には大きな瓶が並べてある。なかに浮かんでいるものはどれも死んでいる。それもずっと前から。部屋の隅には黄ばんだ人間の骸骨まであった。本物かどうかはわからないが、モーは気味が悪くてしかたがなかった。

この細長い部屋で音を立てると、やけに反響する。モーは天井の蛍光灯をすべてつけ、ホワイトボードの明かりまでつけた。少しでも恐怖をやわらげたかった。部屋が寒くなってきた。暖房の温度を上げられないだろうか？　モーは大きな金属のラジエーターに近づいて、触れてみた。火傷しそうなほど熱い。それなのに体はふるえている。

部屋の中にはだれもいないのに、なにかが感じられて落ち着かなかった。まるで自分ひとりではないような、だれかに見られているような気がする。

そうよ、見られているんだわ、とモーは思った。死んで瓶に入れられている標本たちがあたしを見ている。それからあの骸骨も。モーは棚を見あげた。

そのとき瓶のなかの死んだ動物たちが動きだした。なにも見えない目を白くにごらせたヘビが、ホルマリンの瓶のなかでとぐろをといた。顔のないとげだらけの海の生物は液体の家のなかで身をよじり、ぐるっと回った。何十年も前から死んでいる子猫は歯をむき、ガラスに爪を立てた。

モーは目を閉じた。現実のはずがない。あたしが勝手に想像しているだけ。「怖くなんかないわ」モーは声に出していった。

「それはよかった」暗がりのなかから声がした。うしろのドアの近くだ。「怖いって、本当にいやなことだからね」

　モーはいった。「先生たちもあんたのことを覚えてないわ」

「だけど、きみは覚えてる」モーのあらゆる不運の元凶である少年がいった。

　モーはビーカーを手にとって投げつけたが、狙いは大きくそれ、壁に当たって割れた。

「ニックはどうしてる？」ボッドはなにごともなかったようにたずねた。

「わかってるくせに。ニックはあたしと話してもくれない。ただ黙って授業を受けて、家に帰って、宿題をやるだけ。たぶん鉄道模型でも組みたててるんじゃない」

「それはよかった」

「あんた、一週間も学校に来なかったわね。大変なことになってるわよ、ボブ・オーエンズ。このあいだ、警察が来たわ。あんたを捜してたわよ」

「それで思いだしたけど……タムおじさんは元気？」

　モーはなにもいわなかった。

「ある意味、きみの勝ちだよ」ボッドはいった。「ぼくは学校をやめるんだから。だが、べつの意味では、きみの負けだ。霊にとりつかれたことはあるかい、モーリーン・クウィリング？　鏡をのぞいたときに、こちらを見かえしているのは自分の目じゃないと思ったことはないか？　だれもいない部屋に座っているのに、ひとりじゃないと気づいたことは？　これは決して愉快なことじゃない」

「あんたがあたしにとりつくっていうの？」モーの声はふるえていた。

ボッドはなにもいわず、ただモーを見つめた。部屋の隅でなにかが音を立てた。モーの鞄が椅子からすべりおちたのだ。振りかえったときには、モーはひとりだった。少なくとも、目に見える者はだれもいない。

家まではとても遠く、道は暗い。

少年と後見人は丘の頂に立ち、町の明かりを見おろしていた。

「まだ痛い？」少年がたずねた。

「少しな」後見人がこたえた。「だが、こんなものはすぐに治る。すぐにもとどおりになる」

「下手したら、死んでたんじゃないの？　車の前に飛びだすなんて」

後見人は首を振った。「わたしのような者を死なせる手段もなくはない。だが、車にはねられたくらいでは死なない。わたしは古くから存在するし、とてもじょうぶだ」

「ぼくがまちがってた。そうだよね？　なにより大切なのはだれにも気づかれないことだった。それなのに学校であのふたりと関わったばかりに、サイラスも知ってるように、警察やなんかのことで、面倒を起こしてしまった。ぼくが身勝手だった」

サイラスは眉を上げた。「身勝手だったとはいえない。おまえは仲間のなかにいたかっただけだ。その気持ちはよくわかる。生者の世界では、われわれがおまえをたやすく守ることができないというだけだ。わたしはおまえの身の安全を確保したかった。だが、おまえのような者が確実に安全でいられる場所はひとつしかない。ただし、そこにたどりつけるのは、おまえの冒険がすべて終わって、なにも気にする必要がなくなったあとのことだ」

ボッドはトマス・R・スタウトの墓石（墓碑銘「一八一七―一八五一年　彼を知る者すべてに心より惜しまれて去る」）をなでた。指に触れたコケがはがれおちる。

「外にはあいつがいる。ぼくの最初の家族を殺したやつが。それでもぼくは人間のことを学ばなきゃいけない。サイラスはぼくが墓地を出ていくのを止める？」

「いや。あれは失敗だった。あの失敗からおまえもわたしもいろいろ学んだ」

「じゃあ、どうするの？」

「物語や本や世界に対するおまえの興味を満たせるように、できるかぎりのことをしよう。図書館に通うという手もあるし、ほかの方法もある。生きている人間のなかにいる状況なら、いくらでも作れる。劇場とか、映画館とか」

「それ、なに？　サッカーみたいなもの？　学校でサッカーの試合を観たけど、おもしろかった」

「サッカーか。ふむ。わたしの活動時間には少し早いな。だが、ミス・ルペスクなら、今度ここに来たときに、観に連れていってくれるだろう」

「だったら、うれしいな」

ふたりは丘を下りはじめた。サイラスはいった。「この数週間でわれわれはいくつもの痕跡を残してしまった。やつらはいまもおまえを捜している」

「前にもそういってたけど、どうしてわかるの？　それに、やつらってだれ？　なにが目的？」

だが、サイラスは首を振るだけで、それ以上なにもいおうとしなかった。当面、ボッドはこれで満足するしかなかった。

第７章　だれもかれもみなジャック

　サイラスはこの数か月、忙しそうだった。一度に何日も、場合によっては何週間も、墓地を離れるようになった。クリスマスにはミス・ルペスクがやってきて、三週間にわたってサイラスのかわりをつとめた。ボッドはミス・ルペスクがオールドタウンに借りた小さなアパートでいっしょに食事をとった。ミス・ルペスクは、サイラスが約束していたとおり、サッカーの試合にも連れていってくれたが、ボッドの頬を両手でぎゅっとはさんで、「ニミニ」と呼ぶと、「本国」とかいう場所へ帰ってしまった。ちなみに、「ニミニ」というのは、ミス・ルペスクが使うようになった愛称だ（「ニミニ」は「だれも〜ない」という意味のルーマニア語）。

　こうしてサイラスがいなくなり、ミス・ルペスクもいなくなった。オーエンズ夫妻はジョサイア・ワージントンの墓に行って三人で話しこんでいた。三人とも表情は暗い。

　ジョサイア・ワージントンがいった。「つまり、彼は行き先もあの子どもの世話についても話していかなかったというのかね？」

　オーエンズ夫妻がうなずくと、ジョサイア・ワージントンはいった。「いったい、どこにいってしまったのだろう？」

　オーエンズ夫妻はこたえられなかった。ミスター・オーエンズがいった。「サイラスがこんなに長く留守にしたことはいままでありませんでした。それに、われわれがあの子を引きとったとき、ここにいると約束してくれたのです。それができないときは、あの子の世話を手伝ってくれる者をよこすと。ちゃんと約束してくれたのです」

ミセス・オーエンズもいった。「サイラスの身になにかあったんじゃないでしょうか？」いまにも泣きだしそうに見えたが、涙を怒りに変えて話しつづけた。「サイラスも無責任ですわ！　なんとか見つけて、呼びもどす方法はないのでしょうか？」

「そのような方法は知らぬ」ジョサイア・ワージントンはいった。「だが、あの子の食べるものを買う金は礼拝堂に置いていったのではないか？」

「お金ですって？」ミセス・オーエンズがいった。「お金がなんの役に立つというのです？」

「ボッドが外に出て食べ物を買うことになれば、金が必要となろう」ミスター・オーエンズがいいかけたが、ミセス・オーエンズはかみついた。

「ふたりともあんまりです！」

ミセス・オーエンズはワージントンの墓を出て、息子を捜しにいった。思ったとおり、ボッドは丘の頂で町を見おろしていた。

「なにを考えているの？　一ペニーあげるから、教えてちょうだい」ミセス・オーエンズがからかうようにいった。

「一ペニーなんて持ってないくせに」ボッドはもう十四歳になり、母の背を追いこしていた。

「棺のなかに二ペンスあるわ。もう錆びているでしょうけど、いまでもちゃんと使えるはずよ」

「外の世界のことを考えてたんだ。ぼくの家族を殺したやつがまだ生きてるのかなあ？　もういなくなっているかもしれない」

「サイラスは生きているといっているわ」

「だけど、それ以外のことはなにも話してくれない」

「あなたによかれと思ってのことよ。わかっているでしょう？」

「ふうん。ならいいけど」ボッドはどうでもよさそうにこたえた。「で、サイラスはどこなの？」

ミセス・オーエンズはこたえなかった。

ボッドはいった。「母さんはぼくの家族を殺した男を見たんだよね？　ぼくを引きとった日に」

ミセス・オーエンズはうなずいた。

「どんなやつだった？」

「わたしはあなたばかり見ていたから。そうねえ……。髪は黒かった。真っ黒だったわ。それになんだか怖かった。鋭い顔をしていたの。なにかを貪欲に求めていると同時に怒りをたぎらせているような、そんな顔だった。サイラスが追いはらってくれたのよ」

「サイラスはどうしてそいつを殺さなかったんだろう?」ボッドは乱暴にいった。「その場で殺してくれればよかったのに」

ミセス・オーエンズはボッドの手の甲に冷たい指で触れた。「サイラスは怪物ではないのよ、ボッド」

「あのとき、やつを殺しておいてくれれば、ぼくは安全でいられた。どこにでも行けたのに」

「この件についてはサイラスのほうがよくわかっているわ。あなたよりも、わたしたちのだれよりも。サイラスは生と死についても知っている。そんなに簡単なことではないのよ」

「名前は? ぼくの家族を殺したやつの名前は?」

「いってなかったわ。あのときは」

ボッドは首をかしげて、雷雲のような灰色の目でミセス・オーエンズを見つめた。

「だけど、知ってるはずだよね?」

「あなたにできることはないのよ、ボッド」

「あるよ。学ぶことはできる。知っておく必要があることはなにもかも。できることはなんだって学んでやる。グールゲートのことも学んだし、夢歩きもできるようになった。ミス・ルペスクは星の見かたを教えてくれたし、サイラスは沈黙を教えてくれた。ぼくは人の心にとりつくこともできるし、姿を消すこともできる。この墓地のことは隅々まで知ってる」

ミセス・オーエンズは片手をのばし、息子の肩に触れた。「いつか」といいかけて、ためらう。いつか、自分はこの子に触れられなくなる。いつか、この子はここからいなくなる。いつか。それから、ミセス・オーエンズはいった。「サイラスの話では、あなたの家族を殺した男はジャックと呼ばれているそうよ」

ボッドはなにもいわなかった。それからうなずいた。「母さん？」

「なあに？」

「サイラスはいつもどってくる？」

深夜の風は冷たく、北から吹いてくる。

ミセス・オーエンズはもう怒ってはいなかった。それより息子のことが心配でたまらない。ミセス・オーエンズはただこういった。「それがわかればいいんだけど、残念ながらわからないの」

スカーレット・アンバー・パーキンズは十五歳になった。いまは古いバスの二階席に座り、怒りと憎悪のかたまりになっていた。離婚した両親がきらい。スコットランドから引っこした母がきらい。娘がいなくなるというのに、気にもとめない父がきらい。この町も大きらい。自分が育ったグラスゴーとは大ちがい。それなのに、角を曲がって、なにかが目に入るたび、胸が痛くなるほどなつかしい思いに駆られてしまうのがいやでたまらない。

その朝、スカーレットは母の前で気持ちを吐き出した。「少なくともグラスゴーには友だちがいたわ！」声を荒らげたわけではない。すすり泣いたわけでもない。「なのに、もうだれにも会えないのよ！」ところが、母のこたえはこれだけ。「少なくともここにははじめて来たわけじゃないでしょ。小さいころにはここに住んでいたんだから」「そんなの覚えてないわよ。もう知りあいなんかいやしない。それとも、五歳のころの友だちを捜せっていうの？　そうしてほしいの？」

母はいった。「そうしたければ、そうすれば？」

スカーレットはその日ずっと怒ったまま学校で過ごし、その怒りはいまもおさまっていなかった。学校もきらい。この世界もきらい。いまはなによりこの町営バスがきらい。毎日、学校が終わると校門前から町の中心街行きの九七番バスに乗り、母が借りた小さなアパートのある通りの端までもどる。その日、スカーレットは四月の強い風に吹かれながら三十分近くも待っていたが、九七番バスがいっこうにこないので、そのうちにやってきた「中心街」行きという一二一番バスに乗りこんだ。ところが、いつものバスが右に曲がるところで、このバスは左に曲がってオールドタウンにむかった。町役場の旧庁舎前の広場を通りすぎ、ジョサイア・ワージントン准男爵の彫像の前を通りすぎて、背の高い家の並ぶ坂道をくねくねと上りだすと、スカーレットの心は沈み、みじめな気持ちが怒りにとってかわった。

スカーレットはバスの二階から一階に下りて、前のほうに歩いていった。運転中は運転手に話しかけないでくださいという表示を横目に見ながらいった。「すみません。アカシア通りに行きたかったんですけど」

運転手は大柄な女性で、スカーレットより黒い肌をしていた。「それなら九七番バスに乗らなくちゃ」

「でも、このバスは町の中心にむかうんですよね？」

「終点はね。でも、アカシア通りに行くには、そこからもどらなくちゃいけないわよ」運転手はため息をついた。「ここで降りたほうがいいわ。丘を下りると、旧町役場庁舎の前にバス停があるから、四番か五八番に乗りなさい。どちらもアカシア通りのそばまで行ってくれるから。スポーツセンターのそばで降りて、そこから歩けばいいわ。わかった？」

「四番か五八番ですね？」

「ここで降ろしてあげるわ」そこは乗降する客がいるときだけ停車するバス停で、丘の途中にあった。開けはなたれた大きな鉄の門を通りすぎたあたりだ。その門はいかにも陰気で、近寄りがたい。スカーレットがドアの開いた昇降口で立ちつくしていると、運転手がいった。「さあ、降りて」スカーレットが舗道に降りたとたん、バスは黒い煙を吐きだして、走り去った。

風が塀のむこうの木々をざわめかせている。

スカーレットは丘を歩きはじめた。だから、携帯電話を持たせてほしいといったのに。わたしの帰りが五分でも遅れれば、ママは大騒ぎするくせに、まだ携帯を買ってくれない。あーあ、またママとやりあうことになりそう。こんなことはいままでにもあったし、これからもなくなりそうにない。

ふと気がつくと、開いた門の前まで来ていた。ちらっとなかをのぞいてみると……。

「なんか変」スカーレットは声に出していった。

〝デジャヴュ〟という言葉がある。前にもここに来たことがあるとか、夢に見たことがあるとか、心に思いえがいたことがあるとか、そんなふうに感じることをいう。スカーレットにも経験がある。先生が休日にスコットランドのインヴァネスという街に行ってきたことを話しだす前からそんな気がした、とか、だれかがスプーンを落とすのを見て、前にもこの人はこんなふうに落としたなと思いだした、とか。だが、いま感じているのは、それとはちがう。前にここに来たことがあるような錯覚にとらわれているのではない。もっとたしかな記憶だ。

スカーレットは開いた門を通りぬけ、墓地へ入っていった。

カササギが飛んできた。黒と白とつややかな緑がひらめいたかと思うと、イチイの木の枝に留まってこちらを見た。あの角を曲がったら、礼拝堂があるはず、とスカーレットは思った。その前にベンチがあったはず。角を曲がると、思ったとおり礼拝堂があった。頭に思いえがいていたよりずっと小さい。灰色の石でできた不気味なゴシック調のずんぐりした建物で、尖塔が突きでている。その前には、風雨にさらされた木のベンチ。スカーレットはベンチまで歩いていって腰かけ、小さな子どものように足をぶらぶらさせた。

「もしもし、ちょっとよろしいかな？」後ろから声がした。「図々しいお願いですまないが、これを押さえていてもらえないだろうか？　ご迷惑でなければ、両手を貸していただけると、大変ありがたい」

スカーレットが振りかえると、茶色のレインコート姿で墓石の前にしゃがみこんでいる男が目に入った。大きな紙を風に吹きとばされないようにつかんでいる。スカーレットはすぐに駆けよった。

「ここを押さえていてくれるかね？」男はいった。「片手はここ、もう片方の手はここだ。そう、それでいい。こんなことを頼んですまないね。ああ、本当にありがたい」

男は脇に置いたビスケットの缶から、小さなロウソクくらいのクレヨンのようなものをとりだした。それから、慣れた手つきで墓石に当てた紙をクレヨンのようなものでこすりだした。

「さあ、こうすると」男は陽気にいった。「浮かびあがってくるのは……おっと、下のほうはちょっとうねっているな。これはツタだろうな。ヴィクトリア時代の人たちは好んでさまざまなものにツタをあしらったんだ。ツタには象徴的な意味があってね……さあ、できた。もう放していい」

男は立ちあがり、片手で白髪まじりの髪をかきあげた。「おやおや、座りっぱなしはよくないな。脚がしびれてしまった。ところで、これをどう思うかね？」

墓石そのものは緑と黄のコケにおおわれ、表面もすりへっていたので、なにが書いてあるのかほとんど読めなかったが、紙にこすりだしたほうには文字がくっきり浮きあがっていた。「マジェラ・ゴッドスピード　生涯独身　一七九一―一八七〇年　みなの心に記憶のみを残して去る」スカーレットは読みあげた。

「いまでは記憶さえも失われてしまったのだろうな」男はいった。髪が薄く、小さな丸眼鏡越しにおずおずとほほえみかけてくるところは、なんとなく人なつこいフクロウを思わせる。

大きな雨粒が紙に落ちた。男はあわてて紙を丸め、クレヨンの缶をつかんだ。雨粒が何滴か落ちてきた。男が近くの墓石に立てかけておいた書類鞄を指さしたので、スカーレットが拾いあげ、男のあとから礼拝堂の狭いポーチに駆けこんだ。ここなら雨にぬれずにすむ。

「どうもありがとう」男がいった。「まあ、本降りにはならないと思うが。天気予報では午後は晴れるといっていたから」

その言葉にこたえるかのように、冷たい風が吹きつけ、雨が激しく降りだした。

「きみの考えていることがわかるよ」墓石の拓本をとっていた男はスカーレットにいった。

「えっ？」ちなみにスカーレットが考えていたのは、ママに殺されちゃう、だ。

「これは教会だろうか、葬儀場だろうか、と考えていたのではないかね？　調べてみたところ、ここには小さな教会があったそうだ。この墓地は、もとはといえば教会附属の墓地だったんだよ。ずっと昔の話だ。紀元八世紀か九世紀だろう。その後、何度も再建され、拡張されてきた。だが、一八二〇年代に火災に見舞われたころにはすでに、この地区の教会としては狭くなっていた。ここらの人たちは村の広場にある聖ダンスタン教会を教区教会として使っていたので、ここの教会を葬儀場に建てなおしたそうだ。もとの特徴はほぼ残っている。たとえば、奥の壁のステンドグラスはもとのままだという話だし……」

「そうじゃなくて」スカーレットはいった。「ママに殺されるだろうなって考えていたんです。バスをまちがえちゃって、帰りがいつもよりずっと遅くなってしまったから……」

「それはそれは気の毒に。そうだ。わたしはこの道を下ったところに住んでいる。ここで待ってなさい」男はそれだけいうと、書類鞄とクレヨンの缶、丸めた紙をスカーレットの手に押しつけて、降りしきる雨のなかへ出ていった。背を丸めて小走りに門にむかう。数分後、車のヘッドライトが見え、クラクションが鳴った。

スカーレットが門まで走っていくと、車が見えた。古いグリーンのミニだ。さっきまで話していた男が運転席に座っていて、窓を下げた。

「ほら、乗りなさい。どこまで送っていけばいいかね？」

スカーレットはその場を動かなかった。雨が首筋をつたう。「知らない人の車には乗らないことにしてるんです」

「もちろんそうだ。だが、情けは人のためならず……あ、いや、なに。さあ、びしょぬれになる前に荷物をうしろに載せてくれないか」男が助手席のドアを押しあけた。スカーレットは車内に身を乗りだし、墓石の拓木をとる道具を後部座席に置いた。男がいった。「どうだろう？　お母さんに電話をして、この車のナンバーを連絡してみては？　電話ならわたしのを貸してあげる。車のなかで電話をするといい。そこにいてはぬれてしまう」

スカーレットはためらった。雨にぬれた髪が額や首に張りつき、寒くなってきた。男が携帯電話を手渡した。スカーレットは電話を見つめた。車に乗るより、母に電話をするほうが怖い。そう気づいて、男にいった。「警察に電話をすることだってできますよね？」

「もちろんだとも。歩いて帰ってもいいし、ただお母さんに電話をして、迎えにきてほしいと頼んでもいい」

スカーレットは助手席に乗りこみ、ドアを閉めた。男の電話は握りしめたままだ。

「どこに住んでいるのかね？」男がたずねた。

「あ、いいえ、いいんです。あの、バス停まで送っていただければ……」

「家まで送ってあげるよ。住所は？」

「アカシア通り一〇二aです。本通りをはずれて、大きなスポーツセンターをちょっと通りすぎたあたりなんですけど……」

「ずいぶん遠まわりをしてしまったようだね。よし、わかった。家まで送ろう」男はハンドブレーキを下げ、車をUターンさせると、丘を下りていった。

「ずっとこの町に住んでいるのかね？」

「いいえ、クリスマスのすぐあとに引っこしてきたばかりなんです。でも、五歳まではこの近くに住んでいました」

「きみの言葉には地方のなまりがあるようだね」

「十年間、スコットランドに住んでたんです。むこうではこれが普通だったんですけど、こっちではやけに目立っちゃって」スカーレットは冗談めかしていおうとしたが、これはまぎれもない事実だった。自分でもはっきりなまりが感じられる。おもしろくなんかない。不愉快なだけだ。

男はアカシア通りまで車を走らせ、スカーレットの家の前に停めると、自分も玄関までいっしょに行くといいはった。ドアが開くと、男はいった。「まことに申しわけありませんでした。勝手ながらお嬢さんをお送りさせていただきました。お母さんのしつけが行きとどいているんでしょう。知らない人の車に乗るわけにはいかないとおっしゃっていたのですが、この雨のなか、バスをまちがえて町の反対側まで行ってしまわれたようで、たいそうお困りだったんです。どうかお怒りにならないで、お嬢さんを許してあげてください。それから、その、わたしのことも」

スカーレットはふたりまとめて母に怒鳴られることを覚悟していたので、そうならなかったことに驚き、ほっとした。母はこういっただけだった。ええ、このごろはどれだけ用心しても足りないくらいですからね。ミスター、えっと、先生、お茶でも召しあがっていってくださいな。

ミスター・〝えっと〟はこうこたえた。わたしはフロストといいますが、どうぞジェイとお呼びください。ミセス・パーキンズは笑顔でこたえた。では、わたしのことはヌーナとお呼びくださいな。いまお湯をわかしますから。

スカーレットは紅茶を飲みながら、その日の冒険を母に話して聞かせた。バスを乗りまちがえ、墓地の前で下車したこと。小さな礼拝堂のそばでミスター・フロストに出会ったこと……。

ミセス・パーキンズがティーカップを落とした。

三人は台所のテーブルを囲んで座っていたので、カップはテーブルに落ちただけで割れずにすんだ。お茶がこぼれただけだ。ミセス・パーキンズはぎこちなくあやまり、シンクからふきんをとってきて、こぼれたお茶を拭(ふ)きとった。

それからいった。「丘の上の墓地ですって？　オールドタウンの？　あの墓地のこと？」

「わたしはあの近くに住んでいましてね」ミスター・フロストがいった。「多くの墓石の拓本をとってきました。じつは、あそこは自然保護区なんですよ」

「存じてます」ミセス・パーキンズは唇をかみしめるようにしていった。「スカーレットを送ってきてくださって、本当にありがとうございます、ミスター・フロスト」一語一語がアイスキューブのように冷たく響く。そして、最後にこうつけくわえた。「そろそろお引きとりいただけますか？」

「それはいささか乱暴ですな」フロストは愛想よくいった。「奥さんのお気持ちを害するつもりはなかったのですが。わたしの申しあげたことがお気にさわったのでしょうか？　拓本といいましたが、それは郷土史研究の一環として行っていることで、骨を掘りだすとか、そんなことをしているわけではありません」

心臓がひとつ鼓動するあいだ、スカーレットは母がミスター・フロストをぶつのではないかと思った。「すみません。家庭の問題なんです。あなたが悪いわけではありません」ミセス・パーキンズはつとめて明るい口調でいった。「スカーレットは幼いころ、あの墓地でよく遊んでいたんです。もう十年前になるかしら。想像の友だちもいました。ノーボディという小さな男の子です」

ミスター・フロストの口の端に小さな笑みが浮かんだ。「幽霊ですか？」

「いいえ、そうではないと思います。あそこに住んでいたんです。スカーレットはその子が住んでいるお墓まで教えてくれました。ということは、やっぱり幽霊になるのかしら？　覚えてる？」

スカーレットは首を振った。「わたしって変な子どもだったのね」

「いや、少しも、その、変ではないと思うよ」ミスター・フロストはいった。「いいお嬢さんにお育てになりましたね、ヌーナ。新しい友人ができるというのはうれしいものですな。おいしいお茶をごちそうさま。それでは、そろそろお暇（いとま）します。これから夕食を作って、地域の歴史協会の会合に行かなくてはならないので」

「自炊なさってるんですか？」ミセス・パーキンズがたずねた。

「ええ、作ってますよ。といっても、冷凍食品を解凍するだけですが。レトルト食品の達人でもあります。どうせひとりで食べるだけですからね。ひとり暮らしなんです。気むずかしい年寄りの独身男ですから。新聞にそう書かれると、決まってゲイなんですが、わたしはゲイではありません。これはという女性に出会わなかっただけなんです」一瞬、ミスター・フロストは悲しそうな顔をした。

ミセス・パーキンズは料理がきらいなくせに、週末にはいつも料理を作りすぎてしまうんですといいながら、ミスター・フロストを玄関へ案内した。ミスター・フロストが土曜の夜に喜んでごちそうになりにうかがいますとこたえるのが聞こえてきた。

ミセス・パーキンズは玄関からもどってくると、スカーレットにひとことこういった。

「宿題は終わったの？」

その夜、スカーレットはベッドに横になり、表の道を行きから車の音に耳を澄ましながら、午後のできごとを考えていた。幼いころ、わたしはあそこに行ったことがあるんだわ。あの墓地に。なにもかも見おぼえがあるように感じられたのは、そのせいだったんだ。

スカーレットは想像をめぐらし、記憶を呼びおこしているうちに眠りこんでしまったが、夢のなかでも墓地の小道を歩いていた。夜なのに昼間のようにすべてがくっきり見える。丘の斜面だ。同じ年ごろの男の子が背をむけて立ち、町の明かりを見つめている。

スカーレットはいった。「ねえ、なにしてるの？」

少年が振りむいた。目の焦点を合わせるのに苦労しているようだ。「だれ？」ときいたあと、しばらくしてからいった。「ああ、なんとなく見えてきた。夢歩きをしてるのか？」

「そうね。夢を見てるんだと思う」

「そういう意味じゃないよ。こんばんは。ぼくはボッド」

「スカーレットよ」

ボッドははじめて見たという顔でもう一度スカーレットを見た。「たしかにきみだ！どこかで見たことがあると思ったんだ。今日、墓地にいただろう？　紙を持った男といっしょに」

「ミスター・フロストのことね。とてもいい人よ。車で家まで送ってくれたの」それから、スカーレットはたずねた。「わたしたちを見てたの？」

「ああ。墓地で起こっていることにはたいてい目を光らせてるんだ」

「ボッドって、どういう名前なの？」

「ノーボディの略だよ」

「そうか、なんの夢を見てるかわかったわ！　あなたはわたしの小さいころの想像の友だちが成長した姿ね」

ボッドはうなずいた。

背はスカーレットより高い。灰色の服を着ているが、なんとも表現のしようがない服だ。髪はやけに長い。最後に髪を切ってからずいぶんたっているにちがいない。

「あのときみは本当に勇敢だった。いっしょに丘の奥深くへ下りていって、藍色の男を見て、スリーアに遭った」

そのとき、スカーレットの頭のなかでなにかが起こった。頭のなかをすばやくよぎるものがある。闇が渦巻き、イメージがぶつかりあう……。

「思いだした」スカーレットはいった。だが、そのときにはひとりきりの真っ暗な寝室にもどっていて、返事はなかった。ただ遠くから夜の闇を越えてトラックの低いうなりが聞こえてくるばかりだった。

ボッドの食料のたくわえはあった。長持ちする食べ物が礼拝堂の地下に保管してあるし、冷え冷えとした墓所や地下納骨所や霊廟にも隠してある。サイラスが用意しておいてくれていた。これで二か月はもつ。サイラスやミス・ルペスクがいないかぎり、墓地を出るわけにはいかない。

墓地の門の外の世界は恋しかったが、そこが安全でないことはわかっている。いまはまだ危険だ。一方、墓地はボッドの世界であり、領域だ。墓地を誇りに思っているし、十四歳の少年なりに愛している。

しかし……。

墓地では、だれひとり変わることがない。ボッドが小さいころにいっしょに遊んでいた幼い子どもたちは、いまも幼いままだ。かつてボッドの親友だったフォーティンブラス・バートルビーもいまでは四、五歳下になってしまい、顔を合わせても、話すことはあまりなかった。ボッドと身長と年が同じくらいになったサッカレー・ポリンジャーは、気性もずいぶん穏やかになったようだ。夕方はボッドと散歩をし、友だちの身に起こった不運なできごとを話してくれる。たいていは、友人がなにも悪いことをしていないのにまちがってしばり首になったところで終わるが、アメリカの植民地に送られただけですんだ友人もいたらしい。彼らはイギリスにもどらないかぎり、しばり首をまぬがれることができたとのことだ。

六年前から友人だったライザ・ヘムストックは、べつの意味で変わってしまった。ボッドがイラクサのはびこっているところまで会いにいっても、出てきてくれない。たまに姿を見せても、怒りっぽく、けんか腰で、ひどい態度をとることが多い。

ボッドがミスター・オーエンズに相談すると、父は少し考えてからいった。「女とはそういうものなのだろうな。ライザは幼いおまえが好きだった。だが、すっかり成長したおまえを見て、おまえのことがよくわからなくなってしまったのだろう。昔、わたしにも女の子の遊び相手がいて、その子がおまえくらいの年になるまで、毎日のように池のほとりで遊んだものだ。ところがある日、その子がいきなりわたしの頭にリンゴを投げつけて、口もきいてくれなくなった。わたしが十七歳になるまでな」

ミセス・オーエンズが鼻を鳴らした。「わたしが投げたのはナシですよ」辛らつな口調でいう。「それにもっと早く口をきいたわ。だって、あなたのいとこのネッドの結婚式でダンスをしたじゃありませんか。あれはあなたが十六歳になった二日後でしたよ」

「もちろんおまえのいうとおりだとも」ミスター・オーエンズはどうでもいいさといわんばかりにボッドにウィンクする。しかし声は出さずに「十七」と口を動かし、あくまで自分が正しいと主張した。

ボッドは生きている人間とは友だちにならないようにしてきた。友だちを作るのは、トラブルのもとだ。それは短い学校生活のあいだで身にしみた。それでも、スカーレットのことは覚えていた。スカーレットが引っ越したあとも恋しくてならなかったが、何年かたつうちに、もう二度と会えないかもしれないという事実を受け入れるようになった。それからずいぶん時がたっている。ところが、スカーレットがふたたびこの墓地にあらわれてみると、自分はスカーレットのことをなにもわかっていなかったと感じる……。

ボッドは墓地の北西部を歩いていた。ツタや木々がもつれるなかへどんどん踏みこんでいく。「危険　立入禁止」という看板が立てられていたが、そんな看板は必要ない。エジプト風の壁に死者たちの永遠の休息所に続く黒い扉が並ぶ、エジプト通りの端まで来ると、ツタがはびこり、からみあっていて、いかにも近寄りがたく、身の毛がよだつ。北西部では百年ほど前から墓地が自然にもどろうとしているようで、墓石は倒れ、墓穴は緑のツタと半世紀分の落ち葉の下に埋もれて、忘れられていた。通路もいつのまにか隠れてしまい、通れなくなっている。

ボッドは慎重に歩いていった。このあたりのことはよく知っているし、危険だということもわかっている。

九歳のとき、ここを探検していたら、足もとの土が崩れて、五、六メートル近くもある穴のなかに転がりおちた。その墓はたくさんの棺をおさめられるように深く掘ってあったが、墓石はなく、底に棺がひとつあるだけだった。その棺に入っていたのは、カーステアズという名の感情の起伏の激しい医師で、ボッドが来て興奮したらしく、ボッドの手首を診察するといってきかず（落ちたとき、根っこにつかまろうとして、手首をひねってしまった）、手当てがすむまで助けを呼びにいこうとしなかった。

ボッドは腐りかけた落ち葉やからみあうツタを踏みしめていた。キツネが巣を作り、倒れた天使像がなにも見えない目をむけてくる、こんな場所を歩いているのは、詩人と話したかったからだ。

ネヘミア・トロットというのが詩人の名前だ。緑に埋もれた墓石にはこう刻まれている。

詩人
ネヘミア・トロット
ここに眠る
一七四一―一七七四
白鳥は 死の前にうたう

ボッドはいった。「ミスター・トロット、助言をもらえる?」

ネヘミア・トロットは蒼白い顔を輝かせた。「喜んで、勇気ある少年よ。詩人の助言は、いうなれば国王の真心。いかなる膏薬でそなたの、いや、膏薬ではないな。いかなる香油でそなたの痛みをやわらげようぞ」

「痛みがあるわけじゃないんだ。ただ――なんていうか、昔、知っていた女の子がいるんだけど、その子を捜して話をしたほうがいいのか、忘れてしまったほうがいいのか、迷ってるんだ」

ネヘミア・トロットはボッドより小柄な体を思いきりそびやかし、興奮ぎみに両手を胸に当てた。「おお！　ぜひともその少女のもとへ行き、乞い願うがよい。わがテルプシコラ、わがエコー、わがクリュタイムネストラ（テルプシコラはギリシャ神話の学問と芸術をつかさどる九人の姉妹神ムーサのひとり、エコーは森のニンフ、クリュタイムネストラはミケーネ王アガメムノンの妃）と呼び、詩をささげるのだ。力強い祝歌を。詩作にはわがはいが手を貸してやろう。そうすれば、否、そうしてこそ、心より愛する人の心を射とめることができよう」

「その子の心を射とめたいわけじゃないんだ。心から愛してるわけでもないし。ただ話したいだけなんだ」

「あらゆる器官のなかでも、舌ほど感嘆すべきものはない。美味なるワインを味わうにも、苦き毒を味わうにも舌を使う。あるいはまた、同じ舌を使って、人は甘き言葉も、不快な言葉も発する。その娘のもとへ行きたまえ！　そして話をするのだ！」

「やっぱりやめておくよ」

「それはいかん！　行動あるのみだ！　この戦い、負けるにしろ、勝つにしろ、わがはいが書きとめようぞ」

「だけど、だれかひとりにでも姿を消すわざを解いたら、ほかの人にも姿をあっさり見られるようになるって……」

ネヘミア・トロットはいった。「いいか、若きレアンドロス、若きヘーロー、若きアレクサンドロスよ（レアンドロスとヘーローはギリシャ神話に登場する恋人たち、アレクサンドロスはスパルタ王妃ヘレネを誘拐し、トロイ戦争を引きおこしたトロイの王子パリスの別名）。思いきって挑まぬのなら、人生を終えても、なにひとつ手に入れることはできぬぞ」

「たしかにそうだね」ボッドは会心の笑みを浮かべた。詩人に助言を求めることを思いついてよかった。だいたい詩人が賢明な助言をくれないのなら、ほかにだれを頼れというんだ？　それで思いだした……。

「ミスター・トロット、復讐（ふくしゅう）についても教えてくれない？」

「復讐とは、冷めてから食すのがもっとも美味な料理」ネヘミア・トロットはいった。

「その場の勢いで復讐をしてはならぬ。時が味方をしてくれるまで待つことだ。グラブ街にオリアリーという三文文士がいた。ついでにいうなら、アイルランド人だったのだが、生意気にも、この男、わがはいのささやかな処女詩集『上流紳士にささげる特撰（とくせん）詩集』をなんの価値もないへっぽこ詩集とけなし、ページをちぎってべつの用にあてたほうがよいとまでいいおった。その用とは、なんと――いや、とても口にはできぬ。これほど低俗ないいぐさはないとだけいっておこう」

「だけど、報復はしたんだよね？」ボッドは気になってたずねた。

「本人はもちろんのこと、子子孫孫にいたるまで、やつの汚れた血をひく者どもに報復してやったとも！　そうとも、復讐は果たした。それもじつに恐ろしい復讐だ。わがはいは告知の手紙を書き、ロンドン中のパブのドアに貼りつけた。卑しい物書き連中はパブに頻繁に通っていたのでな。内容はこうだ。天才詩人とは繊細なものゆえ、今後、わがはいはおのれと後世の人々のためにのみ詩を書くこととする。わがはいがこの世にあるかぎり、おまえたちにはわがはいの詩を読ませてやらぬ！　そして、わがはいが死んだら、詩も未発表のまま、ともに埋葬するよう指示を残した。後世の人々がわがはいの才能に気づき、何百行という詩が失われたことに――そう、失われたことに！――気づいたときようやく、わが棺が掘りだされるであろう。そのときになってはじめて、わがはいの詩がこの冷たき手よりとりもどされ、公表されて、絶賛され、みなの喜びとなる。時代の先を行くのはまったくつらいことなのだ」

「ネヘミアが死んだあと、詩は掘りだされて印刷されたの？」

「いや、まだだ。だが、時間はいくらでもある。後世とは果てしがないからな」

「じゃあ……それがミスター・トロットの復讐？」

「さよう。はなはだ効果的かつ狡猾（こうかつ）なる復讐だ！」

「ふうん」ボッドはぴんとこない顔でいった。

「冷めてから・食すのが・もっとも美味だ」ネヘミア・トロットは胸を張った。

　ボッドは墓地の北西部を離れ、エジプト通りを抜けて、からまるツタもなく、それほど荒れていない小道にもどった。日が暮れるころ、ふたたび古い礼拝堂までやってきた。

　サイラスが旅先からもどってきていると思ったわけではない。夕方に礼拝堂を訪れるのが癖になっていて、生活のリズムを崩したくなかったからだ。どちらにしろ腹も空（す）いていた。

ボッドは扉を抜け、地下の納骨所へ下りていった。しっけて隅が丸まった教区の記録簿がつまった段ボール箱を動かし、オレンジジュースのパック、リンゴ、箱入りのスティックパン、チーズを出して、食事をしながら考えた。スカーレットを捜すべきだろうか？　捜すとしたら、その手段は？　夢歩きをするという手はある。スカーレットも夢歩きで自分のもとへあらわれたのだから……。

ボッドは外に出た。すでに人がいた。灰色の木のベンチに座るつもりだったが、なにかが目に入り、ためらった。だれかがベンチに座って、雑誌を読んでいる。

ボッドは姿を消し、墓地の一部になった。もう影か小枝と変わらない。

だが、彼女は顔を上げ、まっすぐボッドのほうを見た。「ボッド？　ボッド？」

ボッドはしばらく黙っていたが、やがて口を開いた。「どうしてぼくが見えるんだ？」

「ほとんど見えないわ。最初は影かなにかのなかにいるのかと思ったの。でも、夢にあらわれたときと同じで、だんだんはっきり見えてきたの」

ボッドはベンチに近づいた。「それ、本当に読んでるの？　きみには暗すぎない？」

スカーレットは雑誌を閉じた。「それが変なの。暗すぎると思うでしょ？　だけど、ちゃんと読めるの。なんの問題もないわ」

「スカーレットは……」ボッドの言葉がとぎれる。自分でもなにをききたいのかよくわからない。「スカーレットはひとりでここに来たの？」

スカーレットはうなずいた。「学校が終わってから、ミスター・フロストが墓石の拓本をとるのを手伝ってたの。そのあと、しばらくここに座って考えごとがしたいっていったのよ。それがすんだら、お茶をごちそうになって、それから家に送ってもらう約束。ミスター・フロストは理由もきかなかったわ。自分も墓地に座っているのが好きだといっただけ。墓地は世界でいちばん安らげる場所じゃないかって」それから、ボッドにいう。「ボッドって、ハグできるの？」

「ハグしたい？」

「ええ」

「そう」ボッドは少しだけ考えた。「スカーレットがそうしたいなら、ぼくはかまわないよ」

「手がボッドの体を突きぬけたりしない？　本当にそこにいるの？」

「突きぬけたりしないよ」ボッドがいうと、スカーレットが腕をまわし、ぎゅっと抱きしめた。息ができないほどだ。「痛いよ」

スカーレットは手を離した。「ごめん」

「いや、いいんだ。思ったより腕の力が強かっただけ」

「ボッドが本当に存在するのか知りたかったの。何年ものあいだボッドはわたしの頭のなかにしかいないと思ってたから。そのうちに忘れてしまってた。でも、わたしがでっちあげたんじゃなかったのね。ボッドはもどってきたんだもの。わたしの頭のなかにも、この世界にも」

ボッドはほほえんだ。「スカーレットはいつもコートみたいなのを着てた。オレンジ色のやつ。あれと同じオレンジを見るたび、スカーレットを思いだしたんだ。あのコートはもうないんだろうね」

「ええ。もうとっくにね。いまのわたしには小さすぎるもの」

「そりゃそうだ」

「もう帰らなきゃ」スカーレットはいった。「でも、週末にはまた来られると思う」それから、ボッドの顔に浮かんだ表情を見てつけくわえた。「今日は水曜日よ」

「待ってる」

スカーレットは立ち去りかけていった。「次に来るときは、どうしたらボッドを見つけられる？」

「ぼくが見つけるよ。心配いらない。ひとりでいてくれれば、見つけるから」

スカーレットはうなずき、去っていった。

ボッドは墓地へもどり、丘を上って、フロービシャー家の霊廟までやってきた。なかには入らない。ツタの太い根を足がかりにして、建物の横からはいのぼり、石板の屋根に登った。そこに座って、墓地のむこうに広がる動く世界を見ながら考えこむ。スカーレットに抱きしめられたこと、そのとき、ほんの一瞬だが、守られているような気持ちになったことを思いだす。墓地の外を安全に歩くことができたら、どんなに気持ちがいいだろう。自分の小さな世界の主人になれたら、どんなにうれしいだろう。

スカーレットはいった。お茶はけっこうです。お気遣いなく。チョコクッキーもけっこうですから。ミスター・フロストは心配した。

「はっきりいって、幽霊でも見たような顔をしているじゃないか。まあ、幽霊を見たいなら、墓地は絶好の場所だが……なんというか、以前、自分の飼っている鳥が霊にとりつかれたといいはっていたおばがいてね。コンゴウインコだった。あ、いや、おばではなく、その鳥のことだがね。おばは建築家だった。くわしいことはよくわからなかったが」

「わたしはだいじょうぶ」スカーレットはいった。「今日は長い一日だったから」

「では、家まで送っていこう。これはなんと書いてあるかわかるかね？　三十分考えていたんだが」ミスター・フロストは小さなテーブルに置いた墓石の拓本を指さした。四隅にジャムの瓶が置かれ、丸まらないようにしてある。「この名前は、グラッドストンの親戚だろうか？　十九世紀に首相をつとめたウィリアム・ユーアート・グラッドストンの親戚かなにかかもしれないな。だが、それ以外はさっぱりわからない」

「残念ながらわたしにもちょっと。でも、土曜日に墓地に行ったら、もう一度見てきます」

「お母さんは来てくれそうかね？」

「朝、ここに送ってくれるといってました。そのあと、夕食の買いものに行かないといけないみたい。ローストチキンを作る予定なんです」ミスター・フロストが期待に顔をかがやかせた。

「ローストポテトも出してもらえそうかね？」

「はい、たぶん」

ミスター・フロストはうれしそうだ。「わざわざ用意していただくのは心苦しいが」

「母が好きでやってることですから」スカーレットはいった。それは本当だ。「では、家まで送っていただけますか？　ご親切に感謝します」

「どういたしまして」ミスター・フロストはいった。ふたりは幅が狭く高さのある家の階段をいっしょに下りていき、狭い玄関ホールにむかった。

ポーランドの古都クラクフのヴァヴェルの丘には、竜の洞窟と呼ばれる洞穴がある。はるか昔に死んだドラゴンにちなんだ名で、よく知られた観光スポットだ。しかし、その下には観光客の知らない洞穴、観光客が決して訪れない洞穴が存在する。それは地中深くにあり、住人がいる。

まずサイラスが行き、すぐうしろからミス・ルペスクの灰色の巨体が手と膝をついて静かについていく。そのあとにカンダーが続く。包帯におおわれたアッシリアのミイラで、力強いワシの翼、ルビーのような目を備え、小さなブタを抱えている。

もとは四人だったが、ずっと上の洞穴でハールーンを失った。イフリートという種族

（『アラビアン・ナイト』などに登場する炎の精霊）は自信過剰に生まれついていて、三枚の磨きあげられたブロンズの鏡でしきられた空間にうっかり踏みこんで、閃光にのみこまれたのだ。数秒後にはイフリートは鏡のなかにしか見えなくなり、現実の世界には存在しなくなった。鏡のなかで燃えるような目を大きく見開き、口を動かしていた。逃げろ、気をつけろ、と仲間に叫んでいるようだった。そのあと、姿が消えて、それきりになった。

鏡にとらわれる恐れのないサイラスが、鏡の一枚をコートでおおい、鏡のトラップを無効にした。「これで三人になってしまったな」サイラスがいった。

「ブタもいるぞ」カンダーがいった。

「なぜ？」ミス・ルペスクが狼の牙のあいだから狼の舌を出す。「なぜブタなど連れてきたのです？」

「幸運を呼ぶためだ」カンダーがいった。

ミス・ルペスクがうなった。あまり納得していないようだ。

「ハールーンはブタを持っていなかっただろう？」カンダーはたずねた。

「シッ」サイラスがいった。「やつらが来る。音からすると、ずいぶんいるぞ」

「来るなら来い」カンダーがささやく。

ミス・ルペスクが背中の毛を逆立てた。声は発しないが、備えはできている。頭をのけぞらせて咆哮をあげたくなるのを必死にこらえていた。

＊　　＊　　＊

「ここまで来ると、きれいね」スカーレットがいった。

「うん」

「じゃあ、ボッドの家族はみんな殺されたの？　犯人はわかってるの？」

「いや。どうかな。ぼくの後見人からは、犯人がまだ生きてるとしか聞いてないんだ。いつか自分の知っていることをすべて話すとはいってるけど」

「いつか？」

「ぼくに話してもだいじょうぶと判断したらってこと」

「その人、なにを恐れてるの？　ボッドが銃をとって、家族を殺した男に復讐するとでも思ってるわけ？」

ボッドは真剣な目でスカーレットを見た。「ああ、そうかも。銃を使う気はないけど、そのとおり。そうなんだ」

「冗談やめてよ」

ボッドはなにもいわなかった。唇を引きむすび、首を振る。「冗談なんかいってない」

よく晴れた土曜の朝だった。ふたりはエジプト通りの入口となっているアーチをくぐり、直射日光から逃れて、マツや枝を張ったチリマツの木陰に入った。

「後見人っていったっけ？　その人も死んでるの？」

「彼のことは話せないんだ」

スカーレットは傷ついた顔をした。「わたしにも話せないの？」

「ああ、きみにも」

「あ、そう。だったらいいわ」

「ごめん。ぼくはなにも——」ボッドがいいかけるのと同時にスカーレットがいった。

「ミスター・フロストと約束があるから、あまり長くいられないの。そろそろ帰ったほうがよさそう」

「わかった」ボッドはいった。スカーレットを怒らせてしまったのだろうか？　だが、なにをいったら、仲直りできるのかわからない。

ボッドはスカーレットが曲がりくねった小道を通って礼拝堂のほうへもどっていくのを見送った。聞きなれた少女の声があざけるようにいった。「なあに、あれ！　ミス・高慢ちきのお帰りだわ！」だが、姿はどこにも見えない。

ボッドはばつの悪い思いをしながらエジプト通りにもどった。ミス・リリベットとミス・ヴァイオレットの地下納骨所に、古いペーパーバックの入った段ボール箱を置かせてもらっている。なにか読むものを探しにいこう。

スカーレットは正午までミスター・フロストが墓石の拓本をとるのを手伝った。そのあと休憩して、昼食をとることにした。ミスター・フロストがお礼にフィッシュ＆チップスを買ってくれるというので、ふたりは丘のふもとの店まで行った。そのあと、紙袋で包んだ、酢と塩がたっぷりかかった揚げたてのフィッシュ&チップスを食べながら、来た道を引きかえした。

スカーレットはいった。「殺人事件について知りたかったら、なにを調べます？ インターネットはもう見たんですけど」

「ふむ。事件にもよるが、どういう殺人だね？」

「地元の事件だと思います。十三、四年前。この近くの家族が殺されたんです」

「なんと。それは本当かね？」

「ええ。あの、だいじょうぶですか？」

「それがどうも。ちょっと……その、意気地のない話だが、そういう、つまり、近くで実際に起こった犯罪のことなど考えたくないじゃないか。そんなことがここで起こったとは思いたくない。きみのような年ごろの女の子がそういうことに興味を持つとは思わなかったよ」

「わたしが知りたいわけじゃないんです」スカーレットはいった。「友だちが知りたがってるんです」

ミスター・フロストは白身魚のフライを食べおえた。「図書館に行ってみてはどうだね？ インターネットでは見つけられなくても、地元紙のファイルにならあるだろう。なぜそんなことを調べようと思ったんだね？」

「えっと」スカーレットはなるべく嘘をつきたくなかった。「知りあいの男の子にきかれたから」

「図書館が確実だよ」ミスター・フロストはいった。「殺人だって？　ぶるるる。考えただけでぞっとする」

「わたしもです。少しだけ」それから期待するようにいった。「よかったら、午後、図書館まで車で送っていただけませんか？」

ミスター・フロストは大きなポテトを半分にかみきり、もぐもぐかんだあと、がっかりした顔で残りの半分を見つめた。「ポテトというのはすぐに冷めてしまう。ついさっきまで熱々だったのに、どうしてこんなに早く冷めてしまうのか」

「すみません。図々しかったですね。あちこち送ってもらおうなんて——」

「いやいや。午後の段どりを考えていたんだよ。お母さんはチョコレートがお好きかな？　ワインとチョコレート、どちらがいいだろう？　いっそ両方にしようか？」

「図書館からは自分で帰れます。母はチョコレートが大好きです。それに、わたしも」

「では、チョコレートにしよう」ミスター・フロストはほっとしたようにいった。ふたりは丘に立ちならぶ、背の高いテラスハウスの列のまんなかまで来ていた。その外にグリーンのミニが停まっている。「乗りたまえ。図書館まで送っていこう」

図書館は、レンガと石でできた角張った建物だった。前世紀のはじめに建てられたのだという。スカーレットはあたりを見まわし、カウンターへ歩いていった。

司書がいった。「なにかさがしてるの？」

「古い新聞を見たいんです」

「学校の課題？」

「地元の歴史を調べてるんです」スカーレットはうなずいた。少なくともこれは嘘ではない。

「地元紙はマイクロフィルムにおさめて整理してあるわ」司書はいった。大柄な女性で、銀のフープイヤリングをつけている。スカーレットの胸の奥で心臓がドキドキしている。うしろめたさが顔に出て、あやしげに見えるのではないかと思ったが、司書は端末のようなものがずらりと並ぶ部屋に案内し、使いかたを教えてくれた。スクリーンには新聞が一面ずつ映しだされるらしい。「そのうちにデジタル化したいとは思っているんだけど。いつごろの記事を探しているの？」

「十三年か十四年くらい前です。それくらいしかわからないんです。でも、見ればわかると思います」

司書は五年分のマイクロフィルムをおさめた小さな箱を渡した。「がんばって」

スカーレットは一家が殺された事件なら第一面に掲載されているだろうと思ったが、ようやく見つけた記事は第五面に小さくのっているだけだった。事件が起こったのは十三年前の十月。くわしい説明はなく、事実を淡々と伝えるだけの記事だった。

建築家のロナルド・ドリアンさん（36）、出版業にたずさわる妻のカーロッタさん（34）、および長女のミスティちゃん（7）がダンスタンロード三十三番地の自宅で死体で発見された。殺人事件とのことで、警察関係者は、まだコメントのできる段階ではないとしながらも、重要な手がかりを追って捜査中だと話している。

家族が死んだ状況については触れていないし、行方不明の赤ん坊のことも書いていない。それから数週間分の記事にも目を通したが、補足記事はなかったし、警察もコメントを出していないようだ。もっとも、本当にコメントがなかったのか、たしかめようもない。

だが、この事件にまちがいない。ダンスタンロード三十三番地。この家は知っている。行ったこともある。

スカーレットはマイクロフィルムの箱をカウンターに返し、司書に礼をいったあと、四月の陽射しのなかを歩いて家に帰った。母は台所で料理をしていた。アパート中に充満している、シチューなべの底の焦げたにおいから判断すると、大成功とはいかなかったようだ。スカーレットは寝室に引きあげ、窓を大きく開けはなって、焦げくさいにおいを追いだした。そのあと、ベッドに座って電話をかけた。

「もしもし。ミスター・フロストですか?」

「やあ、スカーレット。今晩の予定に変更はないかね? お母さんはどうしてる?」

「ええ、万事順調です」スカーレットはこたえた。少なくとも、スカーレットが母にたずねたときには、そういわれた。「あの、いまのお宅にはいつから住んでいらっしゃるんですか?」

「いつから? そうだな、そろそろ四か月になるが」

「その家はどうやって見つけられたんですか?」

「不動産屋のウィンドーで見かけてね。空き家だったし、手の届く値段だったし。まあ、なんとかね。墓地まで歩いていけるところに住みたかったから、ちょうどよかったんだ」

「あの」スカーレットはどう切りだしたらいいのか迷ったあげくに、単純にこう告げた。「十三年前、その家で三人の人間が殺されているんです。ドリアン家の人たちが」

電話のむこう側で沈黙があった。

「ミスター・フロスト? そこにいらっしゃいます?」

「あ、ああ、いるとも、スカーレット。すまない。まさかそんなことを聞かされるとは思わなくてね。なにしろ古い家だ。過去にいろいろあっても不思議はないが、そうはいっても……いやはや、なにがあったって?」

スカーレットはどこまで話したものか迷った。「古い新聞に小さな記事が載っていたんです。住所が載ってただけで、たいしたことは書いてなかったんですけど。どんなふうに亡くなったのかとか、そういうことはわかりません」

「いやはや、驚いた」ミスター・フロストの口調には、意外にも強い興味がうかがえた。「いいかね、スカーレット、こういう問題こそ、われわれのような郷土史研究者の腕の見せどころだ。わたしにまかせてくれたまえ。できるかぎりのことを調べて、報告してあげよう」

「ありがとうございます」スカーレットはほっとした。

「きみがこうして電話をくれたのは、十三年前とはいえ、わたしの家で殺人があったとヌーナが知ったら、わたしに会うことも、墓地に行くことも止められるからなのだろう？　だったら、その、きみから話さないかぎり、わたしからはなにもいわないでおこう」

「ありがとう、ミスター・フロスト！」

「七時に会おう。チョコレートを持っていくよ」

ディナーはすばらしく楽しかった。焦げたにおいは台所から消えていた。チキンはおいしかったし、サラダはもっとおいしかった。ローストポテトは焼きすぎだったが、ミスター・フロストは大喜びで、自分はこれくらいのほうが好きだといって、おかわりまでした。

花はきれいだったし、デザートに食べたチョコレートも申しぶんなくおいしかった。

ミスター・フロストはそのままおしゃべりをしたりテレビを観たりして、午後十時になってようやく、そろそろ帰らなければならないといった。

「歳月と潮の流れと歴史研究は何人も待ってはくれませんからね」ヌーナの手をぎゅっと握り、スカーレットに共犯者めいたウィンクをしたあと、ドアから出ていった。

その夜、スカーレットは夢のなかでボッドを捜そうとした。ボッドのことを考えながら眠りにつき、自分がボッドを捜して墓地を歩いているところを思い描いたが、実際に見たのは、前の学校の友だちとグラスゴーの市街地をさまよっている夢だった。ある通りを捜しているのだが、どの道をたどってもことごとく行きどまりになるのだった。

クラクフの丘の地中深く、竜の洞窟と呼ばれる洞穴の下にある地下納骨所で、ミス・ルペスクがつまずいて倒れた。

サイラスがそばにしゃがみこみ、ミス・ルペスクの頭を両手で支えた。その顔は血で汚れている。一部はミス・ルペスク自身の血だ。

「わたくしのことはいいから、あの子を救って」ミス・ルペスクはいった。いまでは灰色の狼と人間の女性の中間の姿をしていたが、顔は女性だった。

「だめだ。置いてなどいけるものか」サイラスがいった。

そのうしろではカンダーが仔ブタを抱えている。人形を抱きしめた子どものようだ。左の翼はぼろぼろで、二度と飛べそうにないが、ひげの生えた顔は冷酷無比だ。

「やつらはまたもどってきます、サイラス」ミス・ルペスクがささやいた。「すぐにも日が昇るでしょう」

「なら」サイラスがいった。「敵の攻撃準備が整う前になんとかしなければ。立てるか？」

「ええ（ダー）。これでも神の猟犬ですからね。立ってみせますとも」ミス・ルペスクは暗がりをのぞきこむように頭を下げ、指を曲げた。ふたたび顔を上げたときには、狼の頭になっていた。前足を岩の上に置き、やっとのことで立ちあがる。クマより大きな灰色の狼の体と顔には血のしみがついている。

ミス・ルペスクは頭をのけぞらせ、怒りと挑戦のうなりをあげた。歯をむいたかと思うと、また頭を下げる。「さあ」ミス・ルペスクはうなった。「片をつけましょう」

日曜日の午後遅く、電話が鳴った。スカーレットは一階でさっきまで読んでいたマンガのキャラクターの顔をメモ用紙に描いていた。母が受話器をとった。

「あら、ちょうどあなたの話をしていたんですよ」母は事実とはちがうことをいった。「昨日は楽しかったです。ええ、本当に。いいえ、あのくらい手間でもなんでもありませんから。チョコレート？　おいしくいただきました。ええ、とても。スカーレットにもいっておいたんですけど、おいしい夕食を食べたくなったら、いつでもおっしゃってくださいね」しばらくして、母がいう。「スカーレットですか？　ええ、いますけど。いまかわりますね。スカーレット？」

「ここよ。ママったら、そんなに大声出さないで」スカーレットは受話器を受けとった。

「もしもし、ミスター・フロストですか？」

「スカーレットかね？」ミスター・フロストは興奮しているようだった。「その、前に話していた件だがね。ほら、わたしの家で起こった事件。きみの友人に伝えるといい。じつは――あ、いや、その前に、『きみの友人』というのは、本当はきみ自身のことじゃないのかね？　それとも、本当にきみの友人なのか？　個人的なことをきくようだが――」

「あのことを知りたがってる友人が本当にいるんです」スカーレットは考えこみながらこたえた。

母がいぶかるような視線をむけてきた。

「では、お友だちに話してあげなさい。少々掘りかえしてみた――あ、いや、文字どおりの意味ではなくて、あれこれ引っかきまわしたというか、あちこち調べてまわったんだが、どうやら真相をつきとめたようだ。埋もれていた真実に突きあたったというか。まあ、あまり人に広めていいような話ではないんだが……その、なんだ、いろいろわかったことがある」

「たとえば？」

「そうだな……どうかしていると思われそうなんだが、わたしが調べたかぎりでは、殺されたのは三人。そして、殺されなかった家族がひとり。どうも赤ん坊だったらしい。三人家族ではなく、四人家族だったんだよ。死んだのは三人だ。わたしに会いにくるようお友だちに伝えてくれないか？　わたしから直接話そう」

「伝えます」スカーレットはいった。受話器を置いたとき、スカーレットの心臓はスネアドラム（響線を張った小太鼓）のように鳴っていた。

ボッドは六年ぶりに狭い石段を下りた。足音が丘のなかの部屋に響きわたる。階段の下まで来ると、スリーアがあらわれるのを待った。待って、待って、待ちつづけたが、なにもあらわれなかった。ささやきも聞こえなければ、なにかが動く気配もない。

ボッドは部屋を見まわした。深い闇のなかでも、ボッドの目は死者と同じようによく見える。ボッドは床に置かれた石の台まで歩いていった。そこにはゴブレットとブローチと石のナイフが置かれている。

ボッドはナイフの刃に触れてみた。思っていたより鋭く、指がちくりとした。

それはスリーアの宝だ。三重の声がささやいたが、その声は記憶より小さく、ためらいがちに聞こえた。

ボッドはいった。「ここにいちばん古くからいるのはおまえたちだろう？　だから、話をしにきたんだ。アドバイスがほしい」

しばらく間があった。なにものもスリーアに助言をポめにくることはない。スリーアは守り、待つだけだ。

「知ってるよ。だけど、いまはサイラスがいないし、ほかにだれに話したらいいのかわからないんだ」

こたえは返ってこなかった。返ってきたのは沈黙だけ。埃(ほこり)が漂い孤独のしみついた沈黙だけだった。

「どうしたらいいのかな」ボッドは正直に打ちあけた。「家族を殺したやつ、ぼくを殺したがってるやつを突きとめることができそうなんだ。だけど、それには墓地を出なきゃいけない」

スリーアはなにもいわなかった。煙のような触手が部屋のなかでゆっくりうねりはじめた。

「死ぬのが怖いんじゃない」ボッドがいった。「ただ大好きな人たちがぼくのためにたくさんの時間を割いてくれたことを思うとさ。大勢の人がぼくを守り、いろんなことを教えてくれたんだ」

ふたたび静寂。

やがてボッドはいった。「自力でなんとかするしかなさそうだな」

そうだ。

「話はそれだけだ。邪魔して悪かった」

そのとき、ボッドの頭のなかに声がささやきかけてきた。するりと忍びこむような声だ。スリーアはご主人さまがおもどりになるまで宝を守るべくここに配された。おまえがわれらのご主人さまか？

「いや」ボッドはいった。

すると、期待のこもった、すがるような声が返ってきた。われらの主人となる気はないか？

「悪いけど」

おまえがご主人さまなら、永遠にわれらのとぐろのなかにとどめおくこともできよう。おまえがご主人さまなら、時の終わるときまで安全にお守りし、断じて世の危険にさらしはせぬ。

「ぼくはおまえたちの主人じゃない」

そうか。

ボッドはスリーアが心のなかでのたうつのを感じた。ならば、おまえの名を探すがよい。とたんにボッドの心は空っぽになり、部屋も空っぽになって、ボッドはひとり残された。

ボッドは慎重に、だが急いで階段を上った。心は決まった。すぐにも行動に移さなければ。決意がまだ心のなかで燃えているうちに。

スカーレットは礼拝堂のそばのベンチで待っていた。「で？」

「行くよ。こっちだ」ふたりは並んで墓地の門へ続く道を歩いていった。

＊　＊　＊

三十三番地は、テラスハウスのまんなかに位置する、高く、ひょろっとした印象の家だった。赤レンガ造りで、これといった特徴もない。ボッドはこの家を不安げに見つめた。なつかしい気もしなければ、特別な感じもしないのはなぜだろう？　ほかの家と同じ、ただの家だ。正面にコンクリート敷きの狭いスペースがある。庭ではない。グリーンのミニが通りに停まっている。玄関のドアはかつては鮮やかな青に塗ってあったのだろうが、長年、太陽にさらされて、いまは色あせていた。

「どうする？」スカーレットがいった。

ボッドはドアをノックした。しばらくなんの返事もなかったが、まもなく階段を下りてくる足音が聞こえ、ドアが開いて、玄関スペースと階段が見えた。戸口に立っているのは、眼鏡をかけた男だった。白髪まじりの髪は後退しはじめている。男は目をぱちぱちさせてボッドとスカーレットを見たあと、ボッドに手をさしだし、不安げにほほえみかけた。「ミス・パーキンズの謎めいたお友だちだね。会えてうれしいよ」

「ボッドです」スカーレットがいった。

「ボブ？」

「いいえ、ボッド。Dで終わるんです。ボッド、こちらはミスター・フロストよ」

ボッドとミスター・フロストは握手をかわした。「いま、お湯をわかしているんだ。お茶でも飲みながら情報交換といこうか」

ボッドとスカーレットはミスター・フロストのあとについて階段を上り、台所にはいった。ミスター・フロストが三人分のお茶をいれ、小さな居間へ案内する。「この家はひたすら上にあがっていく造りでね。トイレはこの上の階、仕事部屋と寝室はその上にある。おかげで運動不足にならずにすむ。こう階段ばかりではね」

三人は派手な紫の大きなソファに腰を下ろし（「わたしが引っこしてくる前からあったんだ」）、お茶を飲んだ。

スカーレットはミスター・フロストがボッドにうるさく質問するのではないかとはらはらしたが、ミスター・フロストはなにもきかなかった。ただ気持ちがたかぶっているようだ。まるでだれのものともわからなかった墓石が有名人のものとわかり、世に広めたくてたまらないといったようすだ。椅子に座っていても、もぞもぞと落ちつきがない。大きなニュースがあるのに、すぐに打ちあけられないせいで、体に力が入ってしまうらしい。

スカーレットがいった。「それで、なにがわかったんですか？」

ミスター・フロストはいった。「きみのいうとおりだったよ。この家で人が殺されたのは事実だ。ところが、わたしが思うに、その犯罪は……まあ、もみ消されたとまではいわないが、忘れ去られ、そのまま捨ておかれたらしい……当局によって」

「どういうこと?」スカーレットがいった。「だって、殺人でしょう? 隠そうにも、隠しきれるものじゃないわ」

「この事件は例外だった」フロストはお茶を飲みほした。「圧力をかけた者がいる。そうとしか考えられない。末の子どもに関しては……」

「どうなったんですか?」ボッドがたずねた。

「その子は生きのびた」フロストはいった。「それはたしかだ。だが、捜索はおこなわれなかった。幼児が行方不明になれば、普通なら全国的なニュースになるはずだ。ところが、連中は、その、どうにかしてこのニュースを握りつぶしたにちがいない」

「連中って?」ボッドがたずねた。

「一家を殺した連中だよ」

「ほかにわかったことはありませんか?」

「あるにはある。だが、少々……」フロストの言葉がとぎれた。「すまない。本当にすまないんだが、事が事だけにね。とても信じられない」

スカーレットはいらいらしてきた。「どういうことですか? なにがわかったんです?」

フロストは恥じいるような顔をした。「そうだな。すまない。真実にふたをしてしまうのはよろしくない。歴史家たるもの、なにひとつ隠すべきではない。埋もれたものを掘りだして人々の前に明らかにすることこそ、われわれの役目だ。うむ」そこで口をつぐみ、しばらくためらってから続けた。「手紙を見つけたんだ。上の階のゆるんだ床板の下に隠してあった」フロストはボッドを見た。「きみがこの事件、この陰惨な事件に、なんというか、関心を抱くのは、個人的な理由からと考えてさしつかえないのかね？」

ボッドはうなずいた。

「なら、これ以上はきくまい」ミスター・フロストは立ちあがった。「来なさい」ボッドにいったあと、スカーレットにいう。「だが、きみは遠慮してくれるかね？　いまはまだ。まず彼に見せようと思う。彼がきみにも見せていいと判断したら、そうする。いいね？」

「わかりました」スカーレットはいった。

「すぐにすむ」ミスター・フロストはいった。「行こう」

ボッドが立ちあがり、スカーレットに気がかりそうな視線を投げかけた。「だいじょうぶ」スカーレットは気にしないでというように精一杯の笑みを浮かべた。「ここで待ってる」

ミスター・フロストとボッドが部屋を出て、階段を上がっていく。スカーレットはその影を見送った。なんだか落ちつかないが、好奇心もうずいていた。いったいなにがわかったんだろう？　ボッドが先に知るのはかまわない。なんといってもボッドの身に関することなのだから。ボッドが先に知って当然だ。

ミスター・フロストは先に立って階段を上がっていった。

ボッドは最上階へむかいながら、あたりを見まわしたが、なつかしさは感じられなかった。なにからなにまで見なれない感じがする。

「最上階まできてくれたまえ」ミスター・フロストがいった。ふたりはさらに階段を上がっていった。「まさかとは思うが――いや、こたえたくないのなら、無理にはきかないが――その、きみがその少年なのかね？」

ボッドはなにもいわなかった。

「ここだ」ミスター・フロストは最上階の部屋のドアの鍵を開けると、ドアを押しあけ、なかに入った。

部屋は狭かった。そこは屋根裏で、天井が斜めになっている。十三年前にはここにベビーベッドがあった。ふたりが入ったら、もうすきまがないほどだ。

「まったく思いがけない幸運だ」ミスター・フロストはいった。「いわば、自分の鼻先にあったのだからな」かがみこんで、すりきれたカーペットをめくりあげる。

「じゃあ、ぼくの家族が殺された理由もわかったんですか？」ボッドはたずねた。

「すべてここに書いてある」ミスター・フロストは短い床板の端を押して、反対側を浮かせた。「ここは赤ん坊の部屋だったんだろう。いま手紙を見せるが……ただひとつ、だれのしわざかはわからない。まったくわからないんだ。手がかりひとつない」

「黒髪だってことはわかってます」ボッドは、かつて自分の寝室だった部屋でいった。「名前がジャックだってことも」

ミスター・フロストは床板をはずして手を入れた。「あれから十三年がたっている。十三年もたてば、髪も薄くなるし、白髪も生えてくる。だが、そのとおり。ジャックだ」

ミスター・フロストが背筋をのばした。さっきまで床の穴に突っこまれていた手は、大きく鋭いナイフを握っていた。

「さあ」〝ジャック〟はいった。「そろそろ観念するんだな」

ボッドは相手を見つめた。まるでミスター・フロストというのはこの男が身につけていたコートか帽子で、それがいま脱ぎ捨てられたかのようだ。愛想のよい外見はもうどこにもない。

明かりが男の眼鏡に、そしてナイフの刃に反射する。

階段のずっと下から声がした。スカーレットの声だ。「ミスター・フロスト？　どなたか玄関をノックしてますけど、わたしが出ましょうか？」

ジャックが目をそらしたのはほんの一瞬だったが、ボッドはとっさに判断して姿を消した。ほぼ完璧だ。ジャックはさっきまでボッドがいた場所を見て、部屋を見まわした。困惑と怒りがせめぎあっている表情だ。ジャックはもう一歩前に踏みだした。獲物の居場所をかぎあてようとする老いたトラのように首を大きく揺らす。

「ここにいるのはわかっている」ジャックはうなった。「においがするからな！」

背後で屋根裏部屋の小さなドアがバタンと閉まる音がした。振りむくと、鍵のまわる音がした。

ジャックは声を張りあげた。「少しばかり時間を稼いだところで、おれを止めることはできんぞ」鍵のかかったドアのむこうに叫んだあと、さらりとつけくわえた。「おれたちには、やりかけの仕事が残っているんだからな」

ボッドは壁にぶつかりながら階段を駆けおり、頭からころげおちそうな勢いでスカーレットのもとへもどった。

「スカーレット！」スカーレットの姿が目に入るなり、ボッドは叫んだ。「あいつだった！　行こう！」

「だれ？　なんの話をしてるの？」

「あいつだよ！　フロスト。あいつがジャックだったんだ。殺されかけた！」

上から、ガン！　と音がした。ジャックがドアを蹴った音だ。

「でも」スカーレットはボッドの話を必死に理解しようとしている。「でも、あんなに親切だったのに」

「親切なもんか」ボッドはスカーレットの手をつかむと、階段を駆けおり、玄関へむかった。

スカーレットが玄関のドアを開けた。

「やあ、こんばんは、お嬢さん」ドアの前にいた男がスカーレットを見おろした。「われわれはミスター・フロストの家を探していましてね。このあたりに住んでるはずなんだが」男は銀髪で、コロンのにおいをさせていた。

「そうです」すぐうしろに立っていた小柄な男がいった。黒い口ひげをうっすら生やしている。帽子をかぶっているのはこの男だけだ。

「もちろんだとも」若い男がいった。北方系の人間らしく、大柄で、金髪だ。

「われわれはみんなそうだ（エヴリ・マン・ジャック）」最後のひとり、雄牛のようにがっしりした体格で、大きな頭をした男がいった。肌は褐色だ。

「あの人は、ミスター・フロストは外出中です」スカーレットはいった。

「だが、車はここにある」銀髪の男がいうと、金髪の男もいった。「ところで、きみはだれかね？」

「母がミスター・フロストと友だちなんです」スカーレットはいった。

　ボッドが男たちのむこう側から必死に合図を送っている。男たちから離れて自分についてこいといっているのだ。

　スカーレットはなるべく快活な声でいった。「ミスター・フロストはちょっとそこまで出かけただけです。新聞を買いに、すぐそこの角の店まで」それからドアを閉めると、男たちの横をまわって、そのまま歩き去ろうとした。

「どこへ行くのかね？」口ひげの男がたずねた。

「バスに乗らなくてはいけないので」スカーレットはバス停と墓地にむかって坂を上った。うしろは決して振りかえらなかった。

ボッドが横を歩いている。深まりつつある夕暮れのなかでは、ボッドの姿はスカーレットの目にも影のようにしか見えない。ほとんどそこにいないかのようだ。つかの間、蜃気楼か風に揺れる葉が少年に見えたのかと思ってしまうほどだ。

「もっと速く歩いて」ボッドはいった。「あいつら、きみを見てる。けど、走っちゃだめだ」

「あの人たち、なんなの？」スカーレットが小声でたずねた。

「わからないけど、四人とも妙な感じだった。人間じゃないみたいだ。ちょっともどって、話を聞いてみる」

「人間に決まってるでしょ」スカーレットは走らないようにしながらも、なるべく早足で丘を上っていった。ボッドが横にいるのかどうかも、もうわからない。

四人の男は三十三番地の家の前にいた。「おれは気に入りませんね」首の太い大柄の男がいった。

「気にいらんだと、ミスター・タール？」銀髪の男がいった。「みなそうだ。予定は狂いっぱなしだ。なにからなにまでな」

「クラクフはもうだめですね。応答がありません。メルボルン、ヴァンクーヴァーに続いて、クラクフまで……」口ひげの男がいった。「われわれの知るかぎり、残っているのはわれわれ四人だけです」

「頼むから、静かにしてくれ、ミスター・ケッチ」銀髪の男がいった。「いま考えているところだ」

「すみません」ミスター・ケッチは手袋をはめた指で口ひげをなでると、ふたたび坂の上を見て、下を見て、ヒューと息をもらした。

「いわせてもらえば……あの娘のあとをつけるべきじゃないですかね？」首の太いミスター・タールがいった。

「いわせてもらうが、わたしの話を聞け」銀髪の男がいった。「わたしは静かにしろといった。静かにしろといったら、静かにしろ」

「すみません、ミスター・ダンディ」金髪の男がいった。

男たちは黙りこんだ。

静かになると、建物の高いところからなにかをたたくような音が聞こえてきた。

「わたしがなかに入る」ミスター・ダンディがいった。「ミスター・タール、おまえも来い。ニンブルとケッチ、おまえたちはさっきの娘を捕まえて、連れもどせ」

「死体で？　それとも生きたままで？」ミスター・ケッチが気どった笑みを浮かべた。

「生きたままに決まってるだろう、このばか。あの娘がどこまで知っているのかたしかめておきたい」

「あの娘も連中の仲間かもしれませんよ」ミスター・タールがいった。「あいつらには、ずいぶん痛い目にあわされました。ヴァンクーヴァーでも、メルボルンでも、それから――」

「あの娘を捕まえてこい」ミスター・ダンディがいった。「いますぐだ」ブロンドの男と帽子と口ひげの男が急いで丘を上っていった。

ミスター・ダンディとミスター・タールは三十三番地の家の前に立っていた。

「ドアを破れ」ミスター・ダンディがいった。

ミスター・タールは肩をドアに当てて、ぐっと体重をかけた。「なにかで強化されてます。保護されてるようです」

ミスター・ダンディはいった。「ジャックのしたことなら、べつのジャックがもとにもどせる」手袋をとり、ドアに手を当てると、英語より古い言語でなにかつぶやく。

「もう一度やってみろ」

タールはドアに体重をかけて、うなり声をあげながら押した。今度は鍵がはずれ、ドアが勢いよく開いた。

「よくやった」ミスター・ダンディがいった。

なにかが砕けるような音がずっと上のほうから聞こえてきた。どうやら最上階のようだ。

階段の途中でジャックがふたりを迎えた。ミスター・ダンディが笑いかけた。歯並びだけは完璧(かんぺき)だが、ユーモアのかけらもない笑みだ。「やあ、ジャック・フロスト(ジャック・フロストは「霜」を擬人化したモンスター）、あの少年を捕まえたのではなかったのか？」

「捕まえたんですが」ジャック・フロストはいった。「逃げられました」

「またかね？」ジャック・ダンディ（「しゃれ男」を意味するJack-a-dandyをもじった名前）はますます笑みを深めた。さっきより冷たい、完璧な笑顔だ。「一度なら失敗ですむが、二度ともなると大失敗だぞ」

「今度はだいじょうぶですよ」ジャック・フロストはいった。「今夜中に片をつけます」

「そう願いたいもんだな」ミスター・ダンディがいった。

「やつは墓地に行くはずです」ジャック・フロストがいうと、三人は階段を駆けおりた。

ジャック・フロストは空気のにおいをかいだ。少年のにおいをかぎとると、首筋の毛が逆立った。何年か前にもこんなことがあった気がする。ジャック・フロストは足を止め、玄関にかけてあった黒いロングコートを着た。となりにかけてあるジェイ・フロストのツイードのジャケットや茶色のレインコートとはいかにもちぐはぐだ。

玄関のドアは開いていた。日の光はもうほとんどない。今回は、どちらに行けばいいかちゃんとわかっている。ジャック・フロストはためらうこともなく家を出ると、墓地へむかった。


スカーレットがたどりついたとき、墓地の門は閉まっていた。必死になって引きあけようとしたが、夜間は南京錠がかかっている。となりにボッドがあらわれた。「鍵がどこにあるかわかる?」スカーレットはたずねた。

「そんな時間はない」ボッドは金属の柵に体をぴたっと押しつけた。「ぼくに腕をまわして」

「え?」

「いいからぼくに腕をまわして、目を閉じるんだ」

スカーレットはなにかいいたげに顔を上げたが、ボッドにしがみつき、ぎゅっと目を閉じた。「いいわよ」

ボッドは墓地の門の柵に体を押しつけた。柵は墓地の一部だ。墓地の特別住民権が今度ばかりはほかの人間にもおよびますように。すると、ボッドは煙のように柵をすりぬけた。

「目を開けていいよ」

スカーレットは目を開けた。

「どうやったの?」

「ここはぼくの家だからね。ここならいろんなことができるんだ」

舗道を駆けてくる靴音が聞こえたかと思うと、ふたりの男が門のむこう側にあらわれ、門をガチャガチャ揺らした。

「やあ」ジャック・ケッチ(十七世紀に実在したイギリスの死刑執行人の名。イギリスでは死刑執行人の代名詞になっている)が口ひげをひくひくさせ、秘密を抱えたウサギのように柵のむこうからスカーレットに笑いかけた。左の前腕に結んである黒い絹ひもを、手袋をはめた右手で引きぬいて握ると、強さをたしかめ、あやとりでもするみたいに手から手へ走らせた。「出てきな、嬢ちゃん。だいじょうぶ。だれもあんたを傷つけやしない」

「ちょっとききたいことがある」金髪の大男、ジャック・ニンブル（ニンブルは「敏捷な」という意味。Jack be nimble で始まるマザーグースを意識した名前）がいった。「公用でね」これは嘘だ。〈すべての職のジャックたち（ジャックス・オヴ・オール・トレイズ）〉などという公的な組織はない。ただ、政府や警察のような公的機関にもジャックはいた。

「逃げろ！」ボッドがスカーレットの手を引いた。スカーレットは走りだした。

「見たか？」ジャック・ケッチがいった。

「なにを？」

「あの娘といっしょにだれかいた。ガキだ」

「例のガキか？」ジャック・ニンブルがいった。

「知るか。来い。手を貸してくれ」大柄なほうが両手を突きだし、組みあわせて、踏み段を作った。黒い靴を履いたジャック・ケッチがその手に足をのせ、体を引きあげ、門の上によじのぼると、敷地内の車道に飛びおり、カエルのように両手をついて着地した。それから立ちあがる。「べつの入口を探せ。おれはやつらを追う」ジャック・ケッチは曲がりくねった小道を走りだし、墓地へむかった。

スカーレットはいった。「これからどうするつもり？」ボッドはたそがれの墓地を足早に歩いていたが、まだ走りだしてはいなかった。

「どういう意味？」

「だって、あの人、わたしを殺すつもりだったと思う。あの黒いひもをちらちらさせるところを見たでしょ？」

「うん、そのとおりだ。さっきはぼくがあのジャック、きみのミスター・フロストに殺されそうになった。あいつはひもじゃなくてナイフを持ってたけどね」

「『きみのミスター・フロスト』なんていわないでよ。まあ、そういわれてもしかたないけど。ごめん。どこに行くの？」

「まずきみを安全なところに隠す。それからあいつらと対決する」

ボッドのまわりでは墓地の住人たちが目を覚まし、心配そうに集まってきた。

「ボッド？」カイウス・ポンペイウスがいった。「なにごとだね？」

「悪いやつらに追いかけられてるんだ。みんなで目を光らせていてくれない？　つねにやつらの居場所を教えてほしい。スカーレットを隠したいんだけど、なにかいい案はない？」

「礼拝堂の地下はどうだ？」サッカレー・ポリンジャーがいった。

「真っ先に捜しにくるよ」

「だれと話してるの？」スカーレットがたずねた。ボッドがどうかしたのではないかという顔をしている。

カイウス・ポンペイウスがいった。「丘のなかはどうだ?」

ボッドは考えてみた。「そうか、それだ。スカーレット、藍色の男を見た場所を覚えてる?」

「なんとなく。暗かったわよね。怖いものなんていなかったのは覚えてる」

「そこへ連れていくよ」

ふたりは道を急いだ。スカーレットには、ボッドが歩きながらだれかと話しているのはわかったが、ボッドの声しか聞こえなかった。電話で話しているのを横で聞いているみたいだ。電話といえば……。

「ママはきっとかんかんだわ。殺されちゃう」

「だいじょうぶ。殺されたりしないって。いまはまだだいじょうぶだ。当分は死なない」それからべつのだれかにいった。「いまのところふたりだ。いっしょにいるんだな?　わかった」

ふたりはフロービシャー家の霊廟に着いた。「入口は左のいちばん下の棺の裏にある」ボッドがいった。「ぼく以外のやつが来るのが聞こえたら、いちばん下までおりるんだ。……明かりは持ってる?」

「ええ。キーホルダーに小さなLEDライトがついてる」

「よし」

ボッドは霊廟の扉を開けた。「気をつけて。つまずいたりしないように」

「ボッドはどこに行くの？」

「ここはぼくの家なんだ。だから、守らないと」

スカーレットはLEDつきキーホルダーを握りしめ、地面に手と膝をついた。棺の裏の空間は狭かったが、スカーレットは穴を通りぬけ、棺をなるべくきちんともとにもどした。LEDの小さな明かりで、石段が見えた。スカーレットは立ちあがって壁に片手をつくと、三段下りてから立ちどまり、座りこんだ。ボッドにはなにか考えがあるの？　スカーレットはそうであってほしいと思いながら待った。

そのころ、ボッドは父と話していた。「やつらはいまどこ？」

「ひとりはエジプト通りのそばでおまえを捜している。もうひとりは路地の塀のそばで待っている。ほかに三人。大きなゴミ箱に乗って、塀によじのぼる気だ」

「サイラスがいればなあ。サイラスならあっという間に片づけてくれたのに。ミス・ルペスクでもいいけど」

「ふたりがいなくてもだいじょうぶだ」ミスター・オーエンズが励ます。

「母さんはどこ？」

「路地の塀のそばだ」

「母さんに伝えて。スカーレットをフロービシャー家の墓のうしろに隠したんだ。ぼくになにかあったら、スカーレットのことを頼むって」

ボッドは暗くなってきた墓地を駆けていった。墓地の北西部へ行くには、エジプト通りを抜けるしかない。エジプト通りに行くには、黒い絹ひもを持った小柄な男のそばを通らなくてはならない。自分を見つけて、死に追いやろうとしている男のそばを……。

ぼくはノーボディ・オーエンズだ。ボッドは自分にいいきかせた。ぼくは墓地の一部だ。なにも心配いらない。

エジプト通りに駆けこんだとき、ボッドは小柄な男――ケッチと呼ばれているジャック――をもう少しで見のがすところだった。男はほとんど影にまぎれていた。

ボッドは息を吸いこみ、なるべく姿を消して、夜風に吹かれる塵(ちり)のように男のそばを通りすぎた。

緑のツタがたれさがるエジプト通りをいくらか歩いたあと、今度は思いきり姿をはっきり見せて、小石を蹴(け)った。

アーチ門の脇から影が離れ、死者のようにひっそりボッドのあとをつけてきた。

ボッドはエジプト通りの出口をふさいでいるツタを押しのけ、墓地の北西部までやってきた。肝腎(かんじん)なのはタイミングだ。こちらが早すぎれば、男はあとを追ってこられなくなる。だが、もたもたしすぎれば、首に黒い絹ひもを巻きつけられ、呼吸と未来を奪われる。

ボッドはもつれあうツタをくぐりぬけた。その音に、墓地に住むキツネが一匹驚いて、下生えのなかに飛びこんだ。ここはまるでジャングルだ。倒れた墓石や頭のない彫像が散乱し、ヒイラギなどの木が生い茂り、腐りかけた落ち葉が積もって、足もとがすべりやすくなっている。だが、このジャングルは、ボッドがこういうところを歩きまわれるようになって以来、さんざん探検してきた場所だ。

用心しながらも、足をゆるめることなく、からまりあうツタの根から石、石から土へ歩いていく。その足どりは自信に満ちている。ここはぼくの墓地だ。墓地そのものがぼくを隠し、守り、見えなくしている。だが、ボッドはそれにあらがって、自分の姿がちらちら見えるようにしていた。

ネヘミア・トロットの姿が目に入り、ボッドはためらった。

「おお、ボッドではないか！」詩人が呼びかけた。「興奮が時を支配しているそうだな。天空を横切る彗星のごとく、そなたがこの地を駆けぬけていると聞いたが、なにかあったのかね、ボッド？」

「そこに立ってて」ボッドはいった。「そこから動かないで。ぼくが来たほうを見て、あいつが近づいてきたら教えてほしいんだ」

ボッドはツタにおおわれたカーステアズの墓をまわりこむと、息が切れたふりをして追跡者に背をむけて立った。

そのまま待つ。ほんの数秒だったが、小さな永遠にも思われた。

（「来たぞ、少年」ネヘミア・トロットがいった。「あと二十歩ほどだ」）

ジャック・ケッチは前方に少年の姿を見た。黒い絹ひもを両手でぴんとのばす。このひもは長年にわたり、いくつもの首をしめてきた。ひもをかけられた者はひとり残らず死んでいった。しなやかでじょうぶなひもだ。X線にも映らない。

　ケッチの口ひげが動いた。だが、それだけだ。獲物を視界にとらえたいま、気づかれたくはない。ケッチは影のようにひそやかに歩いた。

　少年が背筋をのばした。

　ジャック・ケッチは前に飛びだした。よく磨かれた黒い靴が音も立てずに腐りかけた落ち葉を踏みしめる。

（「来るぞ！」ネヘミア・トロットが叫んだ）

　少年が振りかえった。ジャック・ケッチは少年めがけて跳躍し――

　世界が足もとから崩れおちるのを感じた。手袋をした片手で世界につかまったが、そのまま古い墓穴のなかへ落ちていく。五、六メートル落ちていき、ミスター・カーステアズの棺に激突。棺の蓋を壊すと同時に足首の骨を折った。

「まず、ひとり」ボッドは穏やかな口調でいった。だが、心のなかは穏やかではなかった。

「みごとな手際だ」ネヘミア・トロットがいった。「詩にしてあげよう。ここで聞いていくかね？」

「時間がないんだ。ほかのやつはどこにいる？」

　ユーフィーミア・ホースフォールがいった。「三人は南西の小道よ。丘を上ってくるわ」

トム・サンズもいった。「もうひとりいる。いま礼拝堂のまわりを歩いている。このひと月、墓地のまわりをうろついていたやつだ。だが、あの男、どこか普通ではないぞ」

ボッドはいった。「ミスター・カーステアズのところにいる男を見張っていてくれ。それから、ミスター・カーステアズに、ぼくがあやまっていたと伝えてほしい……」

ボッドはマツの枝の下をくぐり、丘を駆けまわった。小道のほうが走りやすいときは小道を走り、記念碑や墓石のあいだを抜けたほうが早いときには、道をそれた。

ボッドは古いリンゴの木の前を通った。「まだ四人もいるよ」きつい女の声がした。「それも人殺しばかり。あいつらは口の開いた墓穴におとなしく落ちちゃくれないよ」

「やあ、ライザ。ぼくに腹を立ててるんじゃなかったのか?」

「どっちともいえないね」ライザはいったが、声しか聞こえない。「だけど、あいつらがあんたを切りきざむのを黙って見てる気はないよ。絶対にね」

「だったら、あいつらを罠にかけてくれないか? 罠にかけて、混乱させて、足止めしてほしいんだ。やってくれる?」

「そのあいだにまた逃げるわけ? ノーボディ・オーエンズ、それより姿を消して、ママの快適なお墓に隠れたら? あそこなら見つかりっこない。そのうちサイラスがもどってきて、あいつらを追っぱらってくれる――」

「サイラスがもどってくればいいけど、わからないだろ? 雷に打たれた木のそばで落ちあおう」

「まだあんたと口をきく気はないよ」ライザ・ヘムストックの口ぶりはクジャクのように気位が高く、スズメのように小生意気だった。

「そういいながら、口をきいてるじゃないか。いま話してるだろう?」

「いまは非常時だからね。この危機を乗りこえたら、ひとことだって話さないよ」

ボッドは雷に打たれたオークの木にむかった。二十年前、雷に焼かれて、いまでは空につかみかかろうとする黒焦げの手にしか見えない。

ボッドには考えがあった。といっても、まだほんの思いつきにすぎない。すべてはミス・ルペスクから教わったこと、子どものころに見聞きしたことをすべて思いだせるかどうかにかかっている。

あの墓を見つけるのは思いのほかてこずった。探すこと自体、大変だったが、なんとか見つけだした。妙な角度にかたむいた不格好な墓。頭がとれて、水にぬれたようなしみができ、巨大なキノコにしか見えなくなった天使の石像。この墓に触れて、寒気を覚えたとき、ようやく確信した。まちがいなくこれだ。

ボッドは墓に座り、姿をすっかりあらわした。

「姿が消えてないよ」ライザの声がした。「そんなんじゃ、だれにも見えちゃう」

「いいんだ」ボッドはいった。「あいつらに見つけてもらいたいんだから」

「おばかさん（ジャック・フール）は自分がばかだとわからないっていうけど、本当にそうね」

月が昇りはじめた。大きな月が空の低い位置にかかっている。口笛を吹くのはやりすぎだろうか？

「いたぞ！」

男がつまずいて転びそうになりながら走ってくる。すぐうしろにふたりいる。

ボッドは死者たちが集まって、ようすを見ているのに気づいていたが、知らないふりをした。不格好な墓に腰かけてさもくつろいでいるような顔をする。罠にしかけた餌になった気分だ。あまりいい気分ではない。

真っ先に墓までやってきたのは、雄牛のような男だった。そのすぐあとに、ひとりでしゃべりまくっていた銀髪の男と、背の高い金髪の男がついてくる。

ボッドはその場を動かなかった。

銀髪の男がいった。「やあ、ドリアンくん。巧みにわれわれの手を逃れてきたのは、まったく驚きだ。われらが同志ジャック・フロストは世界中を捜しまわったというのに、きみはここにいる。十三年前、彼がきみを残して立ち去ったのと同じ場所に」

ボッドはいった。「あの男がぼくの家族を殺したんだな？」

「いかにも」

「なぜだ？」

「そんなことが気になるのかね？　どうせだれに話すこともできないのに」

「だったら、ぼくに話したって、かまわないはずだ」

銀髪の男は大声で笑った。「ハッ！　おかしな坊やだ。わたしが知りたいのは、どうして十三年ものあいだ、だれにも気づかれずに墓地で暮らしてこられたのかということだ」

「こっちの質問にこたえてくれたら、こたえてやるよ」

首の太い男がいった。「ミスター・ダンディにそんな口のききかたをするな、このガキめ！　おれが引きさいて――」

銀髪の男が墓にもう一歩近づいた。「黙っていろ、ジャック・タール（ジャック・タールには「水兵」「船乗り」の意味がある）。いいだろう。こちらがこたえたら、そちらもこたえる。われわれ――わが友人たちとわたし――は、ある友愛組織のメンバーだ。〈ジャックス・オヴ・オール・トレイズ〉、〈ネイヴズ〉（knaveには「ならず者」という意味のほか、「トランプのジャック」という意味もある）などさまざまな名前で呼ばれる組織だ。歴史ははるか昔にさかのぼる。われわれには知識がある。……ほとんどの人間が忘れてしまったことを覚えている。いにしえの知識というやつだ」

ボッドはいった。「魔法のこと？　ちょっとした魔法を知っているんだな」

男はうなずいた。「そう呼びたければ、それでもいい。だが、非常に特殊な魔法だ。死から得られる魔法というものがある。なにかがこの世を去れば、べつのものがこの世に入りこむ」

「おまえたちがぼくの家族を殺したのは、つまり――どうしてだ？　魔力を得るためなんかじゃないんだろう？」

「そう。組織を護るために死んでもらったのだ。遠い昔、わが組織の一員が――これはエジプトでピラミッドが造られていた時代にまでさかのぼるのだが――予言をした。いつの日か、生者と死者の境界を歩く子どもが生まれる、とな。この子どもが成人すれば、われらの組織も、われらが象徴しているものも、すべてついえる。われらはロンドンが村にもならないころに人々の運勢を占い、ニューアムステルダムがまだニューヨークにならぬころ、おまえの家系に目をつけた。そこで、すべてのジャックのなかでももっとも優秀で、頭が切れ、危険と思われる者を送りこみ、おまえを始末することにした。首尾よく始末できれば、われわれは邪悪な魔力を残らず吸いあげ、自分たちの役に立てることができるはずだった。そうなれば、あと五千年は安泰だ。ところが、やつはしくじった」

ボッドは三人の男を見ていった。

「だったら、あいつはどこにいる？　なぜここにいないんだ？」

金髪の男がいった。「おまえの始末などわれわれにもできる。われらがジャック・フロストは鼻がきくからな。おまえのガールフレンドを追っている。目撃者を放っておくわけにはいかん。こんなことを知られたままにはしておけない」

ボッドは前かがみになり、荒れ放題の墓場に生い茂った草のなかに両手をうずめた。

「だったら、捕まえてみろ」

金髪の男がにやりと笑い、首の太い男が突進してきた。それに、しめた、ミスター・

ダンディも数歩前に踏みだしてくれた。

ボッドは草のなかに深く指を押しこむと、歯をむいて、藍色の男が生まれる前から存在した古い単語を三つ唱えた。

「スカー！　テー！　カヴァガー！」

グールゲートが開いた。

墓が落とし戸のように開き、その下にうがたれた深い穴には星が見えた。そこにはきらめく光に満ちた闇が広がっている。

牛のように体が大きいミスター・タールは穴の縁で止まることができず、ぎょっとした表情を浮かべたまま闇のなかに転がりおちていった。

ミスター・ニンブルはボッドに飛びかかってきた。両腕をのばし、穴を跳びこえようとしたが、跳躍の最高点に達したとき、一瞬、宙に止まり、それからグールゲートに吸いこまれていった。

ミスター・ダンディはグールゲートの端に立ち、墓石のへりから、真下に広がる闇をのぞきこんだ。それから目を上げてボッドを見つめ、薄い唇に笑みを浮かべた。

「おまえがなにをしたのかは知らん。だが、あいにくだったな」ミスター・ダンディは手袋をはめた手をポケットから出し、握っていた銃をまっすぐボッドにむけた。「十三年前にこうすべきだった。ほかの人間など信じるものではない。大事は自らの手でやるにかぎる」

開いたグールゲートから砂漠の風が吹きあげてくる。熱く、乾いた、砂まじりの風だ。ボッドはいった。「下には砂漠がある。探せば、水は見つかるだろうし、よく見れば、食べるものもある。だけど、夜鬼（ナイトゴーント）を敵にまわしちゃだめだ。グールハイムは避けること。グールたちは記憶をすっかり奪いとって、あんたを仲間に加えるか、あんたが腐るのを待って、食っちまうかだ。どっちも避けたほうが賢明だよ」

銃身はぴくりとも動かない。ミスター・ダンディはいった。「なぜそんな話をする？」

ボッドは墓地のむこうを指した。「あの人たちのためさ」ミスター・ダンディが目をそらした瞬間に、ボッドは姿を消した。ミスター・ダンディはすぐに視線をもどしたが、ボッドはもう壊れた像のそばにはいなかった。穴の奥からなにかが聞こえてくる。夜鳥が孤独な叫びをあげているかのようだ。

ミスター・ダンディはあたりを見まわした。眉間（みけん）に深いしわができ、全身がためらいと怒りでふくれあがる。「どこだ？　くそっ！　どこにいる？」

そのとき、声が聞こえた気がした。「グールゲートは開いたら、また閉じるようにできてる。開いたままにはしておけない。グールゲートは閉じたがる」

穴の口がふるえだした。ミスター・ダンディは何年も前のバングラディシュの地震を思い出した。あれに似ている。大地が激しく揺れて、ミスター・ダンディは穴にのみこまれた。あやうく闇のなかへ真っ逆さまに落ちていくところだったが、倒れた墓石につかまり、両腕を巻きつけた。この下になにがあるのか知らないが、自分の目でたしかめ

たいとは思わない。

　地面が揺れ、自分の重みで墓石が動きはじめる。

　ミスター・ダンディは顔を上げた。少年が好奇心もあらわに見おろしている。

そんなところにつかまってると、ゲートにはさまれて、ぺしゃんこだよ。でなきゃ、ゲートに吸いこまれて、ゲートの一部になるのかも。どっちかな。だけど、チャンスはあげる。ぼくの家族はチャンスをもらえなかったけどね」

　激しく不規則な震動があった。ミスター・ダンディは少年の灰色の目を見つめ、悪態をついた。「われわれの手から逃れられるものか。われわれは〈ジャックス・オヴ・オール・トレイズ〉だ。あらゆるところにいる。終わりはない」

「悪いけど終わってもらう。おまえたちも、おまえたちが象徴してきたものもすべてついえる。昔のエジプトの仲間が予言したんだろう？　おまえたちはぼくを殺せなかった。おまえたちはあらゆるところにいたのに。これからは、どこにもいなくなるんだ」ボッドは笑顔をむけた。「サイラスもぼくと同じことをやってるんだろう？　サイラスが出かけているのはそのためなんだ」

　ボッドはミスター・ダンディの顔を見て、確信した。

　ミスター・ダンディがなんとこたえたのか、ボッドにはわからなかった。ミスター・ダンディは墓石から手を放し、開いたグールゲートへゆっくり転がりおちていった。

　ボッドはいった。「ウェー・カラドス」

グールゲートはふたたびただの墓にもどった。
なにかがボッドの袖を引いた。フォーティンブラス・バートルビーが見あげていた。
「ボッド！　礼拝堂のそばにいた男が丘を上ってくるぞ！」

ジャックはにおいをたどった。ほかの連中は置いてきた。ジャック・ダンディのコロンのにおいがきつくて、微妙なにおいをかぎとれなくなってしまうからだ。

においであの少年を捜しあてることはできそうにない。ここでは無理だ。あの少年は墓地のにおいがする。だが、娘のほうは母親の家のにおいをさせている。今朝、学校に行く前にうなじにつけた香水のにおいも。それに犠牲者のにおいもする。恐怖の汗のにおい、獲物のにおいだ。娘がどこにいるにしろ、いずれ少年もあらわれるだろう。

ナイフの柄を握りしめ、ジャックは丘を上っていった。丘の頂に近づいたとき、はっとした。この直感にまちがいはない。ジャック・ダンディもほかの連中もいなくなったらしい。まあ、いい。これでトップの座はしばらく空いたままだ。自分の昇進は、ドリアン家の赤ん坊を殺しそこねて以来、とどこおりがちになり、ついには完全に止まってしまった。信用できないと烙印を押されてしまったかのようだ。

だが、じきにすべてが変わる。

丘の頂で少女のにおいがとぎれた。だが、近くにいるはずだ。

ジャックはなにげないようすで来た道を引きかえした。十五メートルほど下ったあた

りで、ふたたび少女の香水のにおいをかぎつけた。小さな霊廟の横だ。ジャックは金属の門扉を引っぱり、大きく開けた。

　においが強くなった。少女の不安もかぎとれる。ジャックは棺をひとつひとつ棚から引っぱりだし、地面に落とした。古い木の板が砕け、中身が霊廟の床に散らばる。いや、どの棺にも隠れていない……。

　では、どこだ？

　ジャックは壁を調べた。ゆるんでいるところはないようだ。ジャックはかがんで、最後の棺を引きだし、奥に手をのばした。壁がぽっかり開いている……。

「スカーレット」ジャックは呼んだ。自分がミスター・フロストだったころ、どんなふうに少女の名を呼んでいたか思いだそうとしたが、ミスター・フロストの要素はもう残っていなかった。いまは〝ジャック〟であって、それ以外の何者でもない。手と膝をついて、壁に開いた穴をくぐりぬける。

　なにかが砕けるような音が上から聞こえてきたので、スカーレットは慎重に階段を下りていった。左手を壁につけ、右手で小さなLEDライトつきのキーホルダーを握りしめている。その明かりで、かろうじて足もとが見える。スカーレットは石段を最後まで下りると、ドアのない部屋へそろそろと入っていった。心臓が激しく打っている。

　怖い。親切だったミスター・フロストも怖いし、その仲間はもっと怖い。この部屋も、この部屋にまつわる記憶も怖い。本音をいえば、ボッドのことさえ、ちょっと怖かった。

ボッドはもう、幼いころの記憶をくすぐる、謎めいた物静かな少年ではない。ボッドには人とちがったところがある。どこか人間離れしている。

スカーレットは思った。いまごろママはなにを考えているんだろう？　きっと何度もミスター・フロストの家に電話をかけて、わたしがいつもどるのかきこうとしているのだろう。生きてもどれたら、携帯電話を買ってもらわなくちゃ。こんなのばかげてる。同じ学年で携帯を持っていないのは、わたしひとりなんだから。

ママに会いたい。

闇のなかをこんなにも静かに動ける人がいるとは思いもしなかった。手袋をはめた手にいきなり口をふさがれた。ミスター・フロストだとはとても思えない声が冷ややかにいった。「動くんじゃない。少しでも動いたら、喉を切りさくからな。わかったらうなずけ」

スカーレットはうなずいた。

ボッドはフロービシャー家の霊廟の散らかった床を見て息をのんだ。棺は棚から落ちて、中身が通路に散らばっている。時代によってつづりが微妙に異なる大勢のフロービシャーと数人のペティファーがいた。程度はさまざまだがみんな驚いて不安そうだ。

「あの男は地下へ下りていった」イーフリアムがいった。

「ありがとう」ボッドは穴をくぐり、丘のなかへ、階段を下りていった。

　ボッドには死者と同じようにものが見える。階段も見えるし、階段のいちばん下にある部屋も見える。階段の半ばまで来ると、ジャックがスカーレットを捕らえているのが見えた。スカーレットの片腕をうしろにねじりあげ、大きく恐ろしげなナイフの刃を首にあてている。

　ジャックが闇のなかから見あげた。

「よく来たな、小僧」

　ボッドはなにもいわなかった。姿を消すことに集中し、一歩を踏みだす。

「姿が見えないと思っているんだろう」ジャックはいった。「たしかにそうだ。姿は見えない。はっきりとはな。だが、おまえの恐怖はかぎとれる。おまえの動きや息遣いも聞きとれる。あやしげな術で姿を消しても、あらかじめわかっていれば、おまえの存在を感じとることができる。なにかいってみろ。おれに聞こえるように声を出せ。さもないと、この娘の体を少しずつ切りきざむぞ。わかったな？」

「ああ」ボッドの声が部屋に響きわたった。「わかった」

「よし。では、こっちへ来い。少し話をしようじゃないか」

　ボッドは階段を下りはじめた。恐怖を生みだすことに集中する。部屋のなかに渦巻く恐怖のレベルを高め、手で触れられそうなほどの恐怖に変えていく……。

「やめろ」ジャックがいった。「なにをしているのか知らんが、やめるんだ」

　ボッドは力をゆるめた。

「おまえのちゃちな魔法がおれに通用するものか。おれの正体がわかっているのか?」

ボッドはいった。「おまえはジャックのひとりだ。ぼくの家族を殺した。ぼくも殺しておくべきだった」

ジャックは眉を上げた。「おまえも殺しておくべきだっただと?」

「ああ。あの銀髪の男がいっていた。ぼくが大人になったら、おまえたちの組織は崩壊するんだろう? ぼくは一人前に成長した。おまえはしくじった。おまえの負けだ」

「組織の歴史は古代バビロニアの首都バビロンより前にさかのぼる。なにがあっても、組織が揺らぐことはない」

「なにも聞いてないのか?」ボッドはジャックから五メートルほど離れたところで立ち止まった。「あの四人はジャックたちの最後の生きのこりだった。なんだっけ……クラクフ、ヴァンクーヴァー、メルボルン。すべて消えた」

スカーレットはいった。「お願い、ボッド。わたしを放すようにいって」

「心配しなくていいよ」ボッドは不安を押し殺して落ちついた口調でいった。それからジャックにいう。「スカーレットを傷つけても意味がない。ぼくを殺す意味もない。わからないのか? 〈ジャックス・オヴ・オール・トレイズ〉の組織さえないんだぞ。いまはもう」

ジャックは考えながらうなずいた。「おまえのいうとおり、おれ以外のジャックがすべて消えたというのなら、おまえたちを殺す立派な理由がある」

　ボッドはなにもいわなかった。

「プライド」ジャックはいった。「仕事に対するプライドだ。やりかけた仕事はやりとげなくては」それから、ふいにいった。「おい、なにをしている？」

　ボッドの毛が逆立った。煙の触手のようなものが部屋のなかでうねっているのが感じられる。「ぼくじゃない。スリーアだ。ここに埋められている宝を守ってるんだ」

「嘘をつくな」

　スカーレットがいった。「嘘じゃないわ。本当よ」

　ジャックはいった。「本当だと？　宝が埋まっている？　おれをだまそうたって――」

　スリーアはご主人さまの宝を守る。

「何者だ？」ジャックが部屋を見まわした。

「聞こえたのか？」ボッドはとまどった。

「ああ、聞こえた」ジャックはこたえた。

　スカーレットがいった。「わたしにはなにも聞こえなかったわ」

　ジャックはいった。「なんなんだ、ここは？　ここはいったいどこなんだ？」

　ボッドがこたえる前に、スリーアの声が部屋中に響きわたった。ここは宝のありか。権力のありか。スリーアが守り、ご主人さまのご帰還を待つ場所だ。

　ボッドは呼びかけた。「ジャック」

　ジャックはそちらを向いた。「おまえの口からおれの名を聞けてうれしいよ。もっと早くその名を呼んでくれていたら、とうにおまえを見つけていたんだが」

「ジャック、ぼくの本当の名前はなんだ？　家族はぼくをなんと呼んでいた？」

「いまさらなぜそんなことをきく？」

「自分の名を探せとスリーアにいわれたんだ。ぼくの名はなんだ？」

「さて、ピーターだったか？　いや、ポールか？　あるいはロドリック——おまえはロドリックの顔をしているぞ。それとも、スティーヴンかもしれんな……」ジャックはからかうようにいった。

「教えてくれてもいいじゃないか。どっちにしろ、ぼくを殺す気なんだろう？」ボッドはいった。ジャックは肩をすくめ、当然だといいたげに闇のなかでうなずいた。

「まずその子を放してくれ」ボッドはいった。「スカーレットを放してやってくれ」

ジャックが闇のなかをのぞきこんでからきく。「あれは祭壇だな？」

「たぶん」

「のっているのは、ナイフと杯とブローチか？」

ジャックは闇のなかで笑みを浮かべている。ボッドにははっきり見えた。ジャックの顔には似つかわしくない、妙にうれしそうな笑みだ。なにかを発見し、理解したときに浮かべるような表情だった。スカーレットにはときどき闇のなかではじける光のようなものしか見えなかったが、ジャックの声に喜びを聞きとることはできた。

ジャックはいった。「すると、われらの友愛組織は終焉を迎えたわけだ。しかし、〈ジャックス・オヴ・オール・トレイズ〉のメンバーがおれひとりになったからどうだというんだ？　新しい組織を作ればいいだけの話だ。前より力のある組織をな」

カ。スリーアの声が響く。

「こいつはおあつらえむきだ」ジャックはいった。「ここを見ろ。おれの仲間はこういう場所を何千年も探していたのだ。儀式に必要なものはすべてそろっている。神の摂理を信じたくならないか？　先に消えたジャックというジャックの祈りが聞きとどけられたのだ。絶滅寸前にこういうものが与えられたのだからな」

ボッドにはスリーアたちがジャックの言葉に耳をかたむけているのがわかった。部屋のなかに興奮のざわめきがつのっていく。

「いいか、おれが手をさしだす。スカーレット、ナイフはまだおまえの喉もとだ。おれが手を放しても、逃げようなどと思うなよ。小僧、おまえは杯とナイフとブローチをおれの手に置け」

スリーアの宝。三重の声がささやいた。それは必ずもどってくる。われらがご主人さまの宝を守る。

ボッドは身をかがめて祭壇から宝物をとると、手袋をはめたジャックの手にのせた。

ジャックはにやりと笑った。

「スカーレット、放してやる。ナイフをどけたら、地面にうつ伏せになれ。両手は頭のうしろだ。動くんじゃないぞ。妙な真似をすれば、苦しみながら死ぬことになる。わかったな?」

スカーレットは息をのんだ。口のなかがからからだ。それでもふるえる足で一歩前に踏みだした。腰のうしろでねじりあげられていた右腕は感覚がない。肩がしびれているのが感じられるだけだ。

ふたりとも殺される。スカーレットは地面に伏せ、踏みかためられた土に頬をつけた。スカーレットは冷めた気持ちでそう思った。ほかの人たちの身に起こっていることを見ているような気分だ。〈闇のなかの殺人〉ゲーム(電気を消した部屋でおこなわれるゲームで、「殺人者」役に肩をたたかれた者は床にふせて死んだふりをしなければならない。だれかが「死体」に気づいたら、電気をつけ、「刑事」役が「殺人者」役を当てる)と化したシュールなドラマでも見ているような、そんな気分だ。ジャックがボッドを捕らえる音が聞こえる……。

ボッドの声がする。「スカーレットを逃がしてやってくれ」

ジャックの声。「おれのいうとおりにすれば、彼女は殺さない。傷ひとつつけないでやる」

「信用できない。スカーレットはおまえの顔を覚えてるんだから」

「いや、無理だ」男の声は確信に満ちていた。それから、こういった。「一万年もたっているというのに、このナイフの刃の鋭さはどうだ……」感心しているのが声にはっきりあらわれている。「小僧、あの祭壇の上に膝をついて、両手をうしろにまわせ。さあ」

じつに長かった。スリーアがいった。しかし、スカーレットには、はいずるような音しか聞こえない。巨大なコイルが部屋をはいまわっているような音だ。

しかし、ジャックにはしっかり聞こえた。「その石におまえの血を浴びせる前に、名前を知りたいか？」

ボッドの首筋にひんやりとしたナイフが当てられた。その瞬間、ボッドは悟った。すべてがゆっくり進行し、すべてがはっきり見えてきた。「名前ならわかっている」ボッドはいった。「ノーボディ・オーエンズ。それがぼくだ」冷たい祭壇に膝をついていると、すべてがとても単純な気がした。

「スリーア」ボッドは部屋にむかっていった。「いまでもご主人さまがほしいか？」

スリーアはご主人さまがおもどりになるまで宝を守る。

「そうか。だったら、探していたご主人さまがついに見つかったな」

スリーアがうねり、膨張した。無数の枯れ枝でなにかを引っかくような音がする。巨大な筋肉質のものが部屋の隅をはっている。そのとき、ボッドははじめてスリーアの姿を見た。あとになっても、その姿を言葉でいいあらわすことはできなかった。とにかく途方もなく大きい。それはたしかだ。胴体は巨大なヘビのようだ。しかし、頭は……？頭は三つある。三つの首に三つの頭。顔はいずれも死んでいた。まるで人間や動物の死体から目鼻や皮膚を集めて作った人形のようだ。顔は藍色の模様でおおわれていた。藍色の渦巻きのタトゥーが施され、死者の顔を妙に表情豊かな怪物めいたものに変えている。

スリーアがためらいがちにジャックのまわりの空気に顔をすりつけた。ジャックをなでるかなにかしたいらしい。

「どうなっている？」ジャックがいった。「こいつはなんだ？　なにをしている？」

「スリーアというんだ。この場所を守ってる。どうしたらいいのか指示してくれるご主人さまが必要なんだ」

ジャックは石のナイフの重みをたしかめた。「美しい」小さくつぶやく。「もちろんだ。そいつはおれを待っていたのだ。そうとも。おれこそがそいつの新しいご主人さまだ」

スリーアは部屋をぐるりととりまいた。ご主人さま？　さんざん待たされた犬のようにいう。ご主人さま？　その言葉の味をたしかめるようにもう一度いってみる。格別の味がした。そこで喜びと渇望のため息をもらしながら、もう一度口にした。ご主人さま……。

ジャックはボッドを見おろした。「十三年前、おれはおまえを見失ったが、いまようやく再会を果たした。なるほど、組織はついえた。だが、それは新たな組織の始まりでもある。さらばだ、小僧（ボーイ）」片手でナイフを少年の喉に突きつけ、もう片方の手でゴブレットをつかむ。

「ボッドだ」ボッドはいった。「ボーイじゃない。ボッドだ」それから声を張りあげる。

「スリーア。新しいご主人さまをどうする？」

スリーアは息をついた。われらは時の終わりまでご主人さまを守る。スリーアはご主人さまを永遠にこのとぐろのなかにとどめおく。断じて世の危険にさらしはせぬ。

けた。

「おれがご主人さまだ。おまえたちはおれにしたがうのだ」ジャックはいった。

スリーアははるか昔より待っていた。スリーアの三重の声が勝ちほこったようにいった。はるかなる昔より。スリーアは巨大な胴体をゆっくりとジャックのまわりに巻きつけた。

「なら、そいつを守れ」ボッドはいった。「いますぐに」

ジャックはゴブレットを落とした。両手にナイフを――ひとつは石のナイフ、もうひとつは黒い骨の柄がついたナイフを――握って、叫ぶ。「失せろ！　離れろ！　これ以上近づくな！」ジャックはナイフを振りまわしたが、スリーアはかまわず巻きついた。そして、ジャックを押しつぶさんばかりの勢いでとぐろのなかに封じこめた。

ボッドはスカーレットに駆けよって、助けおこした。「どうなってるの？」スカーレットはいった。「どうなってるか見たい」LEDライトを引っぱりだし、明かりをつけると……。

スカーレットが見たものは、ボッドの見たものとはちがっていた。スカーレットにはスリーアが見えなかった。それはさいわいだった。だが、ジャックの姿は見えた。その顔には恐怖の表情が浮かんでいた。そのおかげで、ミスター・フロストらしさがもどっていた。恐怖のなかで、スカーレットを車で家まで送ってくれたあの親切な男の顔にもどっている。彼は宙に浮かんでいた。地面から一メートル半、三メートルと浮きあがっていく。二本のナイフをやみくもに振りまわし、スカーレットには見えないなにかを刺そうとしていたが、効果はないようだった。

ミスター・フロストなのかジャックなのかはともかく、男はスカーレットたちから引きはなされ、部屋の壁に押しつけられ、両手両足を大きく広げてばたばたさせている。

スカーレットの目には、ミスター・フロストが岩壁のなかへ引っぱられ、のみこまれていくように見えた。もう顔しか見えない。ミスター・フロストは必死になってボッドに叫んでいる。こいつを追いはらってくれ。頼む。頼む、助けてくれ……。やがて、男の顔は壁のむこうに消え、声もとぎれた。

ボッドは祭壇までもどっていった。石のナイフとゴブレットとブローチを地面から拾いあげ、もとの場所にもどす。黒い金属のナイフは落ちたままにしておいた。

スカーレットがいった。「スリーアには人を傷つけることはできないっていわなかった？　スリーアにはわたしたちを怖がらせることしかできないんだと思ってた」

「そうさ。だけど、スリーアは守るべき主人をほしがってた。前にそういってたんだ」

「じゃあ、知ってたってこと？　こうなるって知ってたんだ……」

「うん。こうなればいいと思ってた」

ボッドはスカーレットに手を貸して階段を上がり、散らかったフロービシャー家の霊廟までもどった。「あとできれいに片づけないと」ボッドはなにげない口調でいった。

スカーレットは床に散らばっているものを見ないようにした。

ふたりは墓地へ足を踏みだした。スカーレットがもう一度、放心したようにいった。

「ボッドはこうなるって知ってたんだ」

　ボッドはなにもいわなかった。

　スカーレットはなにを見ているのかわからないという目でボッドを見た。「じゃあ、知ってたのね。スリーアがあの人を捕まえるって。だから、わたしをあそこに隠したの？　そういうこと？　じゃあ、なに？　わたしはおとりだったの？」

　ボッドはいった。「そんなんじゃない」それから、こう続ける。「ぼくたちはまだ生きてるじゃないか。もうあいつにわずらわされることはないよ」

　スカーレットは怒りが自分のなかでふくれあがるのを感じた。恐怖がなくなったいま、不満を吐きだしたい、怒鳴りつけてやりたいという思いしかなかった。スカーレットはその衝動を必死にこらえた。「ほかの人たちは？　あの人たちも殺したの？」

「だれも殺してないよ」

「じゃあ、どこにいるのよ？」

「ひとりは深い墓穴の底だ。足首の骨が砕けてる。ほかの三人は、そう、うんと遠くにいる」

「殺してないのね？」

「殺すわけないだろう？　ここはぼくの家だ。この先ずっとあいつらにこの墓をうろつかれたりしたらたまらない。もうだいじょうぶだよ。あいつらは片づけたから」

　スカーレットはボッドから一歩退いた。「あなたは人間じゃない。人間ならあんなことはしない。あんたもあの人と変わらない。怪物よ」

　ボッドの顔から血の気が引いた。今夜はいろいろなことがあって大変だったが、どういうわけかいまのがいちばんこたえた。「ちがうよ。そんなんじゃない」

　スカーレットはボッドからあとずさった。

　スカーレットは一歩、二歩と下がると、くるりと背をむけ、月明かりに照らされた墓地から必死に逃げだそうとした。が、そのとき、黒いビロードの服を着た長身の男がスカーレットの腕をつかんだ。「きみはボッドを誤解しているようだ。だが、このことはいっさい忘れたほうが幸せかもしれない。そういうわけだから、ふたりで少し歩こう。ここ数日のあいだにきみの身に起きたことを話して、覚えていたほうがいいことと忘れたほうがいいことを見きわめようではないか」

　ボッドはいった。「サイラス、だめだ。スカーレットの心からぼくの記憶を消さないで」

「忘れさせたほうが安全だ」サイラスは簡潔にこたえた。「われわれにとってはどうあれ、この子にとってはな」

「ちょっと──わたしの意見はきいてくれないの?」スカーレットがたずねた。

　サイラスはなにもいわなかった。ボッドが一歩スカーレットに近づいた。「すべては終わったんだ。きつかったのはわかってる。だけど、ぼくらはやりとげたんだ。きみとぼくで。ぼくらがあいつらをやっつけたんだ」

スカーレットは黙ったまま首を振った。自分が目にしたこと、体験したことすべてを否定したいらしい。

サイラスはうなずいた。

スカーレットはサイラスを見あげ、「家に帰りたいの。お願い」とだけいった。

サイラスはうなずいた。スカーレットと連れだって小道を歩きだす。墓地の門へ続く道だ。ボッドはスカーレットが去っていくのを見つめた。スカーレットが振りかえって、ほほえみかけてくれないだろうか？　せめて目に恐怖を宿さずに見つめてほしいが。だが、スカーレットは振りかえることなく、そのまま去っていった。

ボッドは霊廟のなかにもどった。なにかせずにはいられなかったので、転がっている棺を拾って、破片を片づけ、ごちゃごちゃになった骨を棺にもどしはじめた。大勢のフロービシャーやペティファーが集まってきて、そのようすを見守ったが、残念ながらどの骨がどの棺に入っていたのかわかる者はいないようだった。


男がスカーレットを家まで送りとどけた。スカーレットの母親はこの男からなにを聞いたのか、あとからきちんと思いだすことはできなかった。ただ、残念なことに、親切なジェイ・フロストがやむをえない事情で町を去ることになったのは覚えていた。

男は台所で母娘と話した。ふたりの生活について。ふたりの夢について。会話が終わるころには、母親はどういうわけかグラスゴーにもどろうと決意していた。スカーレットも喜んでくれるはずだ。父親のそばに行けるし、前からの友だちともまた会えるのだから。

　サイラスは台所から出ていった。母娘は台所で話しあいを続けている。ふたりはスコットランドにもどることについて話しあい、母親はスカーレットに携帯を買うと約束した。ふたりがかろうじて覚えていたのは、サイラスがその場にいたことだけ。それがサイラスの望んだことだった。

　サイラスは墓地にもどった。ボッドはけわしい顔でオベリスクのそばの集会場に座っていた。

「スカーレットは？」

「記憶は消した」サイラスはいった。「母親といっしょにスコットランドにもどることになった。むこうには友だちもいる」

「どうやってぼくを忘れさせたんだ？」

「人は信じられないことを忘れたがる。そのほうが自分の世界を守りやすいのだ」

「ぼくはスカーレットが好きだった」

「すまない」

　ボッドはほほえもうとしたが、自分のなかにほほえみを見つけることはできなかった。

「あいつら……クラクフの仲間がやられたって話してた。それから……メルボルンやヴァンクーヴァーも。それって、サイラスのしわざだろう？」

「わたしひとりではない」

「ミス・ルペスクも？」ボッドはいった。それからサイラスの表情に気づく。「ミス・ルペスクは？」

サイラスは首を振り、一瞬、つらそうな表情を浮かべた。ボッドは目をそむけたくなった。「彼女は勇敢に戦った。おまえのために戦ったんだ、ボッド」

ボッドはいった。「スリーアがジャックを連れ去ってくれた。ほかの三人はグールゲートのむこうだ。もうひとりはカーステアズ家の墓穴の底にいる。けがはしてるけど、まだ生きてる」

「その男が最後のジャックだな。となれば、日が昇る前に話をする必要がありそうだ」

墓地を吹きわたる風は冷たかったが、サイラスもボッドも気づいていないようだった。

ボッドはいった。「スカーレットはぼくを怖がってた」

「そうだな」

「だけど、なぜ？　ぼくはスカーレットの命を救った。ぼくは悪人じゃない。スカーレットとどこも変わらない。ぼくだって生きてるのに」それから、ボッドはたずねた。「ミス・ルペスクの最期はどんなだったの？」

「勇敢だった。戦いのなかで仲間を守りながら死んでいった」

ボッドの目の色がかげった。「遺体をここへ運んでくれればよかった。ここに埋葬してくれれば、ミス・ルペスクと話ができたのに」

「それはできない」

ボッドは目がちくちくするのを感じた。「ミス・ルペスクはぼくを〝ニミニ〟って呼んでくれた。あんなふうに呼んでくれる人はもういない」

「おまえの食べ物を手に入れに行くか?」

「ぼくも? ぼくもいっしょに行っていいの? 墓地の外へ?」

「おまえを殺そうとする者はもういない。この先、やつらにできることはほとんどない。だから、こたえはイエスだ。なにを食べたい?」

ボッドは腹など空いていないといおうかとも思ったが、そういえば嘘になる。少し気分が悪いし、頭もふらふらしている。それに腹ぺこだ。「ピザかな」

ふたりは門にむかった。墓地のなかを歩いていくあいだ、住人の姿を見かけたが、みんな少年と後見人が通りすぎるのを黙って見ているだけだった。

ボッドは助けてくれてありがとうといおうとした。感謝の言葉を伝えたかったが、死者たちはなにもいわなかった。

ピザ屋の店内は明るかった。明るすぎて、ボッドには居心地が悪いほどだった。ボッドとサイラスは奥の席に座った。サイラスがメニューの見かたや注文のしかたを教えてくれた(サイラスは水とスモールサラダを注文したが、フォークでつつくだけで、口にすることはなかった)。

ボッドはピザを手に持ってかぶりついた。質問はしなかった。サイラスはその気になるまでなにも話さないだろう。

サイラスはいった。「われわれはやつらのことを知っていた……ジャックたちのことを……遠い、遠い昔から。だが、それは連中の活動の結果から推測していたにすぎない。背後になんらかの組織が存在すると思ってはいたが、やつらは巧妙に身をひそめていた。そんなやつらがおまえを狙い、おまえの家族を殺した。それを機にわたしはやつらを追跡できるようになった」

「われわれって、サイラスとミス・ルペスクのこと？」

「ほかにも仲間がいた」

「誉れ高き守備隊(オナーガード)だね」

「その名をどこで聞いた――」サイラスはいいかけたが、すぐに思いなおしたようだった。「まあ、いい。子どもは耳ざといからな。そう、オナーガードだ」サイラスは水の入ったコップを手にとって口につけ、唇を湿すと、よく磨かれた黒いテーブルの上にもどした。

テーブルの表面は鏡のようだった。だが、そこに目をとめる者がいれば、長身の男の姿が映っていないことに気づいただろう。

ボッドはいった。「じゃあ、やりとげたんだね……なにもかも。これからは墓地にいてくれる？」

「約束をしたからな。おまえが大人になるまではここにいる」

「もう大人だよ」

「いや。ほぼ大人だが、まだ大人になりきってはいない」

サイラスは十ポンド札をテーブルの上に置いた。

「あの女の子」ボッドはいった。「スカーレットはどうしてぼくをあんなに怖がったんだろう?」

だが、サイラスはなにもいわず、ボッドの質問は宙に浮いたままになった。男と少年は明るいピザ屋から、ふたりを待っている闇のなかへ出ていき、まもなく夜にのみこまれた。

第8章　旅だちと別れ

ボッドはときどき死者が見えなくなった。はじめてそれに気がついたのは一、二か月前、四月か五月のことだ。最初はたまにしか起こらなかったが、どんどんその回数が増えている気がする。

世界が変わりつつある。

ボッドは墓地の北西部にむかっていた。からまりあったツタがイチイの木からたれさがり、エジプト通りの出口を半ばふさいでいるあたりだ。その途中、キツネと、首と足だけが白い大きな黒ネコを見かけた。二匹は小道のまんなかに座って語らっていたが、ボッドが近づくと、ぎょっとしたように顔を上げ、下生えのなかへ逃げこんだ。なにかたくらんでいるところを見つかったかのようなあわてぶりだ。

「変なの」ボッドは思った。キツネのことは子どものころから知っているし、あのネコだって、ボッドの物心がついたころから墓地をうろついていた。二匹とも自分を知っている。気がむけば、なでさせてくれることだってあった。

ボッドはツタのあいだをすりぬけようとしたが、抜けられないことに気づいた。身を低くして、ツタを押しのけ、無理やり通りぬけた。溝や穴を避けながら慎重に小道を歩いていき、立派な墓石の前までやってきた。アロンソ・トマス・ガルシア・ホネス（墓碑銘「一八三七―一九〇五年　旅人よ、なんじの杖を置け」）の最後の安息所だ。

　この数か月、ここへは数日おきに来ている。アロンソ・ホネスは世界中を旅した人物で、喜んで旅の話をしてくれた。まずこんなふうに話しだす。「わたしの身にはおもしろいことなどなにも起こらなかった」それから、陰気な口調で続ける。「わたしのことはすべて話してしまった」だが、ここで目を輝かせ、こう切りだす。「いや、待てよ……この話はしたことがあったかね……？」次に続く言葉はそのときによってちがっていた。「モスクワから脱出したときのことだ」とか、「莫大な価値のあるアラスカの金鉱を失ったことがあった」とか、「牛の群れが大草原に逃げだした」とか。すると、ボッドは決まって首を振り、期待に満ちた表情を浮かべる。ほどなくボッドの頭は、大胆不敵な冒険、美しい乙女とのキス、ピストルで撃たれた悪人や剣を振り回す悪党、金貨の袋、親指の先ほどもあるダイヤモンド、失われた街や巨大な山、蒸気機関車や快速帆船、海や砂漠やツンドラの物語でいっぱいになった。

　ボッドはとがった墓石の前に立った。逆さのたいまつを彫りこんだ、背の高い墓石だ。ボッドはしばらく待ったが、だれもいなかった。アロンソ・ホネスの名を呼び、墓石の横をノックしたが、返事はない。身をかがめ、墓穴に頭を突っこんで友人を呼ぼうとした。いつもなら薄い影が濃い影を通りぬけるように、頭がかたい土をすりぬける。ところが、今日は思いきり地面にぶつけ、痛い思いをした。ボッドはもう一度呼びかけたが、なにも見えなかったし、だれも見えない。そこで、からまりあう緑のツタや灰色の墓石から離れ、小道にもどった。ボッドがサンザシの木のそばを通ると、枝に留まっていた三羽のカササギが飛びたった。

ほかのだれにも会わないまま、墓地の南西の坂までやってきた。そこでようやく、いつものように大きなボンネットをかぶり、ケープをまとった小柄なマザー・スローターを見かけた。墓石のあいだを歩き、うつむいて野の花を見ている。

「ほら、坊や！」マザー・スローターはいった。「野生のノウレンゲエキョウ（A・A・ミルンの『プー横丁にたった家』で、クマのプーがノウゼンハレンをそう呼んでいる）が咲いてるよ。何輪かつんで、あたしのお墓に供えておくれ」

ボッドは赤と黄のノウゼンハレンをつみ、マザー・スローターの墓石まで持っていった。墓石はひび割れ、ざらざらになっている。SLAUGHTER（スローター）のはじめと終わりが消えてしまい、まともに読めるのはこれだけだ。

LAUGH（笑え）

これは百年ものあいだ、郷土史の研究者たちを悩ませてきた。ボッドは墓石の前に花をうやうやしく供えた。

マザー・スローターがほほえみかけた。「いい子だね。あんたがいなくなったら、あたしたちはどうなるんだろうねえ」

「ありがとう」ボッドは礼をいってから、たずねた。「みんなはどこ？　今晩はまだほかの人をひとりも見てないんだ」

マザー・スローターは鋭い目をむけた。「その額はどうしたんだい？」

「ぶつけたんだ。ミスター・ホネスのお墓に。かたくなっててさ。だから……」

しかし、マザー・スローターは考えこむように唇を突きだし、首をかしげた。老女のきらきらした目がボンネットの下からボッドをじっと見つめる。「さっき、〃坊や〃と呼んでしまったね。けど、時はまたたく間に過ぎちまう。もう一人前なんだね。いくつになったんだい？」

「十五歳くらいだと思う。いままでと変わったような気はしないけどね」ボッドがいうと、マザー・スローターが口をはさんだ。「あたしだって、気持ちはほんの小娘だったころと変わってやしない。昔、牧場でヒナギクの花輪なんかを作ってたころとね。どんなときでも、あんたはあんたさ。それは変わらない。だけど、あんたは変わりつづける。それはどうしようもないことなんだよ」

マザー・スローターはひび割れた墓石に座った。「あんたがここに来た夜のこと、よく覚えてるよ。あたしはいったんだ。『この坊やをここから出しちゃいけないよ』って。あんたのお母さんも同意した。だけど、みんながああだこうだいいだしてね。そこへ〈葦毛馬(あしげ)の貴婦人〉があらわれてこういったのさ。『墓地に住まう者たちよ、マザー・スローターの話に耳をかたむけるがよい。おまえたちの骨に慈悲の心はないのかい?』それでやっとみんなが賛成してくれたってわけさ」マザー・スローターは声をとぎらせ、小さな頭を振った。「ここではたいしたことは起こらないから、今日も明日もかわりばえがしない。季節が変わって、ツタがはびこり、墓石が倒れるだけ。だけど、あんたが来てからは……そう、あんたが来てくれてよかったよ。それだけさ」

マザー・スローターは立ちあがり、袖から汚れたハンカチを引っぱりだすと、つばでしめし、思いきりのびあがって、ボッドの額についた血を拭った。「さあ、これで少しはましになった」まじめな顔でいう。「どっちにしても、次はいつ会えるかわからないから、いっておくよ。気をつけて」

ボッドはかつてないほど不安になりながら、オーエンズ家の墓にもどった。墓のそばで両親が待っているのを見てほっとした。だが、近づいていくうちに、うれしさは不安に変わった。どうしてあんなふうに立っているんだろう？　ステンドグラスに描かれた人物のように墓をはさんで立っているなんて。ふたりの表情は読めない。

父が一歩前に踏みだした。「お帰り、ボッド。元気そうだな」

「すこぶる元気だよ」ボッドはこたえた。これは父が友人から同じことをいわれたときに返す決まり文句だ。

ミスター・オーエンズはいった。「わたしたちは生きているあいだ、子どもがいればと思ったものだ。だが、おまえにまさる子どもを得ることなどできなかったと思うぞ、ボッド」父は誇らしげに息子の顔を見た。

　ボッドはこたえた。「うん、ありがとう。だけど……」それから母のほうを見る。母ならきっと、なにがどうなっているのか教えてくれるはずだ。しかし、母の姿はなかった。「母さんはどこに行ったの？」

「あ、いや」ミスター・オーエンズは気まずそうだった。「ベッツィのことはおまえもよくわかっているだろう？　まあ、いろいろとな。そういうときもある。こんなときはなにをいったらいいのかわからなくなるんだ。わかるか？」

「ううん」

「サイラスがおまえを待っているんじゃないか？」父はそういって消えた。

　もう深夜を過ぎていた。ボッドは古い礼拝堂のほうへ歩きだした。尖塔の樋から生えていた木はこのあいだの嵐で倒れ、屋根の黒いスレートも何枚かはがれていた。

　ボッドは灰色の木のベンチに座って待ったが、サイラスの気配はない。

　風が吹いてきた。夏の夜は日没後の薄明かりがいつまでも続いて暖かい。それでも、ボッドは腕に鳥肌が立つのを感じた。

　耳もとで声がした。「さみしいっていってよ、おばかさん」

「ライザ？」ボッドはいった。一年以上、ライザの姿は見ていないし、声も聞いていなかった。〈ジャックス・オヴ・オール・トレイズ〉を片づけた夜以来、ただの一度も会っていない。「いままでどこにいたんだ？」

「見てたのよ。レディのしていることをあれこれきくもんじゃないわよ」

「見てたって、ぼくを？」

ライザの声が耳もとでいった。「生きてる人間は人生をむだに過ごしちまうってのは本当だね、ノーボディ・オーエンズ。おばかさんで、ちゃんと生きられない人間がここにもいる。いっとくけど、あたしじゃないよ。ほら、あたしに会えなくなったらさみしい、っていって」

「どこに行くんだ？　もちろんさみしいよ。ライザがどこに行っても……」

「ばかね」ライザ・ヘムストックの声がささやいた。ボッドはライザの手が自分の手に触れるのを感じた。「ちゃんと生きられないなんて、本当にばか」ライザの唇が頰に触れ、唇の端をかすめた。ライザのキスはやさしかった。ボッドはこの不意打ちにとまどい、どうしたらいいのかわからなかった。

ライザの声がいった。「あたしもさみしい。いつまでもさみしいと思う」ボッドの髪が乱れた。ライザの手が触れたのでなければ、そよ風だと思っただろう。次の瞬間、ボッドはひとりでベンチに座っていた。

ボッドは立ちあがった。

礼拝堂の扉に近づき、ポーチの横の石を持ちあげて、スペアキーをとりだす。ずっと前に死んだ番人がそこに置いたきり、そのままになっていた鍵だ。ボッドは大きな木の扉を通りぬけられるかたしかめもせず、鍵を開けた。扉は抵抗するようにきしりながら開いた。

　礼拝堂のなかは暗かった。ボッドは目をこらした。

「入りなさい、ボッド」サイラスの声がした。

「なにも見えないよ。暗くて」

「もう?」サイラスがため息をついた。ビロードのこすれる音、続いてマッチをする音が聞こえ、火がついたかと思うと、部屋の奥の大きな彫刻入りの木の燭台に立てられた二本の巨大なロウソクに火がともされた。その明かりで、後見人が大きな革製の箱の横に立っているのが見えた。船旅によく使われるタイプのトランクだ。これだけ大きければ、長身の男がなかで丸くなって眠ることもできそうだ。その横にはサイラスの黒い革の鞄が置いてある。この鞄は前にも何度か見たことがあったが、いまでも立派に見えた。

　トランクは白い裏張りがしてあった。ボッドが空っぽのトランクに手を突っこむと、シルクの裏張りと乾いた土に手が触れた。

「これがサイラスの寝場所?」

「家から離れているときはそうだ」

　ボッドは息をのんだ。サイラスはボッドの物心がつく前からここにいた。「ここがサイラスの家じゃないの?」

　サイラスは首を振った。「わたしの家はここからはるか離れた場所にある。といっても、まだ住めるような場所なら、ということだが。わたしの故郷にはいろいろ問題があってな。もどったときにどうなっているのかまったくわからない」

「故郷に帰るの？」ボッドはたずねた。いつまでも変わらないと思っていたことが変わりつつある。「本当に行ってしまうの？　サイラスはぼくの後見人なのに」

「たしかにおまえの後見人だった。だが、おまえはもう自分で自分の身を守れる年だ。わたしにはほかにも守らなければならないものがある」

サイラスは茶色の革のトランクの蓋を閉め、ひもを結んだり、バックルをとめたりしはじめた。

「ぼく、ここに残るわけにはいかないの？　この墓地に」

「ここにとどまってはならない」サイラスはやさしくいった。サイラスがこれほどやさしい口調で話すのを聞いたことはなかった気がする。「ここにいる者たちはみな自分の人生をまっとうしたのだ、ボッド。たとえ短い人生だったとしても。今度はおまえの番だ。おまえは生きなければならない」

「サイラスといっしょに行ってもいい？」

サイラスは首を振った。

「また会える？」

「おそらく」サイラスの声には単なるやさしさ以上のものがこもっていた。「おまえの目にわたしが見えなくても、わたしはきっとおまえを見ている」サイラスは革のトランクを壁に立てかけると、反対側の隅にあるドアまで歩いていった。「ついてきなさい」

ボッドはサイラスのあとについて、小さな螺旋階段を下り、地下納骨所にむかった。

「勝手ながらおまえの荷作りをしておいた」サイラスはいちばん下まで来ると、説明した。

カビくさい讃美歌の本の入った箱の上に、小さな革のスーツケースがあった。サイラスのトランクの小型版だ。「おまえの持ち物はすべて入れてある」

ボッドはいった。「誉れ高き守備隊のことを話してくれない？　サイラスもその一員なんだよね？　ミス・ルペスクもそうだった。ほかにはだれがいる？　大勢いるの？　どんなことをするの？」

「十分なことはできていない。おもに境界を守っている。さまざまなものの境界を守っているのだ」

「境界って、どんな？」

サイラスはなにもいわなかった。

「それって、ジャックのような連中を止めるとか、そういうこと？」

「われわれはしなければならないことをするのだ」サイラスの声には疲れが感じられた。

「だけど、正しいことをしたじゃない。だって、ジャックたちを止めたんだから。恐ろしいやつらだった。怪物だった」

サイラスはボッドに一歩近づいた。ボッドは思わず顔を上げ、長身のサイラスの蒼ざめた顔を見た。サイラスがいう。「わたしとて、いつも正しいことをしてきたわけではない。若いころには……ジャックよりひどいこともした。どのジャックよりもひどいことをな。あのころのわたしは怪物だった。どんな怪物よりたちが悪かった」

これは嘘か冗談なのかといった疑問は、ボッドの心に浮かびもしなかった。真実だとはっきりわかった。「だけど、いまはちがうよね？」

サイラスはいった。「人は変わることができる」それきり黙りこむ。後見人――サイラスはなにかを思いだそうとしているのだろうか、とボッドが思ったとき、サイラスがいった。「おまえの後見人になれて光栄だった」サイラスの手がコートのなかに消え、古いくたびれた財布とともにあらわれた。「おまえのだ。受けとりなさい」

ボッドは財布を受けとったが、開けてみようとはしなかった。

「なかに金が入っている。世のなかに出ていくには十分な額だが、それ以上ではない」

「今日、アロンソ・ホネスに会いにいったんだけど、いなかったんだ。いたけど見えなかったのかもしれない。アロンソが訪れた遠い場所の話を聞きたかったんだ。島とか、ネズミイルカとか、氷河とか、山とか。異国の風変わりな服装や食べ物の話を聞きたかった」ボッドは少しためらってから続けた。「そういう土地はいまもそこにある。というか、外には全世界がある。それを見ることができるんだよね？　そこに行けるんだよね？」

サイラスはうなずいた。「外には全世界がある。そうとも。スーツケースの内ポケットにパスポートが入っている。ノーボディ・オーエンズの名で作ったものだ。これを手に入れるのは大変だったぞ」

「ぼくの気が変わったら、ここにもどってきてもいい?」そういって、自分でこたえた。「もどってきても、この場所はあるだろうけど、もう家ではないんだろうな」

「正門まで送ろうか?」

ボッドは首を振った。「ひとりのほうがいい。あのさ、サイラス、困ったことがあったら、呼んでよ。助けにいくから」

「わたしが困ることなどない」

「うん、そうだと思うけど、それでも」

礼拝堂の地下は暗く、カビと湿気と古い墓石のにおいがした。それにはじめて狭苦しく感じた。

ボッドはいった。「ぼくは世界を見てみたい。人生をこの手でがっちりつかみたい。無人島の砂に足跡を残したい。みんなとサッカーもしたい。それから」そこでしばらく口をつぐみ、考えた。「すべてを体験したい」

「そうだな」サイラスは手を上げ、目にかかった髪を払うようなしぐさをした。まったくサイラスらしくないしぐさだ。「万一わたしが困るようなことがあったら、きっとおまえに使いを送る」

「困っていなくても、そうしてくれる?」

「そうしよう」

サイラスの唇の端になにかが浮かんだ。ほほえみかもしれないし、後悔かもしれない。あるいは影のいたずらにすぎなかったのかもしれない。

「じゃあ、さよなら、サイラス」ボッドが幼いころのように手をさしだすと、サイラスは古い象牙の色をした冷たい手で、墓場のようにおごそかに握りしめた。

「さようなら、ノーボディ・オーエンズ」

ボッドは小さなスーツケースを手に持った。扉を開け、納骨所から出ると、振りかえらず、小道へ続くなだらかな斜面を上っていった。

門はとうに鍵が閉まっている時間だ。ボッドは歩きながら、首をかしげた。門はいまでも自分を通してくれるだろうか？　それとも礼拝堂にもどって鍵をとってこなければいけないだろうか？　だが、そばまで来てみると、歩行者用の小さな門は開けっぱなしになっていた。墓地そのものが別れを告げているみたいだ。

蒼ざめたふくよかな姿が、開いた門の前で待っていた。近づいてくるボッドの顔を、笑顔で見あげる。その目には涙が浮かび、月明かりに輝いている。

「やあ、母さん」

ミセス・オーエンズは指の背で目を拭い、それをエプロンでぬぐうと、首を振った。

「これからどうするのか考えているの？」

「世界を見てくる」ボッドはいった。「苦労もするだろうけど、自分の力で抜けだしてみせる。ジャングルや火山や砂漠や島を見てみたい。人にも会いたい。いろんな人に会いたいんだ」

ミセス・オーエンズはすぐにはこたえられなかった。じっと息子を見つめ、うたいだす。この歌はボッドも覚えている。小さいころに母がよくうたってくれた。幼いボッドを寝かしつけるためにうたってくれた歌だ。

　ぐっすりおやすみ　かわいい坊や
　ぱっちりおめめが覚めるまで
　大きくなったら　広い世界へ出ておいき
　おまえはきっと

「うん」ボッドはささやいた。「ぼくは広い世界へ出ていく」

　愛する人にキスをして
　ダンスを踊って
　自分の名前と
　埋もれた宝を見つけだす……

すると、最後の歌詞がふっと頭に浮かび、ミセス・オーエンズは息子にうたって聞かせた。

人生にむきあい
その苦しみも　喜びも味わいなさい
通らぬ道を残さぬように

「通らぬ道を残さぬように、か」ボッドは歌詞の最後をくりかえした。「簡単にはできそうにないけど、全力をつくして頑張るよ」

それから子どものころと同じように母に抱きつこうとしたが、霧をとらえようとするようなものだった。小道に立っていたのは自分ひとりだった。

ボッドは一歩踏みだした。門を通りぬけ、墓地の外に出る。「あなたを誇りに思いますよ、坊や」という声が聞こえたように思ったが、気のせいかもしれない。

真夏の空はすでに東の端が白みはじめていた。ボッドはそちらへむかって歩きだした。

丘を下り、生きている人々と、町と、夜明けの方角を目指す。

鞄にはパスポート、ポケットにはお金。唇にはほほえみがちらついているが、警戒心もあらわれている。世界は丘の上のちっぽけな墓地より広い。そこには危険もあれば、謎もある。新しい友だちもできるだろうし、旧友に再会することもあるにちがいない。数々の過ちを犯し、たくさんの道を歩いたあと、最後は墓地にもどるのだろう。あるいは、〈葦毛馬の貴婦人〉があらわれて、あの大きな馬の広い背に乗せてもらうことになるかもしれない。

だが、そのときを迎えるまでには、人生がある。ボッドは目と心を大きく開いて、人生の第一歩を踏みだした。

謝辞

まず第一に、ラドヤード・キプリングと彼の傑作『ジャングル・ブックI』および『ジャングル・ブックII』に多大なる恩恵をこうむった。おそらく意識しない部分でも影響を受けているると思う。子どものころ、この作品にときめき、感動して以来、何度となく読みかえしてきた。もしディズニーのアニメでしかご存じなかったら、ぜひとも原作を読んでみていただきたい。

この本を書こうと思ったきっかけは、息子のマイケルだった。マイケルがまだ二歳だった夏の日、墓石のあいだで小さな三輪車をこぐ姿を見て、アイデアが浮かんだのだ。ただ執筆を開始するまでには二十余年の月日を要した。

この本を（まずは第4章の「魔女の墓石」から）書きはじめたあと、はじめの数ページで投げだしてしまわなかったのは、ひとえに次女のマディが続きを教えてとせがみつづけてくれたおかげだ。長女のホリーは、特別なことはしてくれなかったが、なにかと支えになってくれた。

ガードナー・ドゾワとジャック・ダンは、「魔女の墓石」をはじめて世に出してくれた。ジョルジア・グリッリ教授はこの本を読むことなく、この本について語ってくれ、おかげで描きたいテーマが鮮明になった。

はじめてグールゲートを見たとき、いっしょにいたのがケンドラ・スタウトだった。彼女は親切であちこちの墓地を歩くのにつきあってくれただけでなく、この本の最初の数章の聴き手にもなってくれて、サイラスの熱烈なファンになった。

アーティスト兼作家のオードリー・ニッフェネガーは、すばらしい墓地ガイドで、ツタにおおわれたハイゲート・セメタリーの西墓地を案内してくれた。この本の第7章と第8章には、彼女から聞いたさまざまな話が活かされている。こういう機会が得られたのは、かつてウェブエルフとしてオフィシャルサイトの運営に協力してくれていたオルガ・ニューンズとわたしの恐るべき名づけ子ヘイリー・キャンベルのおかげであり、このふたりも墓地に同行してくれた。

執筆中、多くの友人に原稿を読んでもらい、賢明な助言をいただいた。ダン・ジョンソン、ゲイリー・K・ウルフ、ジョン・クロウリー、モービー、ファラー・メンドルソン・ジョー・サンダーズといった面々だ。それぞれが訂正すべきところを指摘してくれた。それでも、わたしの最高の批評家だったジョン・M・フォード（一九五七―二〇〇六年）を恋しく思う。

イザベル・フォード、エリーズ・ハワード、セアラ・オデディナ、クラリッサ・ハットンは、この本を担当してくれた英米の編集者だ。彼らのおかげで、すばらしい本になった。マイケル・コンロイは、冷静沈着にオーディオブック版の演出にあたってくれた。

マッキーン氏（ハードカバー）とリデル氏（ペーパーバック）は、それぞれに素晴らしいイラストを描いてくれた。メリリー・ハイフェッツは世界一のエイジェントであり、イギリスではドリー・シモンズが手腕を発揮してくれた。映画化権に関しては、ジョン・レヴィンが助言者となって、なにもかも引きうけてくれた。"ファビュラス"・ロレイン・ガーランド、"ワンダフル"・キャット・ミホス、"アメージング"・ケリー・ビックマンは、わたしの手書きの原稿に手を焼きながらも、ほぼ完璧な仕事をしてくれた。

この本はさまざまな場所で執筆した。フロリダのジョナサンとジェーンの家、コーンウォールのコテージ、ニューオーリンズのホテルの一室などなど。アイルランドのトーリの家では風邪をひいてしまって、執筆はできなかった。それでもトーリはわたしの力になり、アイデアをくれた。

最後になったが、ほかにも名前をあげるべき人たちをひとりならず何十人と失念していることと思う。失礼をわびると同時に、力を貸してくれたすべての人に感謝をささげたい。

ニール・ゲイマン

わたしはいった
彼女は逝(い)ってしまった　と
けれど　わたしは生きている　生きている
だから　墓地を訪れ　うたうだろう
いまは眠れ　と

トーリ・エイモス「墓地(グレイヴヤード)」より

訳者あとがき

賞を受賞した作品だからおもしろい……なんてことはだれだって知ってると思う。たとえば英語圏の子どもの本の賞といえば、イギリスのカーネギー賞とアメリカのニューベリー賞が飛び抜けて有名で、それぞれ『床下の小人たち』『馬と少年(ナルニア国物語⑤)』『トムは真夜中の庭で』、『ドリトル先生航海記』『エルマーのぼうけん』『大草原の小さな家』といった今でも読みつがれている作品がたくさん受賞しているものの、あっさり消えてしまった作品も多い。ところが、この二大英米児童文学賞を両方かっさらっていった作品はいまだかつてなかった。

さて、ニール・ゲイマンの『墓場の少年　ノーボディ・オーエンズの奇妙な生活 *The Graveyard Book*(墓場の本)』は、とても児童書とは思えないような始まりかたをする。闇のなか、三人の命を奪った血まみれのナイフが、よちよち歩きの赤ん坊を追っていく!

赤ん坊はなにも知らないまま、外に出て、薄れていく霧のなかを墓地のほうへ歩いていく。それをみつけたのが、ミセス・オーエンズ。人のよさそうな小太りのおばさん……なんだけど、幽霊。ミセス・オーエンズは夫……もちろん幽霊……を説きふせて、この男の子を引き取ることにする。こうしてこの子は「ノーボディ（だれでもない）・オーエンズ」という名前をつけてもらって、すくすくと育つ。

といっても、なにしろ育ての親も近所の人たちもみんな幽霊だし、食べものを運んできてくれたりする世話役のサイラスも幽霊ではないけれど人間でもない。そんなわけで、ノーボディは普通の少年のようには育たない。外の世界を知らないまま、独特の能力を身につけていく。墓場のなかを自由に行き来できるようになるし、姿を消すこともできるように……。

そして、思いがけない経験をすることになる。墓場に遊びにやってきた女の子との奇妙な出会い、食屍鬼（グール）や夜鬼（ナイトゴーント）がわが物顔に走り回り飛び回る国での冒険、無縁墓地にさびしく埋葬されている魔女の幽霊との触れあい……などなど。

やがて外の世界にも出ていけるようになる……が、両親や姉を殺した男はあきらめることなく、ノーボディをねらっているらしい……けど、いったいなぜ？

そんな、謎と冒険と、出会いと別れと、生と死と、人と幽霊の不思議な物語が、それも今までになかった物語が展開していく。

さて、カーネギー賞とニューベリー賞、両賞を受賞した作品だからおもしろい……なんてはずない、ってことはだれだって知ってる。だけど、気になった人はぜひ読んでみてほしい。きっと、満足してもらえると思う。

途中で何度も繰り返し出てくる「ジャック」という言葉について少しだけ説明を。

英語の"jack"にはいろんな意味がある。一般に男や男の子をそう呼ぶこともあるし、仲間のことを指すこともある。ほかにも船乗り、使用人、労働者、警官なんかの意味に使われることもある。それからジョンやジェイムズやジェイコブという名前の愛称も「ジャック」だ。そういえば、トランプのジャックもこれ。片目のジャックといえば、スペードのジャックだ。

その他、ジャック・フロスト（ファンタジーやゲームでおなじみ、雪や霜のモンスターキャラ）、ジャック・ダンディ（しゃれ者、めかし屋）、ジャック・ケッチ（一七世紀のイギリスの死刑執行人）、ジャック・ニンブル（マザーグースに"Jack be nimble"というフレーズが出てくる）、ジャック・タール（水兵、船員を指す言葉）などなど、とにかく「ジャック」という名前は、民話や童謡や詩、いやいや、ごく日常の生活でも、いろんなところで、いろんなふうに使われているのだ。それをうまく、ときには茶目っ気たっぷりに楽しく使っているところが、この作品のひとつの魅力になっている。

それから、作者も「謝辞」に書いてるけど、本書は原題の『ザ・グレイヴヤード・ブック』というタイトルから分かるように、イギリスの児童文学作家、ラドヤード・キプリングの『ジャングル・ブック』が下敷きになっている。ジャングルでオオカミに育てられたモウグリが、現代、墓場で幽霊に育てられたノーボディとしてよみがえったわけだ。「もしディズニーのアニメでしかご存じなかったら、ぜひとも原作を読んでみていただきたい」とゲイマンも書いているように、『ジャングル・ブック』は子どもの本の傑作中の傑作。興味のわいたかたはぜひ！（金原訳のものが偕成社文庫から出ています）

さて、最後になりましたが、ゲイマンの作品をずっと担当してくださっている津々見潤子さん、翻訳協力者の中村浩美さん、細かい質問にていねいに答えてくださったニール・ゲイマンさんに心からの感謝を！

二〇一〇年九月

金原瑞人

解説

倉数(くらかず)　茂(しげる)（作家）

ホメロスによって作られたとされる古代ギリシアの叙事詩『オデュッセイア』の中に次のようなエピソードがある。主人公オデュッセウスは、流浪の航海の途上、部下たちとともに一つ目の巨人キュクロプスに囚(とら)われる。部下たちが次々に貪(むさぼ)り食われるのを見て、オデュッセウスは一計を案じる。巨人を泥酔させて彼の目を潰(つぶ)してやろう。ワインを献上され、酔っ払っていい気分になった巨人は名を尋ねる。オデュッセウスは自分の名は「ウーティス outis（誰でもない）」だと答える。やがてオデュッセウスたちにたった一つの目を杭(くい)で潰されて、巨人は怒り狂って仲間たちに助けを求めるが、「俺を殺そうとしているのは〈誰でもない〉だ」というのを聞いて、他の巨人たちは笑い出し、馬鹿馬鹿しいと思って去ってしまう。そのあいだにオデュッセウスの一行は、無事に巨人の洞窟(どうくつ)から脱出する。

もちろんこの「ウーティス outis」を英語に訳せば「ノーボディ nobody」になる。知恵者の英雄は、ノーボディという名とも言えない名を名乗ることで、正に誰でもないもの、そこにいない存在となって相手の裏をかいたのだ。

ニール・ゲイマンは『墓場の少年』で、「ノーボディ」という名を持つ主人公を誕生させた。彼の敵はジャックという謎めいた殺人者。ジャックは彼の家族を殺すが、家にいた赤ん坊だけが奇跡的にその手を逃れ、隣の墓地に迷いこむ。墓場の幽霊たちが同情して赤ん坊をかくまい、殺人者から守る。幽霊たちは彼に「ノーボディ・オーエンズ」という新しい名前を与える。愛称ボッド。オデュッセウスは敵を騙すために嘘の名前を名乗っただけだが、ノーボディの最初の名前は本人にだってわからない。

ノーボディという名前は、人でありながら人間社会に属しておらず、幽霊たちに育てられながら死者ではない彼のあり方を示しているだろう。彼は死者と生者の境界に立つ少年なのであり、その名にふさわしく、人間と幽霊の両者と交わりながら育っていく。だけど神話や伝説に詳しい読者であれば、このパターンはどこかで知ってるぞ、と思うかもしれない。旧約聖書の指導者モーセ、ギリシャ神話のオイディプス、最近ではインド映画『バーフバリ』の主人公まで、彼らはいずれも乳児の時に殺害者の手から逃れるため連れ出され、家族以外のものに育てられた英雄だ。これは各地で普遍的に見られる「捨て子」型神話、貴種流離譚のひとつなのである。

これだけでもわかるように著者ニール・ゲイマンはさまざまな神話や伝承を自家薬籠中のものにして、自在に使いこなしながらこの物語を語っている。そればかりか、例えば第2章の地下墓所のイメージはル＝グウィン『ゲド戦記2　こわれた腕環』のアチュアン神殿を思わせるし、トールキンの『指輪物語』をちらりと連想させる場面もある。

この作品の下敷きの一つにキプリングの『ジャングル・ブック』があることは作者自身が言明しているけれど、他にも彼が少年時代から愛読してきた無数の名作ファンタジーのエッセンスが流れこんでいるのは間違いない。

それに何より、孤独で身寄りのない少年がこの世ならぬ異界に迷いこみ、いろんな師匠や友達と出会いながら成長していく物語を嫌いな人なんているのだろうか？　それこそファンタジーの、また児童文学の王道中の王道ではないか。もしあなたがスタジオジブリの『千と千尋(ちひろ)の神隠し』が好きなら（きっとそうだろうと思うけど）、この物語にもグッとくるはずだ。

そしてこの作品が気に入ったら、ぜひゲイマンの他の物語にも手を伸ばして欲しい。『グッド・オーメンズ』（テリー・プラチェットとの共作）は、天使と悪魔がハルマゲドンを食い止めようと大騒ぎするデビルマン（永井豪(ながいごう)）meets モンティ・パイソンといった感じの快（怪）作だし、『アメリカン・ゴッズ』はそれこそ世界中の神々が集結してのオールスター戦である。『コララインとボタンの魔女』は親から相手にされない少女の寂しさを描いて哀切、そしてゾッとするほど怖いけど、めっぽう面白いお話だ。

（この先、作品の内容に触れています。本文を読み終えた方のみ、お読みください。）

それにしても感心させられるのは、この作品において「名前」が果たしている役割だ。

名前とはなんだろうか。通常、個人の名前は誕生とともに両親から与えられる。太郎や花子といった一人一人が持っている名前を哲学では固有名と呼び、「机」や「猫」や「スーパーマーケット」といった一般名と区別する。固有名は――それがどれほどありふれた平凡な名前であっても――この世界にたった一人しかいないこの人間を指し示す。いわばそれは親から子供への、あなたはかけがえのない特別な存在なのだという意味を込めた最初の贈り物なのだ。

一方、名前には特定の個人を社会に登録し、コントロール下に置くという役割もある。典型的には戸籍だが、学校に行くようになったら、出席簿が作られ、教室で毎日名前が呼ばれるということを想起してもいい。最初に述べたように、ボッドにはノーボディという「仮の名前」しかなく、親からもらった名前を持っていない。だから学校にも、いるのかいないのかわからないような生徒としてしか通えない。社会的な意味で、彼は存在しない。

では、彼を守り、育てる墓地の幽霊たちはどうだろうか。彼らはボッドと対極的に、名前しかない存在だ。彼らは肉体（ボディ）を持たない。彼らにあるのは墓石に彫り込まれた碑銘、つまり死んで硬直した文字だ。その文字のように彼らは変化しない。でもその文字しか彼ら幽霊には存在の根拠（あるいはかつて生きていた証拠）はない。

だからこそ、生きている間は差別され、死んでも墓さえ作ってもらえなかった魔女のライザにボッドがお手製の碑銘を作ってあげる第4章のエピソードがあんなに感動的なのだ。ボッドは本能的に、幽霊たちにとって墓石に刻まれた名前がどれほど大切か理解している。

名前しか持たない幽霊たちが、名前はないけれど、代わりに輝かしいいのちそのものであるような赤ん坊を拾って育て上げる。『墓場の少年』はそういう物語なのである。ライザは言う。「墓地にいるあたしたちは、あんたに生きててほしいと思ってる。あんたのすることにびっくりしたり、がっかりしたり、感動したりしたいの」。ボッドを墓場の住人たちが愛し、力を貸すのは、赤ん坊から少年へとたえず変化していく彼の姿にかけがえのない生命そのものの本質を感受するからにほかならない。

だがこの作品にはもう一つ、特殊な名前が存在する。ボッドをつけねらうジャックだ。彼はボッドの家族を殺した犯人だが、どうも彼以外にも多数のジャックがいるらしい。彼らは〈ジャックス・オヴ・オール・トレイズ〉という秘密組織の一員であり、エジプトでピラミッドが作られた時代から脈々とジャックの名を継いできたらしい。とすると、この「ジャック」という名も通常の固有名とは言えないのではないだろうか。アメリカ合衆国では、身元不明の死体をジョン・ドゥと呼ぶことがあるそうだが、この作品でのジャックも、同様の誰であってもよい匿名としての名前ではないだろうか。

誰だってジャック（エヴリ・マン・ジャック）かもしれない。誰の心にもジャックが潜むということだろう。ジャックは警察や役所にも平然と紛れているばかりでなく、どうやら平凡なビジネスマンのような姿をしているらしい。ジャックとは何なのだろう。富や権力のために他人を平気で蹂躙(じゅうりん)して恥じない精神のことだろうか。

　本質的な意味では名前を持たないボッド、死んだ名前しか持たない幽霊たち、そして匿名の悪しき力を象徴するジャック、この三者が絡まり合いながら物語は進んでいく。もちろん、ほかにも魅力的なキャラクターが登場する。葦毛(あしげ)馬の貴婦人や普通のおばさんでありながら神の猟犬だというミス・ルペスク、それに何よりボッドの人生の師サイラス。彼らが何者なのか、考えるのも楽しい。

　ニール・ゲイマンの魅力はいろいろあるけれど——先にも述べた、古今の神話・物語を巧みに換骨奪胎してみせる手際とか——中でも最大のものは、寄る辺のない少年少女が、広大な世界に対した時の寂しさ、切なさ、そして勇敢さが生き生きと描かれていることだと思う。その代表的な一冊として、『墓場の少年』は少年少女たち、そして思春期の気持ちを覚えている大人たちの心をこれからもつかみつづけていくはずだ。

本書は、二〇一〇年九月に小社より刊行
された単行本を文庫化したものです。

墓場の少年

ノーボディ・オーエンズの奇妙な生活

ニール・ゲイマン　金原瑞人＝訳

平成31年 2月25日　初版発行

発行者●郡司 聡

発行●株式会社KADOKAWA
〒102-8177　東京都千代田区富士見2-13-3
電話　0570-002-301（ナビダイヤル）

角川文庫 21492

印刷所●旭印刷株式会社
製本所●本間製本株式会社

表紙画●和田三造

ISBN 978-4-04-107847-1　C0197

◇◇◇

角川文庫発刊に際して

角川源義

第二次世界大戦の敗北は、軍事力の敗北であった以上に、私たちの若い文化力の敗退であった。私たちの文化が戦争に対して如何に無力であり、単なるあだ花に過ぎなかったかを、私たちは身を以て体験し痛感した。西洋近代文化の摂取にとって、明治以後八十年の歳月は決して短かすぎたとは言えない。にもかかわらず、近代文化の伝統を確立し、自由な批判と柔軟な良識に富む文化層として自らを形成することに私たちは失敗して来た。そしてこれは、各層への文化の普及滲透を任務とする出版人の責任でもあった。

一九四五年以来、私たちは再び振出しに戻り、第一歩から踏み出すことを余儀なくされた。これは大きな不幸ではあるが、反面、これまでの混沌・未熟・歪曲の中にあった我が国の文化に秩序と確たる基礎を齎らすためには絶好の機会でもある。角川書店は、このような祖国の文化的危機にあたり、微力をも顧みず再建の礎石たるべき抱負と決意とをもって出発したが、ここに創立以来の念願を果すべく角川文庫を発刊する。これまで刊行されたあらゆる全集叢書文庫類の長所と短所とを検討し、古今東西の不朽の典籍を、良心的編集のもとに、廉価に、そして書架にふさわしい美本として、多くのひとびとに提供しようとする。しかし私たちは徒らに百科全書的な知識のジレッタントを作ることを目的とせず、あくまで祖国の文化に秩序と再建への道を示し、この文庫を角川書店の栄ある事業として、今後永久に継続発展せしめ、学芸と教養との殿堂として大成せんことを期したい。多くの読書子の愛情ある忠言と支持とによって、この希望と抱負とを完遂せしめられんことを願う。

一九四九年五月三日

角川文庫海外作品

海底二万里 (上)(下)
ジュール・ヴェルヌ
渋谷　豊＝訳

1866年、大西洋に謎の巨大生物が出現した。アメリカ政府の申し出により、アロナックス教授は、召使いのコンセイユとともに怪物を追跡する船に乗り込む。順調な航海も束の間、思わぬ事態が襲いかかる……。

報復
ドン・ウィンズロウ
青木　創・国弘喜美代＝訳

元デルタフォース隊員のデイヴは、無差別テロで最愛の妻子を失った。絶望のどん底にある彼は、テロの後処理をめぐり、ある奇妙な事実に気づく。そして自らの手で敵に鉄槌を下すため、闘うことを決意する。

失踪
ドン・ウィンズロウ
中山　宥＝訳

平穏な町で起きた5歳の少女の失踪事件。3週間が経ち、誰もがその生還を絶望視する中、第2の事件が起きた。事件を担当する刑事デッカーはすべてをなげうち、わずかな手がかりを元に少女の行方を追う――。

ザ・カルテル (上)(下)
ドン・ウィンズロウ
峯村利哉＝訳

麻薬王アダン・バレーラが脱獄し、身を潜めるDEA捜査官アート・ケラーも動きはじめた。宿命の対決、再び。圧倒的な怒りの熱量で、読む者を容赦なく打ちのめす。21世紀クライム・サーガの最高峰。

ジャングル・ブック
キップリング
山田　蘭＝訳

ある夜、ジャングルで虎に追われた男の子が、オオカミの棲む洞穴に迷いこんできた。母オオカミにモーグリと名付けられ、ジャングルの掟を学びながらたくましく成長していく。イギリスの名作が甦る！

角川文庫海外作品

ジャングル・ブック２

キップリング
山田　蘭＝訳

仇敵のシア・カーンとの戦いも終え、ジャングルに平穏が戻った。懸命にジャングルの掟を学び、自分にできることは何かを探す、モーグリ。ヘビのカーや、クマのバルーに囲まれ、日々穏やかに過ごしていく。

Ｘの悲劇

エラリー・クイーン
越前敏弥＝訳

結婚披露を終えたばかりの株式仲買人が満員電車の中で死亡。ポケットにはニコチンの塗られた無数の針が刺さったコルク玉が入っていた。元シェイクスピア俳優の名探偵レーンが事件に挑む。決定版新訳！

Ｙの悲劇

エラリー・クイーン
越前敏弥＝訳

大富豪ヨーク・ハッターの死体が港で発見される。毒物による自殺だと考えられたが、その後、異形のハッター一族に信じられない惨劇がふりかかる。ミステリ史上最高の傑作が、名翻訳家の最新訳で蘇る。

ウール　(上)(下)

ヒュー・ハウイー
雨海弘美＝訳

地下１４４階建てのサイロ。カフェテリアのスクリーンに映る、荒涼とした外の世界。出られるのは、レンズを磨く「清掃」の時のみ。だが、「清掃」に出た者は、生きて戻ってくることはなかった。

シフト　(上)(下)

ヒュー・ハウイー
雨海弘美＝訳

２０４９年、下院議員ドナルドは地下壕サイロを設計した。完成を祝う党大会の最中、上空で核爆弾が爆発、人々は地下壕へ逃げ込んだ。２１１０年、誰もが「以前」の記憶を消された世界で一人の男が覚醒した。

角川文庫海外作品

ダスト（上）（下）
ヒュー・ハウイー
雨海弘美＝訳

一度出たら生きて帰れないといわれる外界からサイロ18に帰還し、市長となったジュリエット。発見した他のサイロを救うため、トンネルの掘削を始めたが、反発は強く、サイロ18は再び危機に見舞われる――。

サンド
ヒュー・ハウイー
雨海弘美＝訳

砂丘に囲まれた紛争と暴力の町。サンドダイバー・ヴィクトリアの父は失踪、家族は壊れつつあった。そこに父の娘を名乗る少女が現れて。砂漠化した未来、閉ざされた共同体と家族の再生を描くSFファンタジー。

ダ・ヴィンチ・コード（上）（中）（下）
ダン・ブラウン
越前敏弥＝訳

ルーヴル美術館のソニエール館長が館内のグランド・ギャラリーで異様な死体で発見された。殺害当夜、館長と会う約束をしていたハーヴァード大学教授ラングドンは、警察より捜査協力を求められる。

天使と悪魔（上）（中）（下）
ダン・ブラウン
越前敏弥＝訳

ハーヴァード大の図像学者ラングドンはスイスの科学研究所長からある紋章について説明を求められる。それは十七世紀にガリレオが創設した科学者たちの秘密結社〈イルミナティ〉のものだった。

デセプション・ポイント（上）（下）
ダン・ブラウン
越前敏弥＝訳

国家偵察局員レイチェルの仕事は、大統領へ提出する機密情報の分析。大統領選の最中、レイチェルは大統領から直々に呼び出される。NASAが大発見をしたので、彼女の目で確かめてほしいというのだが……。

角川文庫海外作品

パズル・パレス（上）（下）
ダン・ブラウン
越前敏弥・熊谷千寿＝訳

史上最大の諜報機関にして、暗号学の最高峰・米国家安全保障局のスーパーコンピュータが狙われる。対テロ対策として開発されたが、全通信を傍受・解読できるこのコンピュータの存在は、国家機密だった……。

ロスト・シンボル（上）（中）（下）
ダン・ブラウン
越前敏弥＝訳

キリストの聖杯を巡る事件から数年後。ラングドンは旧友でフリーメイソン最高幹部ピーターから急遽講演を依頼される。会場に駆けつけた彼を待ち受けていたのは、切断されたピーターの右手首だった！

インフェルノ（上）（中）（下）
ダン・ブラウン
越前敏弥＝訳

フィレンツェの病院で目覚めたラングドン教授は、ここ数日の記憶がないことに動揺した。そこに何者かが襲いかかる。医師シエナと逃げ出したラングドンは、ダンテ『神曲』〈地獄篇〉に手がかりがあると気付くが。

燃えるスカートの少女
エイミー・ベンダー
管　啓次郎＝訳

失われ、取り戻される希望。ぎこちなく、やり場のない欲望。慰めのエクスタシー。寂しさと隣合わせの優しさ――この世界のあらゆることの、儚さ、哀しさ、愛おしさを、少女たちの物語を通して描ききる。

私自身の見えない徴
エイミー・ベンダー
管　啓次郎＝訳

10歳の誕生日から、「止めること」をはじめたモナ。大好きなピアノも何もかも。20歳を迎え、ある町の小学校で算数を教えはじめた時、閉じていた彼女の宇宙に変化が起こる――。